MICHAEL RUSCH

DIE EWIGE NACHT

Michael Rusch

Die ewige Nacht

Die Legende von Wasgo

Fantasy

AAVAA
VERLAG

1. Auflage 2014

Umschlaggestaltung: AAVAA Verlag
Coverbild: Michael Rusch

Printed in Germany

Taschenbuch:	ISBN 978-3-8459-1050-5
Großdruck:	ISBN 978-3-8459-1051-2
eBook epub:	ISBN 978-3-8459-1052-9
eBook PDF:	ISBN 978-3-8459-1053-6
Sonderdruck:	Mini-Buch ohne ISBN

AAVAA Verlag, Hohen Neuendorf, bei Berlin
www.aavaa-verlag.com

Für Jessica und

Mike-Leon,

meinen lieben Enkelkindern

und in Sehnsucht nach meinen geliebten Alpen

Inhaltsverzeichnis

Prolog

Diese Geschichte ereignete sich vor vielen Hundert Jahren. Damals gab es auf der Erde noch zahllose Zauberer und Hexen und auch andere Fabelwesen. Menschen gab es zu dieser Zeit auch schon. Sie alle lebten manchmal friedlich und manchmal weniger friedlich nebeneinanderher.

Doch dann geschah es, dass böse Mächte von der Erde Besitz ergriffen. Die Zauberer und Hexen, Geister und Fabelwesen und die Menschen sahen sich einer bösen und mächtigen Bedrohung gegenüber. Dunkle Wolken breiteten sich am Himmel aus. Fremde Wesen begannen Teile der Erde unter ihr Joch zu zwingen. Die Sonne wurde daran gehindert, auf die Erde zu scheinen.

Die Heere der Menschen, Zauberer, Hexen und anderen Wesen vereinigten sich, um das Böse zu bekämpfen. Es gab vier riesige Heere, die sich gegen die bösen Mächte stellten. Der junge Jodaryon war kaum einhundert Jahre alt, aber trotzdem schon der Anführer der Zauberergilde, obwohl es wahrscheinlich einen anderen gegeben hätte, der auf Grund seines Alters und seiner Weisheit besser zum Anführer getaugt hätte. Aber Jodaryon war ein junger und weiser Mann, der die mächtigsten Zauber beherrschte. Wer sonst also hätte die Führung in diesem Krieg gegen die bösen Mächte übernehmen können? Nun stand er vor seinem Heer und versuchte seine Zauberer auf den bevorstehenden Kampf einzuschwören. Markige Worte benutzte er, um den Mitgliedern seiner Armee Mut zu machen.

Trotz seiner Jugend war Jodaryon der berühmteste aller Zauberer. Vor allem war er der wissensdurstigste unter ihnen. Er wollte immer alles genau wissen. Hierbei war es war vollkommen egal, um welches Thema es sich gerade handelte. Er war sogar in der Lage und fähig dazu, neue Zauber zu entwickeln und die dafür notwendigen Sprüche zu finden. Jodaryon kannte man als klugen, sanftmütigen und fröhlichen Mann. Nicht umsonst hieß er Jodaryon der Fröhliche und der Gutmütige. Das ein Zauberer klug sein musste, war klar, sonst wäre er nie einer geworden. Doch Jodaryon war ein besonders kluger Mann, der die Achtung aller Mitglieder seiner Gilde genoss.

„Lasst uns gegen das Böse kämpfen, wir werden siegen. Auf lange Sicht ist es dem Bösen nicht möglich, so viel Macht zu erringen, dass es unsere geliebte Erde für immer unterjochen kann. Selbst wenn wir heute in diesem Kampf unterliegen sollten, so wird es uns möglich sein, das Böse später zu besiegen. Wir müssen nur an unsere Kraft und an unsere Macht glauben und ihr vertrauen, dann kann uns nichts Böses widerfahren", sprach Jodaryon zu seinem Heer. Einhunderttausend Zauberer hörten ihm zu. Sie waren mit Schwertern und Lanzen und Schilden ausgerüstet. Die wichtigste und wirksamste Waffe aber waren ihre vielen Zaubersprüche.

Jodaryon sprach weiter: „Habt Mut, meine lieben Gefährten! Seid euch eurer Waffen bewusst und führt sie zum Wohle der Menschen, der Hexen und Geister, der Fabelwesen und nicht zuletzt zu unserem eigenen Wohle! Bisher waren wir unbesiegbar und so soll es auch bleiben. Vertraut euren magischen Kräften. Der Sieg wird unser sein."

Aus hunderttausend Kehlen erklang ein lauter Schlachtruf. Die Zauberer waren ungebrochen und sich ihrer gerechten Sache sicher.

Ähnliche Szenen spielten sich bei den anderen drei Heeren ab. Das Heer der Menschen war sich ebenso sicher, dass der Sieg ihrer sein werde. So glaubten sie ähnlich wie die Magier ungebrochen an ihren Sieg, der ein Sieg der Gerechtigkeit sein musste. Sie glaubten, dass mit der Unterstützung der Fabelwesen, Hexen und Zauberer ihnen nichts Böses etwas anhaben konnte.

Das Heer der Hexen und Geister (Hexen und Geister bilden ein Heer) sowie das der Fabelwesen waren zahlenmäßig sehr stark. Die Hexen beherrschten die Magie genauso gut wie die Zauberer. Die Fabelwesen bestanden aus seltsamen Tieren, die teilweise sogar sprechen konnten. Auch einige von ihnen waren dazu fähig, magische Kräfte zum Einsatz zu bringen. Es gab riesige Eidechsen, die als Reittiere gut für andere Fabelwesen geeignet waren. Feuerspeiende Drachen sowie Gift spritzende Greife und fliegende Pferde und Zentauren gehörten zum Heer der Fabelwesen. Riesenskorpione mit großen giftigen Stacheln warteten auf den Beginn der bevorstehenden Schlacht. Und viele andere sprechende, feuerspeiende oder zaubernde Tiere gab es in diesem Heer. Zyklopen mit ihren riesigen Keulen standen zum Kampf bereit.

Sie alle waren sich ihrer gerechten Sache sicher und glaubten an den Sieg. Sie mussten einfach das Böse bezwingen, denn die bevorstehende entscheidende Schlacht zu verlieren, bedeutete den langsamen Untergang der friedliebenden Wesen, die die Erde zu diesem Zeitpunkt bevölkerten.

*****

Im Schrein des Bösen, der sich hoch oben auf einem Berg befand, saßen oder standen in schwarzen Gewändern mit ihren schwarzen Seelen die bösen Mächte. Es waren Geister und Zauberer. Sie beherrschten die schwarze Magie in ihrer Anwendung, wie niemand es besser konnte. Das Böse zu verbreiten, ihre Umwelt in Angst und Schrecken zu versetzen, darin waren sie Meister. An ihrer Spitze stand der schwarze Magier Bossus.

Niemand wusste, woher Bossus eigentlich kam. Er war einfach da und hatte die Macht an sich gerissen. Er hatte unbemerkt von den Bewohnern der Erde den Schrein des Bösen erbaut. Darin wohnte er und von hier aus unternahm er seine bösen Feldzüge gegen die Welt. Er errichtete das Reich der Toten. Einen riesigen Wald mit hohen Bäumen und großen Sträuchern hatte er dafür benutzt. Dieser Wald befand sich in den Tälern zwischen mächtigen Bergen und an deren Hängen. Dort, wo sich die Heere des Bossus sammelten, starben alle Pflanzen und Tiere. Nur noch der blanke Fels war zu sehen. Mit starken Zaubern hatte Bossus diesen Wald belegt und so seine Heerscharen da hineingebracht. Zumeist waren es Heere von Skeletten. Aber diese Skelette konnten kämpfen. Ausgerüstet waren sie mit Schwertern und Schilden. Das Besondere an ihnen war jedoch, dass sie kaum zu vernichten waren. Wurde ein Skelett besiegt, traten zwei neue an seine Stelle. Nur wenn es einem Gegner dieser Skelette gelang, es vollständig zu vernichten, blieb der Ersatz für ein Skelett aus. Ein Skelett konnte nur endgültig besiegt werden, wenn es pulverisiert wurde. Das gelang einem guten Kämpfer nur dann, wenn er einem Skelett sein Schwert dahin stoßen konnte, wo bei einem Menschen das Herz saß.

Es gab auch noch eine andere Möglichkeit, ein Skelett außer Gefecht zu setzen. Es musste mit einem bestimmten Zauber belegt werden. Doch das vermochten nur sehr wenige Magier, die meisten kannten so einen Zauber nicht. Wenn der aber erfolgreich angewendet wurde, blieben die betreffenden Skelette einfach bewegungslos und starr stehen, so als wären sie zu Stein geworden. Aber wer sollte so viele Skelette mit diesem Zauber belegen können?

*****

Jodaryon wusste, dass ihnen ein schwerer Kampf bevorstehen werde. Er rechnete mit allen Möglichkeiten. Aber er war sich sicher, dass das Gute über das Böse siegen werde. Die Heerscharen des Bösen ließen ihm keine Zeit für weitere Überlegungen. Er sah sie schon im Geiste auf sich und sein Heer zu stürmen. Die Menschen standen unerschüttert an der rechten Flanke seines Heeres. Die linke wurde durch die Hexen und Geister geschützt. Die Fabelwesen bildeten die Reserve und waren aufgeteilt, um die anderen drei Heere rechtzeitig im Kampf zu unterstützen.

Das Schlachtfeld befand sich in einem weiten Tal. Die Heere Jodaryons standen an den Hängen der Berge und waren zum großen Teil in den Wäldern versteckt. Sie konnten in das Tal nachrücken und so die Heere des Bossus überraschen. Die Skelette waren bis weit in das Land hinein zu sehen. Sie standen über den Bäumen, dort, wo nichts mehr wachsen, wo keine Tiere und keine Pflanzen mehr existieren konnten.

Wo das Auge auch hinsah, überall befanden sich Skelette. Drohend türmten sich die Berge, die im Besitz des Bösen waren, vor den Menschen, Zauberern, Hexen, Geistern und Fabelwesen auf. Das kahle Gestein, das überall sichtbar war, war heute mit den Skeletten des Bösen total übersät. Laut schlugen sie im Takt mit ihren Schwertern an ihre Schilde. Der Kampf stand unmittelbar bevor. Die Berge erzitterten vor dem Gebrüll der bösen Mächte. Kein Wunder, dass dort oben keine Pflanze und kein Tier mehr gedeihen konnte.

Ohrenbetäubender Lärm setzte ein. Bossus warf alles in den Kampf, was ihm zur Verfügung stand. Aus seinem Schrein des Bösen schossen schwarze Strahlen den Heeren der Zauberer, Menschen, Hexen und Geistern und Fabelwesen entgegen. Die Schlacht hatte begonnen. Die Skelette stürmten mit Gebrüll und einer enorm hohen Geschwindigkeit von den Bergen ins Tal. Was es noch im Tal an Pflanzen gab, wurde durch die Stiefeltritte der kämpfenden Heere vernichtet. Die nun nur noch steinigen Berge wurden schwarz, die Skelette beherrschten sie und stürmten ins Tal.

Die Hexen und Geister versuchten von der linken Flanke aus an den Schrein des Bösen heranzukommen. Doch ihnen stellten sich Heerscharen von Skeletten entgegen. Bossus warf viele tausend Skelette den Hexen und Geistern entgegen. Die Hexen wurden von den Skeletten abgedrängt und eingekesselt. Jodaryon, der das sah, befahl nun einem Teil der Reserve aus dem Heer der Fabeltiere, den Hexen und Geistern zu Hilfe zu eilen. Die rechte Flanke von Jodaryons Heer ging ebenso in die Schlacht gegen das Böse. Es entstand ein mörderischer Kampf mit den Heeren der Skelette.

Die Menschen hatten keine Chance, Bossus' Heerscharen waren zu zahlreich und zu gut in militärischen Dingen ausgebildet. Die Menschen wurden von den zahlreichen Heeren der Skelette überrollt und vernichtend geschlagen. Es gab viele Tote und Verletzte und Bossus machte viele Tausende Menschen zu seinen Sklaven. Die Hexen und Geister konnten sich ebenso wenig gegen die Übermacht des Bösen behaupten. Die Sonne verdunkelte sich, Schatten verbreitete sich überall auf der Erde. Die Drachen griffen in den Kampf ein.

Ebenso die Zyklopen, die riesige menschenartige Wesen waren. Bewaffnet waren die Zyklopen mit ihren überdimensionalen Keulen. Reihenweise mähten sie mit ihren gigantischen Waffen die Skelette nieder. Vampire griffen endlich in den Kampf auf Seiten der Menschen und Zauberer ein. Jodaryon war erstaunt darüber, dass der Herr der Vampire sich zu ihm begab und um genaue Anweisungen bat, wo er mit seinen Getreuen kämpfen sollte.

„Wie kommt es, dass ihr auf unserer Seite seid?“, fragte Jodaryon.

Der Herr der Vampire antwortete: „Wir brauchen Menschenblut, wenn wir existieren wollen, und wenn es nur noch Skelette gibt, bekommen wir kein Blut mehr. Also was bleibt uns übrig? Wir müssen den Menschen helfen, um sie anschließend wieder in Angst und Schrecken versetzen zu können. Nun sage mir, was wir tun sollen!“

Jodaryon dachte sich, dass er die Vampire zusammen mit den Drachen als Luftwaffe einsetzen könnte. Die Drachen waren aber schon den Hexen und Geistern zu Hilfe geeilt. Trotzdem sagte er: „Ihr könnt versuchen, aus der Luft den Schrein des Bösen zu vernichten. Klappt es nicht, kann es passieren, dass ihr vernichtet werdet.“

Der Herr der Vampire entgegnete: „Es ist egal, wann und wie wir vernichtet werden. Vielleicht haben wir jetzt aber Glück und vernichten Bossus." Mit diesen Worten verabschiedete er sich von Jodaryon und flog zu seinen Vampiren zurück.

Es dauerte nur wenige Minuten, bis der Himmel schwarz wurde. Die Vampire flogen zum Schrein des Bösen und griffen ihn an. Damit hatte Bossus nicht gerechnet, hatte er doch die Vampire auf seiner Seite geglaubt. Hier kämpften die Mächte der Finsternis gegen die Mächte des Bösen.

Der Himmel verdunkelte sich immer weiter. Als die Vampire genau über dem Schrein des Bösen waren und ihn angriffen, loderte mit ohrenbetäubendem Getöse ein dicker Feuerstrahl zum Himmel empor. Er wurde mitten in die Vampire hinein geschossen und richtete großen Schaden unter den Geschöpfen der Nacht an. Die Vampire verbrannten und fielen als Asche zu Boden. Der Himmel wurde wieder etwas heller.

Jodaryon sah, dass die Erde immer dunkler wurde. Er blickte nach links. Die Drachen waren von den schwarzen Strahlen, die direkt aus dem Schrein des Bösen kamen, vernichtet worden, genauso wie die Vampire. Die Zyklopen lagen scharenweise tot am Boden. Das Heer der Menschen war gleichfalls vernichtet. Die Zauberer, die sich frontal den Heeren Bossus' gegenübergestellt hatten, kämpften einen verzweifelten Kampf. Jodaryon selber murmelte Zauberspruch um Zauberspruch und schwang mutig sein Schwert. Er kämpfte mit allen ihm zur Verfügung stehenden Mitteln. Aber auch er war machtlos gegen diese riesige Übermacht des Bösen.

Der sonst so fröhliche und gutmütige Jodaryon musste zusehen, wie sein bester Freund Deneb gegen Bossus kämpfte. Als der Kampf schon entschieden war, kam Bossus schließlich aus seinem Schrein des Bösen heraus und beteiligte sich nun direkt an der Schlacht. Deneb wurde durch einen bösen Zauber Bossus' belegt. Jodaryon musste ansehen, wie sein Freund über einen langen Zeitraum und qualvoll sterben musste. Das machte ihm sein Herz schwer, es wurde zu Eis. Sein sonst so fröhliches Gemüt wurde hart und zu Stein. Aus Jodaryon dem Fröhlichen und Gutmütigen wurde Jodaryon der Harte und Unbarmherzige.

Plötzlich sah er sich Bossus gegenüber. Der lachte böse.

„Gib auf, junger Jodaryon", rief Bossus voll falscher Freundlichkeit, „du hast verloren. Ich kann dich vernichten. Aber ich kann dich noch gut gebrauchen, deshalb werde ich dich verschonen."

Jodaryon wollte sich Bossus stellen. „Lieber will ich sterben, als in Schande weiter leben zu müssen", rief er Bossus entgegen.

Er wendete sich dem Feind zu und erhob sein Schwert. Mit einem Zauberspruch auf den Lippen stürmte er gegen Bossus an. Der hob nur seinen rechten Arm und Jodaryon wurde die Luft zum Atmen genommen. Er konnte sich nicht mehr auf den Beinen halten und sackte in sich zusammen. So kniete er kraftlos auf dem Schlachtfeld vor Bossus.

Der Himmel war plötzlich schwarz. Bossus lachte und schleuderte einen Blitz gegen Jodaryon. Der verlor das Bewusstsein, wurde von dem Blitz ergriffen und meilenweit an einen anderen Ort mitten in einen Wald hinein geschleudert. Er wurde zur alten Zauberschule gebracht, von der jetzt aber nur noch eine Ruine übrig geblieben war. Der Wald war an dieser Stelle sehr viel dichter geworden, als Jodaryon ihn in Erinnerung hatte. So dicht, dass er die Berge bis zu seiner Befreiung nicht mehr sehen konnte.

Dichte Sträucher waren dafür verantwortlich. Das war das Gestrüpp des Bossus. Es hatte sich um die Zauberschule gelegt und diese vernichtet. Das Gestrüpp wurde immer dichter. Jodaryon wurde mitten im Dickicht fallen gelassen. Als er wieder zu sich kam, sah er nichts. Es herrschte absolute Stille. Kein Vogel sang ein Lied. Die Bäume und Sträucher dieses Waldes hatten keine grünen Blätter an ihren Ästen und Zweigen. Sie waren kahl und sahen tot aus. Die Schwärze der Dunkelheit hatte die Macht über die Erde übernommen. Es herrschte die ewige Nacht.

Jodaryon hörte Bossus lachen und sagen: „Deine Zauberkräfte habe ich dir genommen. Du bist nur noch dazu fähig, deine Größe zu verändern. Mehr kannst du nicht. Du bist mein Gefangener für alle Zeiten!“ Und wieder hörte er ein tiefes, böses Lachen, das von Bossus kam.

Doch dann vernahm Jodaryon eine sanfte Frauenstimme. Angestrengt hörte er sie sagen: „Junger Jodaryon, verzweifle nicht und höre meine Prophezeiung! Es werden fünfhundert Jahre vergehen. Du wirst ein alter Mann mit einem langen Bart sein. Ein junger, schöner Zauberer wird kommen. Auf dem Rücken hat er ein Muttermal, genau unter dem linken Schulterblatt. Dieser junge Zauberer, der noch nicht seine ganzen Kräfte voll entfalten kann und noch viel lernen muss, wird dich befreien.

Mit ihm zusammen kannst du das Böse von der Erde tilgen. Ihr müsst nur schnell handeln. Und du wirst deine Zauberkräfte zurück erlangen. Warte fünfhundert Jahre, fünfhundert Jahre musst du warten. nur fünfhundert Jahre, und dein Leben wird erst zur Hälfte vorbei sein! Warte fünfhundert Jahre!“ Die Stimme wurde zum Schluss immer lauter, als wenn Jodaryon sich diese Prophezeiung einprägen sollte.

Der Erde drohte der Untergang. Nach und nach verschwand die Sonne vom Firmament. Es gab keine Sterne mehr, die ihr Licht auf die Erde niederscheinen lassen konnten. Der Mond war schon lange verschwunden.

Um Energie zu sparen, beschloss er, seine Größe auf ein Mindestmaß zu reduzieren. Er sprach den einzigen Zauberspruch, an den er sich noch erinnern konnte, und wurde kleiner. Jodaryon war nur noch sechzig Zentimeter groß, aber seine Stimme war kräftig geblieben. Er begann ein trauriges Lied zu singen.

Erster Teil – Der junge Zauberer

Die Flucht

Tiefschwarze Nacht herrschte. Schon seit beinahe fünfhundert Jahren war es dunkel und die Sonne hatte niemand mehr nach ihrem Verschwinden gesehen. Bossus war ein böser Herrscher, dem das Schicksal der Erdenbewohner egal war. Er wollte nur seinen eigenen Spaß haben. Den hatte er, wenn er fremde Völker und Wesen unterdrücken und demütigen konnte. Morden statt Leben stand bei ihm an der Tagesordnung. Unterjochen und Unterdrückung waren für ihn wichtiger als Freiheit und Glück. Deshalb war die Welt traurig geworden. Früher hatte es auf der Erde Hexen und Geister, Zauberer, Zyklopen, Vampire und viele andere Fabelwesen gegeben. Die Menschen waren glücklich gewesen. Doch wo waren alle diese Wesen geblieben? Vor über fünfhundert Jahren hatte es immer wieder einmal einen Geist gegeben, der sich den Menschen gezeigt hatte. Vampire waren in der Nacht umhergeschlichen und hatten ihr Unwesen getrieben. Oder war es gar kein Unwesen, was sie getrieben hatten? Jetzt herrschte nämlich das totale Unwesen auf der Erde. Und Bossus war der Chef des Unwesens, der Herrscher der Welt.

Es gab auf der Erde nicht mehr viele Fabelwesen, Hexen und Geister, Zauberer, Vampire und Menschen. Es gab nur noch Angst und Schrecken. Es gab nur noch die ewige Nacht.

*****

Antares war gut gelaunt. Seine Frau Luziferine lag in den Wehen. Ein Kind sollte zur Welt kommen. Dieses Kind entstand aus einer seltsamen und verbotenen Verbindung.

Antares war ein nicht ausgebildeter und unerfahrener Zauberer. Als er bemerkte, dass er Zauberkräfte besaß, hatte Bossus bereits auf der Erde, die er unter seine Gewaltherrschaft gebracht hatte, das Zaubern verboten. Antares musste vorsichtig sein, wenn er überleben wollte. Es war unmöglich für ihn, die Zauberkünste zu erlernen. Und die Macht, die ein Jodaryon hatte, bevor auf der Erde überhaupt jemand den Namen Bossus auch nur erahnen konnte, würde er nie erreichen. Dafür war Antares zu dumm und unbedeutend. Wenn er einmal versuchte, an einen Baum grüne Blätter zu zaubern, erreichte er nur das Gegenteil. Der Baum starb und stürzte um. Er konnte nur noch als Feuerholz benutzt werden.

Es war ja auch am Ende unsinnig, an die Äste und Zweige eines Baums grüne Blatter zu zaubern. Sie fielen doch wieder ab. Es gab keine Sonne und kein Licht, die dafür Voraussetzung waren, dass Bäume überhaupt grüne Blätter bekommen konnten. Deshalb waren die Bäume und Sträucher dazu verurteilt, laublos zu bleiben. Antares gab die Zauberei auf, er glaubte, dass er dafür nicht tauge.

Später lernte er Luziferine, die Tochter des Höllenfürsten Luzifer, kennen. Sie war ein Mädchen, das so schön war wie ein Engel. Aber als Tochter der Hölle musste sie nicht schön sein, sondern sie sollte eher ein hartes Herz haben. Luziferine hatte jedoch ein weiches Herz. Sie liebte die Menschen und hatte Verständnis für deren aussichtslose Situation. So stellte sie sich gegen Bossus und auf die Seite der Menschen.

Damit riskierte sie, aus der Hölle verbannt zu werden und als Mensch auf der Erde leben zu müssen. Damit riskierte sie auch ihre Unsterblichkeit. Aber um keinen Preis wollte sie auf ihren Vater, den Höllenfürsten Luzifer, hören und half den Menschen auch weiterhin. Nur musste sie das heimlich tun. Außerdem hatte sie Antares kennen und lieben gelernt. Eines Tages jedoch wurde sie von ihren Bediensteten an ihren Vater verraten und der verbannte sie in höchstem Zorn aus der Hölle. Seitdem lebte sie als Mensch und wurde Antares' Frau.

Sie liebten sich beide sehr. Luziferine mochte Antares' Ungeschicklichkeit und seine Verletzlichkeit. Er brauchte eine starke Frau, die ihm das Leben vereinfachen konnte. In Luziferine hatte er diese Frau fürs Leben gefunden. Als sie schwanger wurde, wusste sie, dass sie damit ihre Unsterblichkeit verloren hatte und nur noch als Geist in die Hölle zurückkehren konnte. Das wollte sie aber nicht. Auf gar keinen Fall wollte sie das. Sie wollte in den Himmel zu den Göttern kommen. Das ging aber ebenso wenig, denn die ewige Nacht gab den Himmel nicht frei. Es herrschte Chaos, Gewalt und Krieg.

Nun lag Luziferine im Kindbett. Die Wehen wurden immer stärker.

Hektisch wuselte die Hebamme um Luziferine herum und versuchte, sie zu beruhigen. Im richtigen Moment befahl sie der Gebärenden zu pressen. Dann war ein Schrei zu hören, ein Schrei eines Babys. Und Luziferine hörte noch etwas. Eine Stimme hörte sie. Es war eine alte Stimme, die sie hörte. Die Stimme einer alten Zauberin. Luziferine hörte folgende Worte: „Junger Jodaryon, verzweifle nicht und höre meine Prophezeiung! Es werden fünfhundert Jahre vergehen. Du wirst ein alter Mann mit einem langen Bart sein. Ein junger, schöner Zauberer wird kommen. Auf dem Rücken hat er ein Muttermal, genau unter dem linken Schulterblatt. Dieser junge Zauberer, der noch nicht seine ganzen Kräfte voll entfalten kann und noch viel lernen muss, wird dich befreien. Mit ihm zusammen kannst du das Böse von der Erde tilgen. Ihr müsst nur schnell handeln. Und du wirst deine Zauberkräfte zurück erlangen. Warte fünfhundert Jahre, fünfhundert Jahre musst du warten. nur fünfhundert Jahre, und dein Leben wird erst zur Hälfte vorbei sein! Warte fünfhundert Jahre!“

Luziferine war erschrocken. Sie hatte schon einmal von Jodaryon gehört. Er war der große Zauberer, der vor fünfhundert Jahren die Schlacht gegen Bossus verloren hatte. Man erzählte sich hinter vorgehaltener Hand, dass eben dieser Jodaryon die Welt von Bossus befreien und dass ihm dabei ein junger Zauberer zur Seite stehen werde. Der werde zunächst einmal die Aufgabe haben, Jodaryon zu befreien. Sollte etwa ihr Kind dieser junge Zauberer sein, der Jodaryon zurück in die Freiheit holte, um mit ihm gemeinsam die Welt zu retten? Sollte ihr Kind die Sonne zur Erde zurückholen?

Wenn es so war, dann konnte das doch nur bedeuten, dass ihr Sohn in allergrößter Gefahr war. Dass ihr Kind nur ein Sohn sein konnte, das war der jungen Mutter bewusst. Es galt, schnell zu handeln und den kleinen Jungen zu behüten. Er musste ausgebildet werden, damit er seine Aufgabe, die ihm bestimmt war, erfüllen konnte.

Luziferine ließ sich ihr Kind von der Hebamme in ihre Arme legen. Die Hebamme sagte: „Es ist ein gesunder und wunderschöner Junge. Und er ist sehr kräftig."

Luziferine sah sich das Kind genau an. Sie entdeckte am Rücken unter dem linken Schulterblatt das Muttermal. Daran erkannte sie, dass sich die Prophezeiung zu erfüllen begann. Ihr Sohn musste unbedingt beschützt werden. Aber wie sollte sie das können? Sie nannte das eben von ihr geborene Kind Wasgo. Wasgo brauchte Hilfe. Ob ihr Vater ihr helfen konnte? Freiwillig werde er es nie tun. Aber er musste auch nicht erfahren, wer Wasgo war, welche Aufgabe ihm bevorstand.

Als Luziferine ihren Sohn sah, begann sie sofort, ihn zu lieben. Sie wollte ihn zunächst mit ihrem Mann alleine aufziehen. Sollte Wasgo in Gefahr geraten, wollte sie versuchen, ihn vom Höllenfürsten, ihrem Vater, beherbergen zu lassen. Deshalb sollte der auch von der Geburt seines Enkelsohnes informiert werden.

Die junge Mutter übergab das Kind der Hebamme und bat diese, Antares zu ihr zu bringen und sich danach um das Baby zu kümmern.

Wenige Augenblicke später saß Antares am Bett seiner Frau. Er war glücklich darüber, Vater eines Jungen zu sein. Als er erfuhr, das Wasgo wahrscheinlich das Kind war, das die Prophezeiung erfüllen sollte, war er schon jetzt sehr stolz auf seinen Sohn. Luziferine sah ihrem Mann an, was der dachte und wie er sich fühlte. Sie lächelte ihn an und sagte: „Antares, mein lieber Mann, ich verstehe dich ja, aber du musst sehr vorsichtig sein. Wenn irgendjemand erfährt, wer Wasgo ist, dann ist unser aller Leben in Gefahr. Das darf nie passieren.

Die einzige Möglichkeit, die wir haben, ist mein Vater. Er könnte unser Kind wirksam beschützen. Aber das muss nicht unbedingt sein. Trotzdem habe ich ihn schon darüber informieren lassen, dass er einen Enkelsohn hat."

Antares überlegte kurz und antwortete: „Frau, du hast wie immer Recht. Womit habe ich dich kluges Frauenzimmer nur verdient? Du denkst an alles. Ich werde aufpassen müssen, dass ich nichts erzähle, aber ich schaffe das schon. Ich werde ab sofort wieder mit dem Zaubern anfangen. Und die Zauber, die ich beherrsche, werde ich Wasgo beibringen."

„Pass aber auf, dass Bossus' Schergen davon nichts bemerken! Du musst sehr vorsichtig sein. Konzentriere dich auf Befreiungszauber! Du weißt, Jodaryon muss zuerst befreit werden, dann bekommt er auch seine Zauberkräfte zurück und kann Wasgo unterrichten", erwiderte Luziferine.

Antares überlegte kurz und sprach: „Du irrst, Frau, Jodaryon kann Wasgo nicht unterrichten. Nach seiner Befreiung muss er schnellstens den Kampf gegen Bossus aufnehmen. Sonst ist alles verloren. Ich muss unserem Sohn beibringen, was ich nur kann. Aber ich bin leider nur ein schlechter Zauberer. Du weißt doch von meinen Missgeschicken. Hoffentlich ist unser Junge darin besser als sein Vater."

Antares hatte nicht viel Zeit. Er musste seinem Sohn so früh wie möglich die wichtigsten Zaubersprüche beibringen. Dieser musste sicherlich schon sehr zeitig aufbrechen , schon als junger Mann, um Jodaryon zu finden und ihn zu befreien. Antares besorgte sich alles, was er zum Zaubern benötigte. Die Schale der Weisheit war das wichtigste Instrument, das ein Magier brauchte. Sie war eine Schale, die, wenn sie mit Wasser gefüllt war, Bilder zeigen konnte. Diese Schale nannte man auch Schale der Erkenntnis, weil man mit ihr viele Erkenntnisse aus der Zukunft und der Vergangenheit gewinnen konnte. Dadurch konnte man die Ereignisse, die erst in der Zukunft stattfinden sollten, beeinflussen oder sogar verändern. Antares wollte versuchen, mit Hilfe dieser Schale Bossus das Handwerk zu legen. Das hieß natürlich, dass er Wasgo alles das beibringen musste, was notwendig war, damit der Junge die Prophezeiung erfüllen konnte.

Des Weiteren besorgte sich Antares drei Zauberbücher. Da das Zaubern mit einem Zauberstab oft hinderlich war, benötigte er das Buch der Handbewegungen eines Zauberers. Mit Hilfe dieses Buches wollte Antares seinem Sohn lehren, ohne einen Zauberstab gute und starke Zauber zu erlernen, die er wirkungsvoll gegen die Mächte des Bösen einsetzen konnte. Natürlich brauchte er auch das Buch der Zaubersprüche. Ziel der magischen Bewegungen war es doch, Zaubersprüche umzusetzen, und ohne Zauberspruch waren die magischen Bewegungen sinnlos.

Und mit am wichtigsten war es, einen Tarnmantel oder eine Tarnkappe zu besitzen. Aber davon gab es nur ganz wenige auf der Welt.

Allein die Zauberbücher zu besorgen, kostete nicht nur viel Kraft. Antares musste zudem äußerst vorsichtig sein, um sie sich zu beschaffen. Vertrauen konnte er heutzutage niemanden. Zauberutensilien in der heutigen Zeit zu besitzen, war ein Verbrechen. Wer welche besaß, war also bemüht, das niemand wissen zu lassen. Wer so etwas besaß oder erwerben wollte, schwebte in Lebensgefahr. Aber Antares benötigte dringend diese Dinge, um Wasgo ausbilden zu können. Er riskierte dabei nicht nur sein eigenes Leben, sondern auch das seiner Frau und seines Kindes, außerdem gefährdete er alle anderen, die seine Familie kannten und irgendwie mit ihr in Verbindung gebracht werden konnten.

Aber Antares hatte Glück im Unglück. Als er glaubte, von einer vertrauenswürdigen Person die Bücher kaufen zu können, musste er erleben, dass er plötzlich von skelettartigen Wesen umzingelt wurde. Antares konnte sich gerade noch so die drei Bücher schnell vom Tisch nehmen, als er schon angegriffen wurde. Er sah den Händler lachen. Der war davon überzeugt, einem Verbrecher das Handwerk zu legen. Eine Fluchtmöglichkeit gab es nicht. Verzweifelt sah Antares sich um. Der Händler zog ein Schwert. Er wollte sich an der Ergreifung des angeblichen Verbrechers beteiligen.

Schweißperlen bildeten sich auf Antares' Stirn. Er dachte an seinen Sohn und an seine geliebte Frau. ‚Luziferine, hilf mir', dachte der junge Vater. Er hörte ihre Stimme, die sagte: „Bleibe ruhig und handele schnell! Schlage das Buch der Tarnmantelsprüche auf!"

Zufällig war es das Buch, das oben auf dem Bücherstapel lag, den er in der Hand hielt. Er schlug das Buch wahllos auf. Eine weitere Stimme erschallte. Antares kannte diese Stimme nicht, die plözlich aus dem Buch heraus sprach . Antares konnte nicht verstehen, was sie sagte. Er hörte eine tiefe Bassstimme, die aus einem großen Fass kommen musste, folgendes aussprechen: „Here Kreatare ware pere ware sone, sora pere sone Antares hui dom ista darre!"

Plötzlich wurde alles dunkel um Antares. Ein grauer Schleier legte sich um ihn herum. Die ewige Nacht wurde dadurch noch finsterer, als sie ohnedies schon war. Er hatte Angst in dieser Schwärze. Er erkannte die erstaunten Gesichter der skelettartigen Wesen und erst recht das total erstaunte Gesicht des Buchhändlers. Die Skelette fielen plötzlich über den Buchhändler her und riefen etwas von Verrat und an der Nase Herumführen. Antares war aber noch nicht in Sicherheit. Er musste von diesem Ort des Todes weg. Vor Angst wäre er beinahe gestorben.

An seiner Statt musste jetzt aber der Buchhändler, der ihn an die Schergen des Bossus verraten und Antares damit dem sicheren Tod überantwortet hatte, um sein Leben kämpfen. Ein Skelett hieb dem verführten Buchhändler mit einem Streich den Kopf von den Schultern, doch das konnte Antares nicht mehr sehen. Er hörte einen zweiten Zauberspruch, der von derselben tiefen Bassstimme gesprochen wurde: „Wechi Antares hui dom ista darre darre."

Antares verlor den Boden unter den Füßen. Ein Windhauch fuhr über sein Gesicht. Er konnte sich nicht erklären, was geschah. Aber plötzlich spürte er doch wieder unter seinen Füßen den Erdboden, der Wind war verschwunden, der graue Schleier lichtete sich und er stand in seinem Haus bei seiner Frau und seinem Sohn und erblickte den von Fackeln erleuchteten Wohnraum. Antares war froh, wieder zu Hause zu sein.

Luziferine empfing ihren Mann mit den Worten: „Dank Jodaryon bist du wieder zu Hause. Gut, dass es manchmal noch seine Bücher zu kaufen gibt." Sie lief zu ihm, nahm ihn in ihre Arme und war glücklich, ihren Antares wieder bei sich zu haben. Er war manchmal ein bisschen blauäugig, etwas naiv und dumm, aber sonst war er doch ein sehr liebevoller und fürsorglicher Mann. Einen besseren Mann als Antares konnte sich Luziferine für sich nicht vorstellen. Und sie war sich sicher, dass er Wasgo bestimmt ein guter Vater und Lehrer sein wird.

Sie sagte: „Wir sollten schnellstens hier verschwinden. Sie sind uns jetzt auf unsere Spur gekommen."

Antares stimmte seiner Frau zu und sie bereiteten alles vor, um unverzüglich aufbrechen zu können. Dabei wollte er wissen, wie das mit dem Buch funktioniert hatte und wie sie auf den Namen Jodaryon gekommen war. Luziferine versprach ihrem Mann, ihm alles zu erzählen, wenn sie erst einmal in Sicherheit waren. Sie wollte mit ihm und Wasgo in den Wald, in eine einsame und tiefe Höhle gehen. Diese Höhle befand sich auf unwegsamem Gelände in den hohen Bergen. Außerdem war sie nicht ungefährlich. Es lebten in dieser Höhle Vampire, die letzten, die von der damaligen Schlacht gegen Bossus und seinem Schrein des Bösen übrig geblieben waren.

Gefahr lauert überall

Endlich – der rettende Wald nahte! Antares war verletzt. Er humpelte seiner Frau hinterher und konnte die Schmerzen, die ihm im rechten Bein plagten, nicht ertragen. Auf einen dicken Stock stützte er sich mit seinem Körper beim Gehen ab und zog das verletzte Bein nach. Zu dumm war es auch, was ihm wieder einmal passiert war. Antares war tatsächlich der ungeschickteste Zauberer der Welt. Er machte sich Vorwürfe, weil er beinahe durch seine eigene Schuld ums Leben gekommen war.

Sie hatten ihr Dorf unbemerkt verlassen können und wanderten durch ein Tal, das früher bestimmt einmal wunderschön gewesen war. Doch heute herrschte die ewige Nacht. Kein Grashalm war auf dem Boden zu sehen. Bevor Bossus die Erde unterjocht hatte, musste es hier eine sehr schöne und grüne Almwiese mit vielen bunten Blumen gegeben haben. Jetzt war es nur eine tote Gegend. Weil die Sonne nun schon nahezu fünfhundert Jahre nicht schien, war es auch bitterkalt.

Die Temperaturen lagen im Hochsommer um die null Grad. Im Winter wurde es bis zu minus fünfzig Grad kalt. Auf dem Boden wuchsen keine Gräser, Farne und Mose mehr. Blumen gab es schon gar nicht. Kein Vergissmeinnicht, kein Löwenzahn, kein Enzian, keine Glockenblume. Alle Gräser und Blumen, die das Tal einmal schön und sehenswert gemacht hatten, waren ausgestorben. Der Boden war kahl. Sand und Steine waren das einzige, das sich den Wanderern unter den Füßen zum Gehen anbot. Der Boden war entweder sehr fest oder sehr staubig. Auf den Bergen, die sich rings herum mehrere hundert Meter in die Höhe erhoben, gab es kein bisschen Grün mehr.

Nur noch die Farbe grau herrschte hier vor. Die einstigen grünen Bäume hatten alle ihre Farben verloren, in der Dunkelheit konnte sich kein grünes Blatt an den Bäumen halten. Sie sahen schon aus einer größeren Entfernung dunkel und krank aus. Antares und Luziferine liefen keinem Wald im eigentlichen Sinne entgegen, der Wald, den sie zu erreichen erhofften, war nur noch ein auf Bergen angesiedelter laub- und nadelloser riesiger Baumbestand mit knorrigen Ästen und unschönen Kronen.

So unschön das Haupt der Medusa war, wenn ihr die Schlangen vom Kopf abstanden, so unschön sah jeder einzelne Baum aus. Dementsprechend sahen auch die Berge dieses früher einst so schönen Hochgebirges aus, das wir heute unter den Namen Alpen kennen. Die Wege bestanden nur aus nacktem Gestein, staubigen Sand und purem Geröll, sofern man überhaupt von einem Weg reden konnte.

Die Berge waren etwa zweitausendfünfhundert bis dreitausend Meter hoch, aber der größte Teil von ihnen war baumlos und bot dem menschlichen Auge nur das pure Gestein als Anblick dar. Die einstige Schönheit und die beeindruckende Majestät des Hochgebirges waren verkommen zu einer trostlosen und traurigen Landschaft. Hier weinten sogar die Berge.

Plötzlich hörten sie hinter sich ein Brummen, das schnell lauter wurde. Es war eine riesige, böse Wespe, die von Bossus als Mordinstrument missbraucht wurde. Diese Wespe musste Antares bekämpfen. Er wurde von diesem riesigen Mordsvieh angegriffen. Der Stachel des Tieres ragte wie ein überdimensionales Schwert aus dem Hinterleib heraus. Antares wollte Luziferine und Wasgo beschützen und nahm den Kampf mit diesem unglaublich blutrünstigen Insekt auf. Er versuchte es mit Zaubersprüchen, aber die hatten keinen Erfolg. Entweder sprach er sie falsch aus oder die Mordwespe war gegen seine Zaubersprüche immun.

Die Wespe befand sich nun über Antares und versuchte, ihn mit ihrem großen Stachel zu stechen. Er hörte nur noch ihr ohrenbetäubendes Brummen. Alle Luft vertrieb sie mit ihren schnellen Flügelschlägen. Antares konnte nicht mehr atmen. Wäre die Wespe so über ihrem Opfer stehen geblieben, wäre Antares unweigerlich erstickt. Er konnte keinen Zauberspruch aufsagen. Also entschloss er sich, aus dem Buch der Bewegungen eine Geste anzuwenden. Damit wollte er das Tier zum Stillstand zwingen. Antares ließ seine linke Hand durch die Luft sausen. Dabei malte er mit seiner linken Hand einen geschlossenen Kreis in die Luft. Aber als er den Kreis vollendet hatte, zog er seine Hand von oben nach unten und teilte so den Kreis. Die Wespe befand sich gerade mit ihrem Leib in dem geteilten Kreis. Der Unterleib war in dem rechten Halbkreis und der Oberleib im linken.

Deshalb brachte Antares die Riesenwespe nicht zum Stilstand. Dann wäre sie gelandet und bewegungsunfähig auf dem Feld sitzen geblieben. Weil Antares den Kreis geteilt hatte, wurde auch das sich darin befindliche Tier geteilt. Der Oberkörper flog weiter und der Unterkörper stürzte ab. Da Antares aber direkt unter der Wespe stand, fiel der Stachel auf seinen rechten Oberschenkel und brach ihm das Bein. Bis zum Waldrand musste er es jetzt aber noch schaffen. ‚Dort werden wir Zeit haben, mir einen Verband anzulegen oder nach einem Heilungszauber in den Zauberbüchern zu suchen, um mit ihm mein verletztes rechtes Bein heilen zu können', dachte Antares.

Endlich hatte er sich unter die Bäume geschleppt. Luziferine hatte ihm am Waldrand im Gebüsch einen Platz hergerichtet, so dass er sich einigermaßen bequem hinsetzen konnte. Angestrengt dachte er an Heilungszauber, aber seine Schmerzen waren zu groß, als dass er einen klaren Gedanken fassen konnte. Wasgo lag neben ihm auf dem Boden. Antares nahm das Kind in seine Arme. Es schlief. Er legte dem Kind liebevoll und fürsorglich die Decke, in die es eingewickelt war, erneut um den kleinen Körper. Sie hatte sich von den Schultern abwärts von dem Neugeborenen gelöst. Wohlig räkelte sich das kleine Geschöpf in den Armen seines Vaters, als wenn es sagen wollte: „Vater, ich fühle mich bei dir wohl und geborgen."

Voller Liebe und Stolz betrachtete Antares seinen Sohn. Wasgo war ein schönes Baby. Aber es war nicht nur die Schönheit dieses noch so hilflosen Kindes, das Antares' Herz weit machte. Eine wohlige Wärme breitete sich in Antares aus, als er das Kind betrachtete. Es ging von diesem Kind etwas ganz Besonderes aus. Was es war, konnte Antares selbst nicht sagen. Aber dann erkannte er doch, was seinen Sohn zu etwas Besonderem machte. Wasgo strahlte Frieden aus.

Am liebsten hätte Antares in diesem Augenblick in die Schale der Erkenntnis gesehen, um zu erfahren, welches Schicksal seinen Sohn erwarten sollte. Aber irgendwie hatte er das Gefühl, dass er nicht mit Hilfe dieser Schale die Zukunft erforschen durfte, wenn es um das Leben seines Sohnes ging. Antares hatte die Schmerzen in seinem rechten Bein vergessen. Liebevoll nahm er eine Hand seines Sohnes und führte diese zu einer bestimmten Bewegung. Diese Bewegung zielte auf Antares' rechtes Bein. Sein Schmerz verging nun vollends.

Das Bein war geheilt. Wasgo sah seinen Vater von unten aus seinen kleinen Äuglein an. Er lächelte ihm ins Gesicht, Antares konnte es genau sehen. Wasgo war glücklich und er, der Vater des Jungen, war es auch.

Luziferine drängte zum Weitermarsch. Weitere Gefahren und Abenteuer warteten auf die kleine Familie.

Antares gab dem Drängen seiner Frau nach. Zu gerne hätte er noch etwas ausgeruht. Aber da sein Bein jetzt wieder in Ordnung war, konnte er ohne Schmerzen und mit frischen Kräften weiterwandern. Luziferine führte ihre Familie in einen tiefen, dichten Wald hinein. Ständig gingen sie bergauf. In nur wenigen Stunden gewannen sie an die neunhundert Höhenmeter. Der Weg führte durch gefährliches Geröll. Einmal nur auszurutschen würde den sicheren Tod bedeuten. Sie mussten aufpassen, wo sie hintraten.

Das Geröll gab schnell und oft nach. Wenn Antares und Luziferine nicht mit den lockeren Steinen nach unten rutschen wollten, mussten sie die Augen im Dunklen gut offen halten. Antares wollte wissen, wo sie ihn hinführen wollte.

„Ich habe dir doch von der Höhle erzählt", sagte Luziferine erstaunt.

„Von welcher Höhle redest du, meine Liebe?", fragte Antares ebenso erstaunt. Er sprach weiter: „Du hast mir noch nichts erzählt. Ich vertraue dir und glaube, dass du weißt, was du tust, aber wir hatten doch noch gar keine Zeit, uns genauer darüber zu unterhalten."

Luziferine überlegte kurz und antwortete: „Ja, mein Schatz, ich glaube, du hast Recht. Der einzige Ort, an dem wir vorläufig sicher sein könnten, ist eine Höhle, weit vom Wald entfernt. Sie befindet sich schon oberhalb der Baumgrenze. In dieser Höhle leben Vampire. Entweder es gelingt uns, diese Vampire davon zu überzeugen, dass sie uns in der Höhle unbehelligt leben lassen, oder wir müssen sie vernichten."

Antares brach der Schweiß aus. Obwohl es eine kühle Nacht war und er eigentlich fror, lief ihm jetzt der Schweiß aus allen Poren und am gesamten Körper herunter. Sein Gesicht war blass geworden. Er stammelte: „Aber, ..., ja, also,..., nein, ..., Luziferine, nein, du ..., du, ..., ne, ne, ..."

Luziferine sah ihren Mann an und musste lachen. Zu göttlich und zu lustig war sein Anblick in diesem Augenblick. Viel konnte sie von ihm in der Dunkelheit nicht sehen, aber was sie sah, reichte aus, um sie zum Lachen zu bringen. Es war ein gutmütiges und lustiges Lachen, ein Lachen, dass Antares nicht verletzen konnte. Liebevoll sah sie ihren Mann an und sagte: „Aber, aber, mein Lieber, du wirst doch wohl nicht etwa Angst bekommen?"

Entrüstet erwiderte er: „Ich und Angst? Ich bekomme keine Angst, warum denn auch! Ich kann gar keine Angst bekommen, denn ich habe sie schon." Lauter, als er es wollte, rief er: „Luziferine, ich bin kein Kämpfer, ich bin nur ein schlechter Zauberer, denn wenn ich ein guter wäre, dann wäre ich nicht hier. Bossus hätte mich dann schon längst gefangen gehalten, so wie er es mit Jodaryon und vielen anderen Zauberern macht. Wie stellst du dir das vor?"

„Beruhige dich, mein lieber Mann", sagte Luziferine. Sie sah ihren Gatten sanft an. Mit leiser Stimme sagte sie: „Wir schaffen es schon. Der Herr der Vampire ist ein logisch denkendes Wesen. Wir werden mit ihm reden können. Und wenn nicht, werde ich meinen Vater anrufen und ihn um Hilfe bitten."

Antares war entsetzt. Er sah seine Frau böse an und kreischte: „Ich höre wohl nicht recht! Deinen Vater um Hilfe bitten? Das wäre ja noch schöner. Der Höllenfürst, der seine Tochter verbannt hat, soll helfen? Ist dir klar, was du da verlangst? Du würdest ihm unser Kind ausliefern! Unter keinen Umständen stimme ich dem zu. Mein Sohn hat andere Aufgaben zu bewältigen, als dass er sich als Gefangener in die Hölle wagen kann. Denn das wäre er, ein Gefangener deines Vaters. Und du weißt, dass Wasgo erst wachsen und älter werden muss, damit wir ihn unterrichten können."

„Aber ich habe meinen Vater schon darüber informiert, dass er einen Enkel hat. Ich könnte mir denken, dass er uns schon beobachtet. Aber warum sollte er Wasgo mit sich nehmen wollen, solange wir gesund sind und uns um unseren Sohn selbst kümmern können?", fragte Luziferine ihren Mann.

Antares war von der Mitteilung seiner Frau entsetzt. Der Höllenfürst sollte sie beobachten? Dann wollte er also Wasgo zu sich holen, schlussfolgerte der junge Vater. Plötzlich verließen ihn alle seine Kräfte. Blass und vom vielen Schweiß völlig durchnässt, sank er da, wo er stand, nieder. Ihm wurde schlecht. Er drückte seinen Sohn an sich, den er immer noch in seinen Armen hielt. Liebevoll sah er das Kind an und sagte: „Nie werde ich das zulassen, mein Kleiner, dass du ein Gefangener deines Großvaters wirst. Ich werde dich beschützen, so gut ich es kann, und werde dich unterrichten und dir alles beibringen, was du wissen musst, damit du deine Aufgaben erfüllen kannst."

Luziferine beugte sich zu Antares und Wasgo hinunter. Mit gesenkter Stimme sagte sie: „Ich möchte es auch nicht, dass Wasgo von uns getrennt wird. Aber vielleicht kann uns Luzifer da helfen, wo unsere Kräfte nicht ausreichen, einen Kampf zu gewinnen. Wir wachsen doch mit unseren Taten. Habe Vertrauen zu uns! Wir werden es schaffen."

Antares blickte seine Frau von unten an, direkt in ihr Gesicht. Er sah ihr tief in die Augen. Ihre Worte beruhigten ihn etwas. „Meinst du das so, wie du es sagtest?", fragte er.

„Ja, mein Schatz, genauso meine ich das", antwortete sie.

Sie half ihrem Mann wieder auf die Beine. Schweigend gingen sie weiter, immer tiefer in den dunklen Wald hinein und immer höher auf den Berg herauf.

Sie stiegen und stiegen. Antares fragte seine Frau, ob sie wisse, wohin sie gehen müssten. Er vertraute ihr. Aber er hatte Angst. Seine Angst war berechtigt, denn plötzlich hörten sie ein dämonisches Lachen. Dieses Lachen wurde immer lauter und lauter. Das Lachen veränderte sich allmählich. Es kam Wind auf. Aus dem Wind wurde ein Sturm. Aus dem Lachen wurde ein Geheul des Sturmes. Antares konnte seinen Sohn kaum noch festhalten. Luziferine klammerte sich mit all ihren Kräften an Antares, um nicht von ihm getrennt zu werden.

Sie schrie ihrem geliebten Mann ins Ohr: „Kennst du einen Zauber gegen diesen Sturm?"

„Nein, leider nicht. Aber ich bin mir sicher, dass Bossus uns schon wieder aufgespürt hat. Für das, was hier abgeht, kann nur er die Ursache sein", schrie er zurück.

Luziferine musste als Mensch auf dieser Welt leben. Ihr Vater hatte sie aus der Hölle verstoßen und sie somit fast aller magischen Kräfte beraubt. Sie durfte nur kämpfen und Zauber ausüben, die sie zum Schutz ihrer Familie einsetzen konnte. Aber ihr Mann war ein Zauberer. Sie schrie ihm erneut, gegen das wütende Sturmgeheule ankämpfend, ins Ohr: „Aber du bist ein Zauberer. Entweder ich rufe meinen Vater an oder du lässt dir etwas einfallen."

Antares dachte angestrengt nach. Nein, den Höllenfürsten wollte er nicht um Hilfe bitten. Er, Antares, ein Mann, der die dunklen und bösen Mächte bekämpfte, wollte sich nicht ihrer bedienen. Er wollte keinen Höllenfürsten bitten müssen, ihm und seiner kleinen Familie zu helfen, wenn es gegen den Herrn des Bösen ging, wenn er Bossus bekämpfen musste. Nein, um keinen Preis der Welt wollte er das zulassen, solange er selbst helfen konnte.

Plötzlich tat er sich selbst etwas Leid und war von sich enttäuscht. ‚Warum nur kann ich nicht bessere Zauberkräfte besitzen? Warum nur kann ich nicht so ein großer Zauberer wie Jodaryon sein?', dachte er. Er kam nicht auf die Antwort, weil er eben nur ein einfacher und unbegabter Zauberer war. Und doch war es gerade das, was ihn sein Schicksal zu einem der größten Zauberer aller Zeiten werden ließ. Er, der Verfolgte, hatte den Sohn gezeugt, der den Kampf gegen Bossus aufnahm. Er, Antares, war es, der seinen Sohn ausbilden sollte, mit all seinen kleinen und geringen Zaubern, die Wasgo aber die Fähigkeiten geben sollten, Jodaryon zu befreien, um mit dem großen Zauberer gemeinsam Bossus die Stirn zu bieten.

Wäre Antares in der Lage gewesen, kräftige und große Zauber anwenden zu können, wäre er wahrscheinlich von Bossus bekämpft und getötet worden. Doch als einfacher Zauberer mit seinen sehr beschränkten Möglichkeiten konnte Antares seine Rolle in dem großen Spiel und Wettkampf der Mächte nicht erkennen. Und doch hatte er gerade deshalb eine entscheidende und sehr mächtige Position im Universum.

‚Ach, Jodaryon', dachte Antares, ‚Kannst du uns nicht helfen? Ich bin einfach zu schwach."

Kaum hatte Antares diesen Gedanken zu Ende gedacht, als eine Art Käfig durch den Sturm auf sie zugeflogen kam. Dieser Käfig flog direkt zu ihnen und nahm Luziferine, Antares und Wasgo in sich auf. Sie konnten sich nicht dagegen wehren. Luziferine brach in Panik aus, als der Käfig begann, sich sehr schnell zu drehen. Ihr wurde schwindlig. Aber dann bemerkte sie, dass der Sturm immer mehr nachließ, bis er schließlich vollständig verschwand. Der Käfig drehte sich rasend schnell um seine eigene Achse, aber die kleine Familie drehte sich nicht mit. Luziferine sah ihren Mann ängstlich an und fragte: „Wie hast du das gemacht und was passiert jetzt?"

Antares gab zu: „Ich habe nichts getan. Gar nichts habe ich getan. Ich frage mich genauso wie du, was hier vorgeht. Aber es kann nicht böse sein, glaube ich wenigstens."

Kaum hatte Antares zu Ende gesprochen, als eine Stimme ertönte. Diese Stimme war so tief, als wenn sie aus einem Fass käme, eine richtige tiefe Bassstimme. Antares kannte diese Stimme. Es war die gleiche Stimme, die er gehört hatte, als er die Zauberbücher von dem Händler kaufte, der ihn an die Schergen des Bossus verraten hatte.

Es war Jodaryons Stimme, nur war sie dieses Mal nicht so kräftig. Jodaryons Stimme hatte Antares schon einmal das Leben gerettet und ihn zu seiner Frau geführt. Warum Jodaryons Stimme schwächer war als bei seinem ersten Hilfsdienst für Antares, erklärte die Stimme nun alleine: „Noch kann ich euch helfen. Bossus hat mich meiner Kräfte beraubt. Ich darf nicht zaubern. Doch konnte er mir nicht alle meine Kräfte nehmen. Einige kleine Zauber beherrsche ich noch. Aber mit jedem Zauber, den ich anwende, verliere ich mehr von meinen Kräften. Trotzdem muss ich euch helfen. Ich werde es tun, wenn ich weiß, dass ihr ohne meine Hilfe euch nicht retten könnt. Aber nur dann. Ich bringe euch zur Höhle. Dort müsst ihr euch alleine weiterhelfen."

Luziferine sah Antares an, doch wendete sie sich an Jodaryon: „Ich danke dir, oh großer Jodaryon. Wir werden deine Worte befolgen. Wir werden alles tun, damit auch dir geholfen werden kann."

Der Käfig hörte auf, sich zu drehen. Vom Sturm war nichts mehr zu spüren. Jodaryons Stimme sprach noch einmal zu ihnen. Sie hörte sich noch schwächer an, als vorhin: „Ich weiß es, Luziferine. Ich wünsche euch viel Glück auf eurem weiteren Weg."

„Auch ich danke dir im Namen meines Sohnes und meiner Gattin, großer Jodaryon", sagte Antares und verließ mit seiner Frau den Käfig. Dabei mussten sie sehr vorsichtig sein. Der Käfig hatte sie auf einen Berg gebracht, knapp unterhalb des Gipfels. Unter ihren Füßen befand sich lockeres Gestein, es war ein Geröllfeld. Ein falscher Schritt und sie wären in die Tiefe gerutscht. Antares wollte noch etwas sagen, aber der Käfig war schon wieder verschwunden. Er fasste seine Frau an die Hand und drehte sich mit ihr um und sie sahen die Höhle.

Die Höhle der Vampire

Antares und Luziferine blickten sich um. Der Wald unter ihnen sah alles andere als einladend und schön aus. Der Ort, an dem sie sich befanden, strahlte kein Leben und keine Geborgenheit aus. Im Gegenteil kam es ihnen so vor, als wenn hier der Tod sein Unwesen trieb. Instinktiv drückte Antares sein Kind etwas fester an seine Brust. Er war fest entschlossen, den kleinen Wasgo zu beschützen, und zwar mit allen ihm zur Verfügung stehenden Mitteln, wenn nötig. Dabei würden doch seine Kräfte nicht einmal ausreichen, sich selbst zu beschützen! Vorsichtshalber übergab er seinen Sohn seiner Frau, damit er wenigstens die Hände frei hatte.

‚Man kann nie wissen, was alles passieren kann', dachte Antares. Er wollte seine geringen Kräfte wenigstens ungehindert einsetzen können, wenn es erforderlich sein sollte, Luziferine zu beschützen.

Antares war zutiefst verunsichert. Er dachte daran, dass er ständig Gefahr lief, einen Zauber falsch anzuwenden. Viele magische Formeln kannte er schlichtweg gar nicht. Ihm war nur zu bewusst, dass seine magischen Fähigkeiten sehr begrenzt waren und seine Kräfte kaum ausreichten, sich selbst zu beschützen. Wie sollte er da seine Familie schützen! Er fürchtete, dass Wasgo seine Aufgabe später nicht erfüllen könne, weil er, Antares, jämmerlich versagen und seinen Sohn nicht gut ausbilden werde.

Sicherlich hatte er Zeit, sich einige Fähigkeiten anzueignen, um Wasgo, wenn die Zeit dafür gekommen war, besser unterrichten zu können. Aber was sollte er jetzt tun? Jetzt brauchte er das Wissen über die magischen Kräfte, damit er sich gegen die bösen Wesen und Geister verteidigen konnte. Er spürte, wie große Angst ihn befiel. Unwillkürlich dachte er an die Riesenwespe und an seinen verpfuschten Zauber. Und passierten ihm nicht ständig solche Missgeschicke?

Mit einem Mal spürte Antares Augen auf sich gerichtet. So sehr er sich auch bemühte, er konnte niemanden sehen, aber doch fühlte er sich beobachtet. Schon kam wieder seine Angst. Tod und Verderbnis herrschten an diesem Ort. Es roch nach Verwesung und Unrat. Der Waldrand schien nur aus toten Bäumen und Sträuchern zu bestehen. Die Dunkelheit, die überall auf der Welt herrschte, seit Jodaryon durch Bossus gefangengesetzt war, schien hier noch undurchdringlicher zu sein. Nur mit Mühe vermochte Antares, seine eigene Hand wahrzunehmen.

Vor der kleinen Familie befand sich eine Höhle, die aussah, als sei sie ins Bergmassiv eingemeißelt. Das Gestein erhob sich über ihre Köpfe hinweg in beeindruckender Höhe. Dieser Fels, der völlig frei von Pflanzen war, hatte Ähnlichkeit mit einem überdimensionalen Kopf. Antares suchte das Felsmassiv, das aus Granit bestand, mit den Augen ab und fand den Eingang zur Höhle.

Plötzlich knackte es laut hinter ihm im verdorrten Gesträuch. Mit einem Ruck fuhr Antares herum. Mit unbeschreiblichem Schrecken erkannte er eine riesige schwarze Schlange, die sich ihm in Angriffsstellung näherte. Wo kam die auf einmal her? Wie in Zeitlupe nahm er wahr, dass sie mit ihren fürchterlichen Zähnen immer näher kam. Zehntelsekunden dehnten sich endlos, sie kamen Antares vor wie Stunden. Fieberhaft arbeitete sein Hirn, um einen wirksamen Zauber zu finden. Ohne den wären er und seine Familie und die gesamte Welt endgültig verloren. Schon sah er vor seinen Augen sein ganzes Leben wie in einem Film vorbeisausen.

Immer näher und näher kam die Schlange. Ihre Zunge schoss wie ein todbringendes Schwert aus ihrem Maul heraus und Antares entgegen. Der war vor Angst wie gelähmt. Nicht um sich hatte er Angst, das registrierte er erstaunt. Er hatte Angst um seine Frau und um sein Kind. Er fürchtete um Wasgos Mission. Wenn dem Jungen etwas passieren sollte, konnte sich die Prophezeiung zur

Rettung Jodaryons und der Welt nicht erfüllen. Außerdem gehörte nun einmal ein Kind zu seiner Mutter. Selbstvorwürfe kamen in ihm hoch: Du Versager, du lausiger Zauberer, nicht einmal mit dieser Schlange kannst du es aufnehmen! Jetzt war ihm das Reptil bis auf einen Meter nahe gekommen. Ihr Kopf schnellte vor. Deutlicher als je zuvor erkannte Antares in ihrem Maul die Zähne. ‚Gleich wird sie zubeißen, gleich wird sie mich erwischen!', fuhr es ihm durch den Kopf. Schon war es ihm, als spürte er die Zähne des Ungeheuers in sich eindringen.

Da fiel ihm der ersehnte Zauber ein. ‚Hoffentlich ist es nicht zu spät', dachte er. Mit einem letzten Blick auf Luziferine und Wasgo, sie waren die liebsten Menschen, die er je in seinem Leben hatte, nahm er eine Abwehrstellung ein und murmelt eine Formel. Im selben Augenblick schnellte der Kopf der Schlange nach vorn. ‚Das war es dann, jetzt ist es gleich vorbei', wurde ihm bewusst. Aber was war das? Aus dem Nichts schien sich ein unsichtbarer Schutzschild zwischen ihm und der Schlange aufgebaut zu haben. Das Tier knallte mit seinem Kopf gegen etwas, das man nicht sah.

Er spürte noch etwas. Es konnte nicht die Schlange sein, die ihn beobachtet hatte. Da war noch etwas oder jemand anderes, von dem er beobachtet wurde. Erneut breitete sich in seinem Körper Angst aus.

Luziferine spürte ebenso wie ihr Mann, wie feindlich dieser Ort ihnen gesonnen war. Auch sie bekam es mit der Angst zu tun. Zweifel überkamen sie, ob es richtig war, an diesem Ort Zuflucht und Geborgenheit zu suchen, um Wasgo in Ruhe und mit viel Liebe aufziehen und ausbilden zu können. Plötzlich war sie sich nicht mehr sicher, ob es überhaupt einen Platz auf dieser Welt gab, an dem sie ihren Sohn zu einem tatkräftigen, verantwortungsvollen jungen Mann erziehen konnten. Immerhin musste der Junge mit einem Schwert umgehen können und er musste das Zaubern erlernen. Lesen und schreiben sollte er ebenso können.

Aus den Augenwinkeln sah sie die schwarze Riesenschlange auf ihren Mann zuschießen. Gefährlich sahen ihre Zähne aus, die zum Biss bereit waren. Antares riss seine rechte Hand nach vorne, der Schlange entgegen. Seine Hand zeigte gerade in die Höhe, die Finger hatte er zusammengepresst. Die Beine hatte er etwas gespreizt, um mehr Standfestigkeit zu bekommen. Die Schlange prallte gegen einen unsichtbaren Schild. Antares blieb in der von ihm eingenommenen Position zum Kampf gegen die Riesenschlange stehen und konnte sehen, wie der Kopf des Ungeheuers gegen diesen aus dem Nichts entstandenen unsichtbaren Schutzschild knallte. Die Zunge der Schlange wurde dabei gefährlich gequetscht. Die Zähne des Ungetüms brachen und fielen zu Boden. Dort, wo sie den Erdboden berührten, entstand sofort ein dichter Nebel. Es sah aus, als wenn Wasser verdampfte. Nur waren es die Zähne der Riesenschlange, die auf diese Art vom Erdboden vertilgt wurden. Die Zähne der Schlange lösten sich einfach auf und verschwanden.

Antares, aber auch Luziferine konnten den Schmerzensschrei der Schlange hören. Wasgo verzog schmerzverzerrt sein kleines schönes Gesichtchen und begann zu weinen. Luziferine wiegte das greinende Kind und beruhigte es mit leisen sanften Worten. Tatsächlich beruhigte sich der Säugling und lächelte seiner Mutter entgegen. Die herzte daraufhin das Kind und bemerkte nicht, was nun geschah.

Die Schlange ergriff mit Wehgeschrei die Flucht. Über Luziferine und Antares verdunkelte sich für einen kurzen Augenblick der nachtschwarze Himmel zu völliger Dunkelheit. Die kleine Familie konnte nichts erkennen. Antares war gerade dabei, seine Angriffshaltung, die er der Schlange wegen eingenommen hatte, aufzugeben. Doch drohte ihm und seiner Familie schon wieder erneute Gefahr, dieses Mal aus der Luft. Antares verlangte von Luziferine, dass sie sich hinter ihm stellte und auf Wasgo aufpasste.

Ein riesiger schwarzer Vogel flog über sie hinweg und landete nahe dem Eingang zur Höhle. Aber dann erkannte Antares, dass es kein Vogel war. Dieses ihm unbekannte Wesen war ganz und gar kein Vogel. Flügel hatte es, damit war es ja geflogen. Völlig lautlos war der Flug dieses Tieres gewesen, so kam es Antares vor. Das unheimliche Wesen war etwa zwei Meter hoch und hatte einen kräftigen, menschenähnlichen Körper. Es war dunkel wie die Nacht selbst, fast schwarz. Kräftige Beine standen fest auf dem Boden und muskulöse Arme kamen aus den Schultern heraus. Zwischen den Armen und dem Körper war eine kräftige Haut gewachsen, die von diesem Geschöpf zum Fliegen benutzt wurde. Diese Häute und Arme waren also Flügel. Ein armdicker, schwarzer runder Schwanz, der zum Ende immer dünner wurde, ragte am Steiß hervor. Der Schwanz war so lang, dass er bis auf den Erdboden reichte. Der Kopf sah aus wie der einer Fledermaus. Furchterregend erschien ihm dieses Geschöpf. Was war das nur für ein komisches Wesen? Es war halb Mensch und halb Tier, es sah aus, als wäre es eine halbe Fledermaus.

Schlagartig wurde Antares bewusst, was das für ein Wesen war. Sein Herz rutschte ihm in die Hose. Luziferine hatte es ihm gesagt, wohin sie wollten. Dieses furchterregende Geschöpf lebte nicht. Aber es war auch nicht tot. Es gehörte zu den Geschöpfen der Unterwelt. Es war kein Mensch. Es war auch keine Fledermaus. Es war ein Vampir!

Verzweifelt versuchte Antares sich zu überlegen, wie er den Vampir, sollte der ihn angreifen wollen, bekämpfen konnte. Doch musste er begreifen, dass Vampire viel mächtiger waren als er selbst. Er war doch nur ein kleiner, unsicherer Zauberer. Was konnte er schon gegen solch ein Wesen der Finsternis ausrichten! Sicherlich existierten sie auf der Erde, weil sie Luzifer aus der Unterwelt verbannt hatte. Aber anders als Luziferine hatten sie ihre magischen Kräfte behalten dürfen. Im Gegenteil konnten Vampire ihre Fähigkeiten sogar auf einen Menschen übertragen, wenn sie ihn mit einem Biss zu einem der Ihren machten.

Das bedeutete, dass der Vampir einem Menschen am Hals direkt in eine Vene beißen musste, um von seinem Blut zu trinken. Trank der Vampir alles Blut aus dem Menschen heraus, wurde der Mensch zu einem Vampir mit all dessen magischen Fähigkeiten. Aber es konnte auch geschehen, dass ein Vampir nur einen Schluck von dem köstlichen Lebenssaft trank. Dann wurde dieser Mensch zwar nicht zum Vampir, aber vorübergehend wurden ihm doch dessen magische Kräfte übertragen. Er wurde zu einem Halbvampir. Trank dieser Halbvampir jedoch selbst einmal Menschenblut, wurde er unweigerlich zu einem richtigen Vampir. Trank er hingegen kein Blut von Menschen, verlor er nach und nach wieder seine vampirischen Fähigkeiten.

Antares blickte zu dem Wesen der Nacht. Das sah genauso zu Luziferine und Antares herüber. Ängstlich sagte Antares mit zittriger Stimme: „Wir sind gekommen, weil wir dringend mit dem Herrn der Vampire reden müssen."

Der Vampir antwortete mit einer rauen, nicht menschlichen Stimme: „Es gibt keinen Herrn der Vampire mehr. Der Herr der Vampire starb bei dem Angriff auf den Schrein des Bösen vor fast fünfhundert Jahren. Nur wenige Vampire haben diese Schlacht damals überstanden. Einer davon war ich."

Der Vampir kam auf Antares und Luziferine zu. Als er einen ersten Schritt in ihre Richtung machte, verwandelte er sich in einen Menschen. Auf Antares ging ein junger Mann zu. Er hatte schwarze Haare und einen blassen Teint. Die Haut sah beinahe wie bei einem Toten aus. Er hatte eine sportliche Figur, war muskulös und athletisch, sein Körper wies kein Gramm Fett zu viel auf. Seinem Aussehen nach musste man ihn auf maximal zwanzig Jahre schätzen.

Aber er war groß und mit seinen breiten Schultern verdeckte er nun den Eingang zur Höhle. Antares konnte es sich nicht erklären, wie ein Mann zu solch einer Schönheit kommen konnte. Irgendwie fühlte er sich zu dem Fremden hingezogen. Warum das so war, konnte er sich nicht erklären. Aber seine innere Stimme sagte ihm, dass er vorsichtig sein solle. Er dürfe ihm nicht trauen.

Der Fremde sah ihn lächelnd an und fragte: „Bist du Antares, der größte aller Zauberer?"

Das war der reinste Spott, so empfand Antares die Frage des Fremden. Seine Stimme war aber tief und dunkel und sehr angenehm im Klang. Sie hörte sich sehr warm und liebevoll an. Antares sagte: „Das hört sich an, als wenn du schon auf uns gewartet hättest."

„Ja, das habe ich", gab der junge Vampir zu. „Ich habe von der Prophezeiung gehört und es ist an der Zeit, dass sie sich zu erfüllen beginnt. Zeigt mir das Kind, ich will sicher gehen, dass ihr die Richtigen seid, auf die wir warten", verlangte der Fremde.

Luziferine sah Antares fragend an. Der nickte seiner Frau aufmunternd zu. Sie wickelte Wasgo aus der Decke und entblößte seinen Rücken. Dann hielt sie dem Fremden das Kind entgegen. Der wollte es berühren, aber Luziferine zischte ihn wütend an: „Wage es nicht! Du darfst es dir ansehen, aber nicht anfassen. Sieh dir sein Muttermal an! Das ist genau das Muttermal, wie es in der Prophezeiung beschrieben wurde. Unser Wasgo wird Jodaryon befreien und retten."

Der Fremde zog sofort seine Hand zurück, als Luziferine ihn anzischte. Böse war er ihr aber nicht. In einer Welt voll Dunkelheit und Falschheit, in einer Welt voller Verrat und Unterdrückung konnte man nie vorsichtig genug sein,dafür hatte der Vampir Verständnis. Als er sich das Kind angesehen hatte, begann er zu lächeln und sah in den schwarzen Nachthimmel hinein.

Er rief: „Bossus, deine Tage sind gezählt. Bald wird es wieder Tag und die Menschheit wird wieder wachsen und somit wird es auch wieder mehr Vampire geben." Dann drehte er sich zur Höhle um und sagte in etwas verändertem Tonfall, der etwas ruhiger klang als das von ihm zuvor Ausgesprochene: „Ich danke dir, o mein Herr und Meister, der du dieses leider nicht mehr miterleben darfst. Aber du hast uns in all deiner Weisheit den richtigen Weg gezeigt, auch wenn niemand von uns daran glauben konnte. Dein Werk kann nun fortgesetzt werden."

Antares sah den jungen Mann erstaunt an und wollte wissen, wer er denn nun sei.

„Ich bin der Herr dieser Höhle. Mein Name ist Sinclair. Ich bin der Herr der Nacht und Beschützer aller Fledermäuse. Du bist hier in mein Reich gekommen. Dieser Wald gehört mir. Wenn du es so willst, stehst du vor dem Herrn der Vampire. Wir werden euch helfen, Bossus zu besiegen", sagte Sinclair freundlich.

Luziferine sah Antares tief in die Augen und sagte: „Siehst du, mein Schatz, wir haben doch alles richtig gemacht. Hier können wir bleiben und unseren Sohn groß ziehen und ihm alles das lehren, was er für sein Leben benötigt."

„Ja", sagte Antares, „das können wir. Wir haben ein Zuhause gefunden."

Antares wandte sich Sinclair zu. Er wollte von ihm wissen, wie es mit ihnen weitergehen sollte. Was war mit all den anderen Vampiren? Antares wollte nicht, dass Wasgo einen Vampir sah, der so erschreckend aussah wie Sinclair noch vor wenigen Minuten. Außerdem wollte er, dass Sinclair die anderen Vampire anwies, ihn und seine Familie in Ruhe zu lassen. Es wäre für Wasgo das Beste, wenn er einen Vampir so schnell nicht zu sehen bekam. Erst wenn er älter war und den Anblick eines Vampirs ertragen konnte, sollte der Junge auch Vampire kennen lernen.

Sinclair versprach, dass Wasgo nichts zu befürchten hätte. Die Vampire, die mit ihm in der Höhle lebten, nutzten nur eine größere Nebenhöhle. Vorne am Eingang befand sich noch eine weitere kleine Nebenhöhle, die für Luziferine und Antares und deren Söhnchen groß genug sei. Die sollten sie nutzen und kein Vampir durfte sie dort stören.

Sinclair forderte Luziferine und Antares auf, ihm in die Höhle zu folgen, damit er ihnen ihr neues Zuhause zeigen konnte.

Unsicher folgte das junge Paar dem Herrn der Fledermäuse in die Höhle. Luziferine hatte den kleinen Wasgo schon längst wieder in seine wärmende Decke eingewickelt und ihn in den Arm genommen. Der Anstieg zur Höhle war schwieriger, als das Paar erwartet hatte. Der Berg stieg steil an und bis zum Eingang der Höhle waren es noch gut einhundert Meter. Es gab bis dahin keinen Weg und das Geröll war ziemlich lose und gab unter den Füßen nach. Die Gefahr, viele Meter wieder vom Berg herunterzurutschen, war groß. Doch dann schafften sie es endlich und hatten den Eingang zur Höhle erreicht. Kurz dahinter schlängelten sie sich einen engen Spalt entlang. Diesem folgten sie und plötzlich befanden sie sich nach wenigen Metern in einer Nebenhöhle, die alles andere als klein war.

Sinclair sah die überraschten Gesichter der jungen Leute. Unwillkürlich musste er lächeln. Er sagte: „Das ist eure Höhle, sie ist die kleinste in diesem Höhlenverbund. Es gibt hier mehrere Höhlen, die irgendwie alle miteinander verbunden sind. Aber ihr müsst euch keine Sorgen machen. Niemand wird euch hier behelligen. Und der kleine Wasgo wird hier keine Vampire sehen. Und wenn ihr mit ihm die Höhle verlassen wollt, passt ihr eben auf, dass er keinen zu sehen bekommt, sollte doch einmal einer gerade im Anflug der Höhlen sein. Aber ich werde alle darauf hinweisen, dass sie als Fledermäuse durch die Höhlen fliegen und das selbstverständlich auch in der näheren Umgebung tun sollen. So sollte alles zu eurer Zufriedenheit sein."

Luziferine und Antares dankten Sinclair und der ließ sie mit ihrem Söhnchen alleine. Das junge Paar konnte nun die Höhle in ihren Besitz nehmen. Ihre kleinen Habseligkeiten waren schnell ausgepackt. Antares schaute sich um. Ihr neues Zuhause gefiel ihm. Es war warm und gemütlich. Ein angenehmes Licht beherrschte diese Nebenhöhle, doch konnten weder Antares noch Luziferine sich erklären, wo das Leuchten herkam. In einer Höhle war es eigentlich dunkel. Diese Höhle war aber so hell, dass man sich gut darin orientieren konnte.

Rechts neben dem Eingang befand sich ein kleiner Raum, der Antares und seiner Familie zum Schlafen dienen konnte. Ein See mit glasklarem Wasser erstreckte sich zur linken Seite. Dieser See verschwand in der Höhle, so dass man nicht erkennen konnte, wo er endete. Das Wasser hatte eine angenehme Temperatur, stellte Luziferine fest, als sie sich bückte und ihre Hand eintauchte. Sie überzeugte sich davon, dass man dieses Wasser trinken konnte.

Antares verließ die Höhle. Er wollte sich im nahe gelegenen Wald umsehen und nach etwas Brauchbarem sehen, das man als Matratze benutzen konnte.

Überhaupt richteten sich die beiden in den nächsten Tagen ihre Höhle häuslich ein. Antares besorgte Holz, aus dem er einen Tisch und vier Stühle zimmerte. Als Bett diente ihnen nach und nach das Fell von erlegten Kleintieren, von denen sich die Familie ernährte. Stroh gab es nicht, weil es keine Gräser zu der Zeit gab, als Bossus die Erde beherrschte und unterdrückte. Wo hätte zu den Zeiten der ewigen Nacht Gras wachsen sollen!

Die vielen kleinen Felle steckte Luziferine in einen Sack, den sie zu einer Matratze geformt hatte. Nahe am Höhlensee richteten sich Wasgos Eltern eine Feuerstatt ein. Antares baute für Luziferine ein Gestell, an dem sie über einem Feuer ihre Mahlzeiten zubereiten konnte. Es dauerte ein paar Tage, bis sie sich ihre Höhle einigermaßen wohnlich eingerichtet hatten.

Nun konnte Wasgo in Geborgenheit bei seinen Eltern aufwachsen. Liebevoll kümmerten sie sich um ihn. Die Jahre vergingen und Wasgo wuchs heran. Als er sechs Jahre alt wurde, bekam er von Antares und Luziferine ein besonderes Geschenk. Aber sie erklärten ihm auch, dass seine Zeit des Spielens nun beendet sei. Er sollte jeden Tag vom Vater in Lesen und Schreiben und Rechnen unterrichtet werden.

Wasgo freute sich darauf. Endlich durfte er rechnen und lesen und schreiben lernen. Er war ganz außer sich vor Freude und jubelte laut in der Höhle herum. Die Mutter sah das jubelnde Kind lächelnd an. Dann wurde sie ernst. Sie dachte: ‚Jetzt, mein Sohn, wird dich dein Vater ausbilden, dafür, dass du viele Abenteuer bestehen sollst. Es wird dir nicht immer alles leicht fallen. Du hast ein schweres Leben vor dir.' Diese Gedanken machten sie etwas traurig.

Der Kampf um Wasgo

Zu Wasgos Geburtstagsfeier war auch Sinclair eingeladen, den der Junge als seinen Onkel kennen gelernt hatte. Es war ein lustiger Nachmittag, mit Spiel und einigen Leckereien zum Naschen, die Luziferine eigens für diesen Anlass zubereitet hatte. Am nächsten Tag begann der Vater des Kindes mit dessen Ausbildung.

In den letzten sechs Jahren hatte sich Antares mit den Zauberbüchern beschäftigt und sein Wissen in der Zauberkunst vervollkommnet. Er war längst nicht mehr der schlechte Zauberer von einst. Aber trotzdem konnte er einem Mann wie Jodaryon bei weitem nicht das Wasser reichen. Immerhin hatte er es geschafft, in den letzten sechs Jahren keine fremde Hilfe mehr in Anspruch nehmen zu müssen.

Im Gegenteil konnte er sogar Spione, die der Höllenfürst Luzifer geschickt hatte, um etwas über seinen Enkel in Erfahrung zu bringen, enttarnen und sie in die Flucht schlagen. Damit hatte sich Antares natürlich einen weiteren Feind geschaffen. Nun wollte Luzifer seinen Enkel Wasgo in die Hölle entführen.

Wasgo saß mit seinem Vater vor der Höhle. Im Laufe der Jahre hatte Antares den Zugang zur Höhle verändert. Er hatte am Tage Sand aus dem Wald herbeigeschafft. Diesen schüttete er am Berghang so auf, dass die Steigung deutlich geringer wurde. Das war eine sehr mühselige Arbeit. Als die Vampire sahen, was Antares am Tage trieb, halfen sie ihm in der Nacht, den Sand vor die Höhle zu schaffen und ihn so zu verteilen, wie Antares es vorhatte. Somit entstand ein sanfter Anstieg zur Höhle, so dass Luziferine mit Wasgo ihr Zuhause unbeschwert bis zum Wald verlassen und ebenso wieder zurückkehren konnte.

Der Junge sollte einen Text lesen, den sein Vater ihm zuvor in den Sand auf den Fußboden geschrieben hatte. Wasgo war ein guter Schüler. Er hatte Spaß daran gefunden, mit seinem Vater schreiben und lesen zu lernen. Er konnte sogar schon bis Einhundert rechnen. Wasgo lernte spielend und sehr schnell. Und wie jeder Junge es tat, wenn er sechs Jahre alt war, vergaß er manchmal, welche Aufgabe er lösen sollte. Seine Konzentration ließ nach und er begann zu spielen.

Dann interessierte ihn kein Unterricht, auch wenn sich Antares bemühte, diesen für Wasgo so interessant zu gestalten wie nur möglich. Aber Antares hatte meistens ein Einsehen mit seinem Sohn und ließ ihn nicht nur spielen, sondern beteiligte sich an den Spielen seines Kindes. Wasgo konnte herzerweichend lachen. Wenn er so von Herzen lachte, war er so niedlich, dass seinem Vater das Herz aufging. Wasgo war für Antares zum Lebensinhalt geworden.

Die Konzentration Wasgos ließ nach. Er war müde. Plötzlich sagte der kleine Junge: „Vater, ich mag nicht mehr lernen. Schule ist doof. Ich will jetzt nicht lesen, ich will spielen. Bitte lass mich gehen."

„Wo willst du denn hingehen?", fragte Antares?

Er bekam keine Antwort. Antares befahl auf liebevolle Weise seinem Sohn, zu ihm zu kommen. Wasgo tat, was sein Vater von ihm verlangte. Er ging zu seinem Vater, der ihn zu sich auf seinen Schoß setzte. Antares streichelte Wasgo über das Haar und drückte den Jungen kurz an sich. Dann sprach er: „Junge, ich kenne dich genau. Was ist los? Du verheimlichst mir doch etwas."

Immer wenn Wasgo ein Geheimnis hatte, konnte er es vor seinen Eltern nicht verborgen halten. Er war ein grundehrliches Kind. Nun erzählte er seinem Vater, dass Onkel Sinclair ihn eingeladen hatte, mit ihm im Wald einen Hirsch zu jagen. Den wollte er Luziferine und Antares schenken. Es dauerte nicht lange, bis Sinclair aus der Höhle trat. Sie begrüßten sich. Wasgo fragte ihn, ob sie jetzt im Wald den Hirsch fangen wollten. Sinclair sah das Kind fassungslos an und fragte: „Was für einen Hirsch willst du denn jagen?“

Wasgo meinte, dass dieses Sinclair schon alleine wissen sollte. Doch der Vampir hatte keine Ahnung, wovon der Junge sprach. So kam es, wie es kommen musste. Wasgo war von Sinclair maßlos enttäuscht. Der kleine Junge begann zu weinen, weil er dachte, dass er nun als Lügner vor seinem Vater dastand. Antares drückte den Kleinen an sich und beruhigte ihn. Danach schickte er das Kind zu Luziferine. Sie sollte sich um Wasgo kümmern, er selbst hatte mit Sinclair zu reden.

Antares traute dem Herrn der Fledermäuse nicht über den Weg. Er glaubte, dass Sinclair nicht ehrlich war, und sagte es ihm. Er hatte Angst um Wasgo. Warum sollte sein kleiner Junge mit Sinclair einen Hirsch jagen gehen? Warum sollte ausgerechnet der Vampir für Antares' und Luziferines Vorrat an Nahrungsmitteln sorgen? Zu diesem Zeitpunkt hatte der junge Vater vergessen, dass die Vampire ihm auch geholfen hatten, den Zugang zur Höhle für ihn und seine Familie umzubauen, so dass der für sie leichter zu erreichen war. Die Vampire brauchten keinen Eingang zu ihrer Behausung, der zu Fuß gut zu erreichen war. Sie flogen hinein und hinaus aus der Höhle, so wie sie es wollten.

Sinclair beteuerte, dass er das erste Mal davon hörte, mit dem Jungen auf die Jagd gehen zu wollen. Er sagte: „Antares, überlege doch bitte einmal. Warum sollte ich mit Wasgo jagen gehen? Ihn dabei gefährden? Wir Vampire benötigen kein Fleisch, sondern Blut von Menschen. Das ist heute bereits das dritte Mal, dass Wasgo behauptet, ich wollte etwas mit ihm unternehmen. Ich glaube, da steckt mehr dahinter, als du wahrhaben willst.“

Antares wollte wissen, was Sinclair damit zum Ausdruck bringen wollte. Sinclair sagte: „Irgendwer will euch den Jungen wegnehmen.“

Antares fiel es wie Schuppen von den Augen. Er entschuldigte sich bei dem Vampir und bat ihn um Hilfe. Antares fürchtete, dass hinter diesen Verwechselungen Luzifer steckte und der Wasgo entführen wollte. Sinclair war der gleichen Ansicht. Sie besprachen sich und entwickelten einen Plan, wie sie gemeinsam mit vereinten magischen Kräften den Höllenfürsten überlisten wollten.

*****

Der Höllenfürst war übelster Laune. Er schnauzte seine Spione regelrecht an und diese gerieten dermaßen in Furcht, dass sie es kaum aushielten. Luzifer schrie: „Ihr seid zu nichts zu gebrauchen. Nicht einmal einen kleinen Jungen könnt ihr einfangen und ihn zu mir bringen. Ich werde euch dafür bestrafen. Ihr habt wohl vergessen, dass ihr euch in der Hölle befindet und ich euer Herr, der Herr der Hölle und auch der Herr des Fegefeuers bin! Wollt ihr etwa im Fegefeuer landen?"

Luzifers Spione waren finstere Gesellen. Sie sahen furchterregend aus. Auf den Schultern hatten sie keinen menschenähnlichen Kopf. Nein, es saß dort etwas, das aussah, als würde das Fleisch des Kopfes langsam verfaulen. Bekleidet waren diese Wesen der Dunkelheit mit einfachen Hosen und Umhängen, die schwarz waren. Damit konnten sie sich hervorragend tarnen, wenn sie auf der Erde waren. Dort herrschte ja seit fast fünfhundert Jahren die ewige Nacht. Dunkle Kleidung machte damit den Besitzer fast unsichtbar. Überall kam es auf der Welt zu Terror, Mord und Dunkelheit. Finstere Gesellen hatten zu Zeiten der ewigen Nacht leichtes Spiel, ihren dunklen und bösen Machenschaften nachzugehen.

Luzifer ließ seine Schergen noch eine Weile schmoren. Ihre Angst vor dem Fegefeuer war gewaltig und das nutzte er gnadenlos aus. Endlich erklärte er: „Gut, ihr Nichtsnutze, ihr habt zwar das Fegefeuer tausend Mal verdient, aber ich will euch doch noch eine allerletzte Chance geben. Aber wehe euch, wenn ihr wieder so jämmerlich versagt ..."

Insgeheim nahm er sich vor, dieses Mal mit ihnen auf die Erde zu gehen und genau zu beobachten, was sie taten. Sollten sie alle seine Erwartungen doch noch erfüllen? Aber wenn sie in Gefahr gerieten, konnte er seinen schrecklichen Monstern immer noch helfen. Und in was für Gefahren sollten sie eigentlich geraten? Gab es auf der Erde etwa Dinge, von denen er selbst, der mächtige Höllenfürst, noch nichts wusste?

*****

Der kleine Wasgo lief alleine im Wald umher. Er suchte Sinclair. Mit lauter Stimme rief der Junge den Onkel. Doch Sinclair hatte sich im Wald versteckt. Als Fledermaus getarnt hielt er sich ganz in der Nähe des kleinen Wasgo auf. Bei ihm waren andere Vampire, die ebenfalls die Gestalt einer Fledermaus angenommen hatten. Dieser Wasgo, der im Wald umherlief und seinen Onkel Sinclair rief, war eine andere Person, aber nicht Wasgo. Diese Person sah nur aus wie Wasgo. Es lief nämlich nicht der Junge durch den dunklen, laublosen Wald, sondern sein Vater. Mit einem Zauber hatte er sich die Gestalt seines Sohnes gegeben. Sollte Luzifer es tatsächlich wagen, den kleinen Wasgo zu entführen oder ihn entführen zu lassen, würde er sein blaues Wunder erleben.

*****

Der wahre Wasgo war derzeit bei seiner Mutter in der Höhle. Sie passte auf ihren Sohn auf, damit ihm nichts Böses widerfahren konnte. Wasgo saß am See und spielte dort mit den Fischen. Plötzlich verwandelte sich ein Fisch in einen alten, vollbärtigen Mann. Dieser Mann blieb aber unter der Wasseroberfläche und begann mit Wasgo ein Gespräch. Luziferine beobachtete ihren Sohn. Sie sah, dass er mit jemand erzählte, und rief ihm zu:„Mit wem sprichst du da, Wasgo?“

Der Junge drehte sich zu seiner Mutter um und sagte: „Im Wasser ist ein alter Mann, er will, dass ich zu ihm komme.“

Augenblicklich brach Luziferine in Panik aus. Sie schrie ihrem Sohn zu, dass er sofort zu ihr zu kommen habe. Im nächsten Augenblick lief sie zu ihm, sprang an den See und brüllte den alten Mann im Wasser an: „Halte dich ja von meinem Kind fern! Du bekommst ihn nicht, er ist mein Sohn. Solltest du auch nur in seine Nähe kommen, werde ich dich vernichten!“

Wasgo kannte seine Mutter so aufgeregt und kampfeslustig noch nicht und fragte sich, ob er etwas falsch gemacht hatte. Er hatte plötzlich Angst. Die Unruhe der Mutter übertrug sich auf ihn. Er begann zu weinen. Zitternd schlang der kleine Kerl seine Ärmchen um die Mutter. Leise schluchzend flüsterte er der Mutter ins Ohr: „Bitte verzeihe mir, Mama.“

Luziferine beruhigte sich. Sie setzte sich und nahm Wasgo auf ihren Schoß und antwortete „Bleibe ganz ruhig, mein Kleiner! Es ist alles gut. Du musst dich nicht entschuldigen. Du hast nichts Falsches getan.“

Sie sah Wasgo an und streichelte ihm über den Rücken, als sie sagte: „Ich glaube, es wird Zeit, dass du erfährst, wer du bist.“

*****

Antares wusste, worauf er sich eingelassen hatte. Nachdem Wasgo ihm und Sinclair alles erzählt hatte, waren sie sich sicher, dass Luzifer den Jungen entführen wollte. Wenn ihm das gelänge, ließe sich die Prophezeiung kaum noch erfüllen. Also musste unter allen Umständen Wasgos Entführung durch den Höllenfürsten verhindert werden. Aber wie sollten sie es nur tun? Es war Sinclair, der den Vorschlag machte, den kleinen Wasgo im Wald nach dem vermeintlichen Sinclair suchen zu lassen. Sie waren sich sicher, dass dieser falsche Sinclair entweder der Höllenfürst persönlich oder einer seiner Schergen war. Es würde sehr gefährlich werden, diese Schergen zu vernichten oder Luzifer derart zu besiegen, dass der nie wieder daran denken würde, seinen Enkelsohn in die Hölle zu entführen. Antares musste also dem Höllenfürsten gegenüber so mächtig erscheinen, dass der auf einen weiteren Kampf mit ihm verzichten wollte. Dennoch war es Antares und Sinclair bewusst, dass der bevorstehende Kampf mit Luzifer Opfer verlangen würde. Antares konnte dabei sterben, aber auch Sinclair oder seine Vampire konnten vernichtet werden.

Antares wollte Wasgo nicht in Gefahr bringen. Deshalb beschloss er, seinen Sohn bei Luziferine in der Höhle zu lassen. Sie sollte ihn dort beschützen, während er zusammen mit Sinclair und dessen Vampiren den Kampf mit Luzifer aufnahm. Sollte Antares dabei sein Leben lassen müssen, konnte Wasgo immer noch durch Luziferine und Sinclair in der Zauberkunst unterrichtet werden. Luziferine müsste sich in dem Falle mit den Zauberbüchern beschäftigen, um ihrem Sohn die wichtigsten Zauber beibringen zu können.

*****

Wasgo beruhigte sich. Er wischte sich die Tränen mit seinen kleinen Händchen vom Gesicht. Mit seinen großen braunen Augen sah er die Mutter an. Mit noch zitternder Stimme fragte er: „Was meinst du, Mutter? Wer soll ich denn sein?"

Luziferine erzählte ihrem Sohn die Geschichte der ewigen Nacht. Sie erzählte ihm, wie und warum sich die Erde verdunkelt hatte, sie erzählte ihm von der Prophezeiung und von Jodaryon, sie erzählte ihm von ihrer abenteuerlichen Flucht in diese Höhle und auch davon, dass sein Vater ein Zauberer war und somit auch er, Wasgo, einer werden würde.

Wasgos Vater sollte ihm zunächst die wichtigsten Kenntnisse beibringen. Dann sagte sie: „Und du, mein Junge, bist derjenige, der die Prophezeiung erfüllen wird. Du wirst Jodaryon befreien und mit ihm gemeinsam den Kampf gegen die bösen Mächte und gegen Bossus aufnehmen. Dabei wirst du weitere Zauber von Jodaryon erlernen. Du wirst einmal ein mächtiger Magier sein, der mit Jodaryon der Erde die Sonne wiedergeben und damit das Leben auf der Erde wieder schön und lebenswert machen wird."

Ängstlich sah Wasgo seine Mutter an und sagte: „Aber ich bin doch noch ein kleiner Junge."

„Hab keine Angst, mein Sohn", erwiderte Luziferine, „du hast noch genug Zeit, dich darauf vorzubereiten. Erst wenn du ein junger Mann bist, wird es soweit sein, dass du in den Kampf ziehen musst."

„Wer war der alte Mann im Wasser, Mutter?", wollte Wasgo nun wissen.

„Der alte Mann im Wasser war dein Großvater und mein Vater. Er ist der Höllenfürst Luzifer. Er hat mich aus der Hölle verbannt und mich meiner magischen Kräfte beraubt. Seitdem muss ich als Mensch auf der Erde leben. Ich finde das nicht schlimm, ganz im Gegenteil. So konnte ich deinen Vater kennen lernen, der ein sehr mutiger und liebevoller Mann ist."

„Und was wollte mein Großvater von mir?", wollte Wasgo wissen.

„Er will dich zu sich holen. Er will, dass du bei ihm in der Hölle leben sollst", antwortete Wasgos Mutter.

Wasgo war beunruhigt. Eine schwere Hand drückte dem Kind auf die Brust, so dass er kaum noch Luft bekam. Er fürchtete sich. Er hatte noch so viele Fragen, aber er war ein Kind. Und Kinder fragen nicht endlos weiter, wenn sie die Antworten der Erwachsenen respektieren. So wurde er still. Luziferine ahnte, was in dem Jungen vor sich ging. Sie wiegte ihn in ihren Armen und sagte liebevoll: „Du musst keine Angst haben, mein Lieber. Dein Vater und Onkel Sinclair werden dich so lange beschützen, bis du selbst auf dich aufpassen kannst. Und auch ich bin immer für dich da und werde auf dich aufpassen."

*****

Wasgo alias Antares lief durch den Wald. Unablässig rief er nach Onkel Sinclair. Endlich kam eine Antwort. „Hier bin ich", hörte Antares ihn rufen. Er ging weiter in den Wald hinein. Es wurde immer dunkler und kälter. Ein Schauer durchlief Antares' Körper. Er hörte ein leises Lachen und wieder die Stimme Sinclairs sagen: „Hier bin ich, komme nur zu mir, kleiner Wasgo!" Antares sah eine Gestalt. Sie kam auf ihn zu gelaufen. In der Dunkelheit der ewigen Nacht konnte er nicht sogleich erkennen, wer es war. Doch dann, als sie sich gegenüber standen, erkannte Antares ihn doch. Es war Sinclair. Aber Sinclair konnte es doch nicht sein, denn der war als Fledermaus in seiner Nähe! Wer war dieser Sinclair also dann? War es Luzifer? War es einer von Luzifers schlimmen Geschöpfen?

Es war egal, wer es war, diese Gestalt war auf jeden Fall nicht der Vampir Sinclair. Von diesem Wesen drohte Antares Gefahr. Der falsche Sinclair nahm den falschen Wasgo an die Hand. „Komm, wir wollen einen Hirsch jagen und erlegen, damit ihr genug zu essen habt, wenn der Winter kommt", sagte der falsche Sinclair. Antares versuchte ruhig zu bleiben. Sinclairs Hand fühlte sich anders an als diese Hand, die er jetzt hielt. Antares murmelte sicherheitshalber einen Schutzzauber, mit dem er sich selbst etwas schützen konnte. Es war nur ein schwacher Zauber, den er anwendete. Er wollte sich nicht selbst verraten, denn das Wesen, zu dem diese eiskalte Hand gehörte, war nicht Sinclair. Aber das Wesen ahnte nicht, dass es Antares war, den es an der Hand hielt. So gingen sie tiefer in den undurchdringlichen Wald hinein. Wann würde das Wesen aus der Hölle seine wahre Identität preisgeben?

Wasgo saß immer noch auf dem Schoß seiner Mutter. Er ließ sich von ihr wiegen und trösten. Im Grunde verstand er nichts von dem, was ihm seine Mutter erzählt hatte. Das alles überstieg seine Vorstellungskraft. Er begriff zwar, dass er einmal ein großer Zauberer sein sollte, der in ferner Zukunft die Welt rettete. Aber wie sollte das gehen? Sein kindlicher Verstand war mit solch einer Vorstellung überfordert. Er war doch nur ein Junge, aber kein Zauberer! Und sein Großvater sollte der Herr der Hölle sein? Wasgo verstand nichts.

Er war mit den Informationen seiner Mutter überfordert. Aber er fragte Luziferine nicht danach, sondern stellte sich in seiner kindlichen Fantasie vor, dass er gegen böse Ritter mit einem großen, schweren Schwert in den Kampf zog. In seiner Fantasie saß er auf einem prächtigen Schlachtross und schützte sich mit einem riesigen magischen Schild. Sein Schwert glitt durch die Luft und vernichtete einen Gegner nach dem anderen.

Plötzlich hatte er eine Vision. Er wurde ganz still und sah vor seinem geistigen Auge seinen Vater.

*****

Antares hielt die Hand des falschen Sinclair. Kalt schloss sie sich um seine eigene Hand. Er bemerkte, dass ein schwarzer Umhang neben ihm durch die Luft wallte. Dieser Umhang hatte vor wenigen Augenblicken noch nicht neben ihm geschwebt. Er sah hoch zu dem Gesicht des vermeintlichen Sinclair. Wie hatte sich dieses verändert! Das schöne Gesicht des Sinclair hatte sich in eine grinsende, blasse, verwesende Fratze verwandelt. Hautlappen hingen vom Gesicht herunter und gaben das tote Fleisch unter der Haut frei. Die Zähne waren schief und brüchig, sie verfaulten im Mund dieses Geschöpfes und waren ganz schwarz und braun. Die Augen traten aus ihren Höhlen hervor und waren blutunterlaufen. Ein böses Grunzen erreichte Antares. Der Kampf auf Leben und Tod hatte begonnen. Einer konnte nur gewinnen. Wer, das sollte sich bald entscheiden.

*****

Wasgo wurde noch unruhiger. Luziferine konnte sich seine Unruhe nicht erklären. Hatte sie ihn mit ihren Informationen am Ende doch überfordert? Er war ja immer noch ein kleines Kind. Auch wenn sich in Wasgo langsam magische Fähigkeiten entwickelten, gegen die er sich nicht wehren konnte, war er eben doch immer noch ein Kind. Ob er es wollte oder nicht, er musste diese magischen Fähigkeiten annehmen. Ihm war nicht bewusst, was er erlebte und was mit ihm geschah. Wie hätte er das auch, der ein sechsjähriges Kind war, realisieren sollen? Vor seinem geistigen Auge sah er seinen Vater, der in Lebensgefahr schwebte.

*****

Antares begriff sofort, dass der Kampf begonnen hatte. Er konnte sich jetzt zu erkennen geben. Er versuchte die eisige Hand des Höllengeschöpfes loszulassen, aber die hielt ihn fest. So murmelte er einen weiteren Zauber: „Arravates boriginiliales digti feriri!"

Sofort ließ die eisige Hand, die Feuer gefangen hatte, Antares los. Verwirrt sah das Geschöpf ihn an. Wie war es möglich, dass der kleine Wasgo solch einen starken Zauber beherrschte? Diese Frage konnte Antares förmlich auf dem hässlichen Gesicht des Höllenwesens erkennen. Aber im nächsten Augenblick teilte sich das Wesen zweimal. Drei Geschöpfe der Hölle drangen von drei Seiten auf Antares zu und nahmen ihn in ihre Mitte. Er hatte keine Chance zu entfliehen.

Da gab Sinclair seinen Vampiren das Zeichen zum Angriff. Sie verwandelten sich in etwa zwei Meter große finstere Gestalten, die mit Fell überzogen waren. Spitze, fledermausartige Gesichter flogen auf die drei Höllenwesen zu. Die Nacht wurde noch dunkler. Die drei Ungeheuer wurden von den Vampiren angegriffen. Das konnten sie nun überhaupt nicht verstehen. Vampire waren doch Wesen der Nacht, sie waren doch Wesen der Dunkelheit! Sie sollten doch auf der Seite ihres Herrn stehen! Stattdessen griffen die Wesen des Herren der Fledermäuse die Schergen Luzifers an!

*****

Wasgo sah mit großen Augen seinen Vater und Sinclair den Kampf aufnehmen. Nie zuvor hatte der Junge Vampire gesehen. Doch jetzt sah er sie und fürchtete um sie. Sie waren nicht schön, eher furchteinflößend. Aber sie halfen seinem Vater und deshalb konnten Vampire keine bösen Wesen sein. Sie waren die Herren der Nacht, aber Wasgo wusste nicht, was das bedeutete. Er stieß einen grellen Schrei aus. Er hatte Angst um seinen Vater und um seinen Onkel Sinclair, der stets so gut zu ihm war.

*****

Feuer schlug den Vampiren entgegen. Es war kein normales Feuer. Es war das Feuer aus der Hölle. Es war das Fegefeuer, das diese finsteren Höllenwesen den Vampiren entgegen schleuderten. Viele Vampire verbrannten mitten im Flug. Ihre Asche fiel zur Erde und verstreute sich sofort, so dass es nie wieder möglich war, diese Vampire in ihre Existenz zurückzuholen. Sie waren für immer und ewig ihrer Existenz beraubt. Sinclair versuchte von hinten an einen der Höllenschergen heranzukommen. Doch das war unmöglich, die schützten sich gegenseitig. So blieb ihm nur noch eine Möglichkeit, seine Existenz zu retten. Er musste die Flucht ergreifen. Antares war sich selbst überlassen. Es blieb ihm keine andere Möglichkeit, gegen die Unwesen aus der Hölle alleine zu kämpfen. Aber da murmelte Antares mehrere Abwehrzauber und hatte Glück, dass diese wirkten. Einen Augenblick später sahen sich die Höllenwesen einem Feuer gegenüber, das ähnlich wie das Fegefeuer war. Nur sog es alles Böse in sich auf. Luzifers hässliche Wesen wurden durch das Feuer angesaugt. Mit aller Macht versuchten sie, sich dagegen zu wehren. Sie versuchten, Antares' Feuer mit Wasser zu bekämpfen. Doch das Höllenwasser konnte nichts gegen das Feuer des Antares ausrichten. Zischend verdampfte es. Verzweifelt stemmten sich die Höllenwesen gegen das Feuer – vergeblich, am Ende wurden sie doch vernichtet. Antares blickte erleichtert auf. Er nahm seine eigene Gestalt wieder an, als sein Feuer erloschen war und er sich alleine glaubte.

Später gesellte sich Sinclair zu ihm und sagte: „Du hast uns nicht gebraucht. Aber es ist in Ordnung. Niemand konnte wissen, dass es so einfach werden würde."

Antares konnte nicht mehr antworten. Ein alter, bärtiger Mann stand ihnen plötzlich gegenüber. Hasserfüllt sah er sie an. Es war Luzifer, der seine drei schlimmsten und furchteinflößendsten Wesen eben gerade verloren hatte. Auch er war nun geschwächt. Er schleuderte Sinclair und Antares einen Blitz entgegen. Doch Antares war auf der Hut und nahm sofort eine Abwehrstellung ein. So schaffte er es, Luzifers Blitz zu ihm zurückzuschleudern.

Luzifer stürzte und gab den Kampf auf. Er verblasste und war wenige Augenblicke später nicht mehr zu sehen. In ohnmächtigem Grimm zog er sich in seine Hölle zurück und leckte seine Wunden. Er war von Antares Kräften überrascht. Der war ja mächtiger, als er angenommen hatte! Es war unglaublich – Antares hatte den Höllenfürsten besiegt.

*****

Wasgo konnte mit seinem geistigen Auge alles verfolgen. Als er begriff, dass sein Vater einen erfolgreichen Kampf führte, beruhigte er sich, und als der Kampf entschieden war, schlief das Kind erschöpft auf dem Schoss seiner Mutter ein. Vorerst war der Junge in Sicherheit. In Zukunft sollte niemand mehr seine Ausbildung stören oder gar verhindern können.

Wasgos Ausbildung

Wasgo war bereits zehn Jahre alt. Antares hatte den Jungen bisher in Rechnen, Schreiben und Lesen unterrichtet. Heute hatte er seinem Sohn angekündigt, ihn ab sofort auch in der Zauberkunst auszubilden. Das Kind freute sich schon lange darauf, endlich das Zaubern zu erlernen. Keine Woche verging, ohne dass der Junge seinen Vater förmlich bekniete, doch endlich, endlich mit den Zauberlektionen zu beginnen. Und nun war es soweit! Wasgo war völlig euphorisch, konnte kaum einen Augenblick lang stillsitzen und hätte am liebsten gleich mit allerlei tollkühnen Zauberkunststückchen losgelegt.

Zunächst jedoch klärte Antares seinen Sohn über die Möglichkeiten und Konsequenzen des Zauberns auf. Er erklärte dem Jungen, welche verschiedenen Zauber es gab und wie sie wirkten. Nachdem er ihm die Theorie erklärt hatte, auch die Gefahren des Zauberns verschwieg Antares seinem Sohn nicht, begann er, Wasgo einige kleine und leichte Zauber zu zeigen und zu lehren.

Wasgo stellte sich dabei nicht ungeschickt an. Sollte er doch die Zaubersprüche auswendig lernen und sie einsetzen können, wenn der Vater ihn dazu aufforderte. Später musste der Junge die Zaubersprüche beherrschen können, ohne dass er darüber nachdenken musste, warum sie so wirkten, wie sie wirkten. Es kam darauf an, sie schnell und sicher anzuwenden, um eventuellen Gefahren zu widerstehen. Und dass Wasgo nicht nur einmal in seiner Zukunft Gefahren ausgesetzt sein mochte, war jedem Höhlenmitglied bewusst. Selbst Wasgo hatte schon mehrmals daran gedacht. Immer und immer wieder hatte er sich seine zukünftigen Abenteuer vorgestellt. In seiner Fantasie malte er sich aus, ein großer Magier zu sein, der alle Zauber der Welt anwenden konnte. Er kämpfte in seinen Tagträumen gegen gefährliche Wesen, die er mit seinen Zaubern alle bezwang.

Doch Wasgo wurde von seinem Vater von den Fantasien weggeholt und in die Realität des Lebens geschubst. Antares erzählte dem Jungen, dass viele Zauber nur eine Ergänzung im Kampf sein konnten. Meist sei man gezwungen, mit einem Schwert zu kämpfen, könne aber vielleicht mit einem Zauber den Schwertkampf für sich erfolgreich gestalten. Nur sehr selten war es möglich, mächtige Zauber anzuwenden, um einem Schwertkampf auszuweichen. Wenn das möglich war, dann nur, weil der Gegner nicht so viele mächtige Zauber kannte wie man selbst.

Dann erklärte Antares dem Kind, dass es verschiedene Zauber gab. Nämlich die weißen Zauber, die von all den Zauberern angewandt wurden, die positiv auf die Welt einwirken wollten, und die schwarzen Zauber, die von bösen Leuten ausgeübt wurden. Antares erklärte, dass man von weißer und schwarzer Magie sprechen konnte. Beide bedienten sich unterschiedlicher Zauber, die sich aber durchaus in ihrer Wirkung ähneln konnten.

„Ich habe dir eben erzählt, dass die Magie meist nur eine Ergänzung im Kampf Mann gegen Mann ist. Das darfst du nie vergessen, mein Sohn", erklärte Antares seinem lieben Jungen. Wasgo hing mit seinen Augen förmlich an den Lippen seines Vaters. Es war alles so spannend, was der Vater ihm erzählte. Antares sprach weiter: „Und deshalb, mein Junge, werden wir ab morgen beginnen, dich im Schwertkampf ausbilden."

„Und die Zaubersprüche, Vater, wann darf ich die erlernen?", fragte der Junge rappelig vor Ungeduld.

Antares antwortete lächelnd: „Die Zaubersprüche wirst du schon ab heute lernen, denn du sollst doch ein guter und gefährlicher Schwertkämpfer werden."

Wasgo lächelte zurück und freute sich auf den ersten Zauber, den er kennen lernen sollte. Antares erklärte ihm: „Pass auf, mein Großer. Ich werde dir selbstverständlich erst einmal kleine Zauber beibringen, mit denen du nichts anrichten kannst, wenn sie dir nicht gelingen. Du musst dich ganz fest auf den Zauberspruch konzentrieren, weil du ihn richtig aussprechen musst. Sagst du etwas Falsches, wird der Zauber in eine andere Richtung gelenkt. Dann kann es schon einmal passieren, dass du ein ganz anderes Ergebnis bekommst, als du haben willst."

Wasgo, der seinem Vater aufmerksam zugehört hatte, fragte: „Und was kann passieren, wenn ich einen Zauber falsch ausspreche?"

„Nun, nehmen wir einmal an, dass du die Höhle sauber machen willst. Dazu wendest du einen Reinigungszauber an. Sprichst du den falsch aus, kann es passieren, dass du einen Befehl gegeben hast, den du nicht geben wolltest. Statt einer sauberen Höhle hast du dann vielleicht den Höhleneingang versperrt, weil der plötzlich von magischen Kräften verschlossen wird", erklärte Antares. Dann sprach er weiter zu seinem Sohn: „Es gibt Zauberer, die mit einem Zauberstab zaubern.

Der große Jodaryon sagte einmal, dass Zauberstäbe nicht gut sind. Sie müssen aus einem bestimmten Material sein. Sind sie das nicht, erfüllen sie ihre Funktionen nicht. Ich glaube, dass Jodaryons Methode besser ist. Er hat eine Methode entwickelt, mit den Händen zu zaubern. Ein Zauberstab kann kaputt gehen. Dann ist der Zauberer, der nur mit einem Zauberstab umgehen kann, am Ende seiner Kräfte angekommen. Eine Hand geht meist nicht kaputt. Wenn eine Hand nicht vollständig verstümmelt wurde, dann kann man mit ihr immer zaubern. Man kann auch mit nur einem Blick und ohne Worte zaubern. Aber das zeige ich dir später, wie das geht. Für dich ist diese Methode noch viel zu schwer. Komm zu mir, mein Junge!", verlangte Antares von Wasgo.

Der Junge ging gehorsam zu seinem Vater. Der sagte: „Du wirst jetzt mit mir gemeinsam zaubern. Siehst du die Wäsche, die deine

Mutter dort in den Wind zum Trocknen aufgehängt hat? Die werden wir jetzt mit einem Zauber trocknen."

Antares nahm seinen Sohn in seine Arme und stellte ihn so zurecht, dass Wasgo zu der zum Trocknen aufgehängten Wäsche sehen musste. Antares stand hinter seinem Jungen und hielt ihm den rechten Arm fest. Er richtete seinen und Wasgos Arm auf die im Wind flatternde Wäsche und zeigte Wasgo die erforderliche Handbewegung. Dann flüsterte er dem Jungen den Zauberspruch ins Ohr. Der Spruch ging so: „Storre warischte torro wendia."

Antares fragte: „Hast du dir den Spruch gemerkt?"

Nachdem der Junge die Frage seines Vaters bejaht hatte, forderte Antares Wasgo auf, den Spruch aufzusagen und die Handbewegung zu machen, die er ihm gezeigt hatte.

Wasgo tat, was er sollte. Er vollführte die Handbewegung. Sie war richtig. Gleichzeitig sagte er den Spruch auf, den sein Vater ihm beigebracht hatte. Doch hatte Antares einen Fehler gemacht. Er hatte Wasgo nicht aufgefordert, ihm den Spruch ohne Handbewegung aufzusagen. Ohne Handbewegung war der Spruch nämlich nicht wirksam.

Doch nun machte Wasgo die richtige Handbewegung und sprach: „Storre warischte stormo wendia."

Plötzlich wütete ein gewaltiger Sturm. Antares wurde von einer Sturmbö erfasst und in die Luft gehoben. Wasgo hatte mehr Glück als sein Vater. Er konnte sich an einem alten Baum festhalten.

Mit den Armen rudernd flog Antares durch die Luft. Schnell sagte er sehr laut und mit angsterfüllter Stimme: „Sormo wendia torres storre weriche."

Sofort war der Sturm vorbei. Antares fiel wie ein Stein zu Boden. Er hatte vergessen, dass er sich erst hätte schützen müssen, bevor er den Zauber zur Beendigung des Unwetters anwandte. Er hätte sich zuerst mit einem Zauber auf den Erdboden begeben müssen.

Wasgo musste lachen, als er sah, was passiert war. Antares sprang auf seine Beine und warnte seinen Sohn böse: „Lach nicht auch noch, du dummer Junge!"

Das Lachen des Kindes erstarb. Schuldbewusst sah Wasgo seinen Vater mit traurigem Blick an. „Tschuldigung, Vater, das wollte ich nicht", sagte der Junge.

Antares ging zu seinem Sohn und nahm ihn in seine Arme. Liebevoll streichelte er Wasgo über den Rücken und über den Po. Danach bekam er einen sanften Klaps vom Vater auf seinen Podex. Antares tröstete den Jungen: „Es ist alles gut, mein lieber Junge. Du kannst nichts dafür. Ich habe den Fehler gemacht und nicht du."

An diesem Tag übte Antares nicht mehr mit seinem Sohn das Zaubern. Er ging mit Wasgo in die Höhle und sie ließen sich von Luziferine mit vielen Leckereien verwöhnen.

Ein paar Tage später wollte Antares seinem Jungen einen Zauber beibringen, mit dem er Pflanzen schneller wachsen lassen konnte. Dafür wollte er eines seiner Zauberspruchbücher benutzen. Wasgo saß neben ihm auf einem großen Stein vor der Höhle. Vor ihnen befanden sich einige Gemüsepflanzen, die Antares erst vor drei Tagen gepflanzt hatte, und die wollte er wachsen lassen. Er schlug das Buch der Zaubersprüche auf und las Wasgo vor, was zu dem Wachstumszauber an Erklärungen in dem Buch stand. Wasgo hörte aufmerksam zu. Sein Vater fragte ihn, ob er alles verstanden habe.

Wasgo bejahte Antares Frage.

„Dann können wir den Zauber ja sprechen", meinte Antares. Er sah seinen Jungen an. Mit leuchtenden Augen stimmte Wasgo seinem Vater aufgeregt zu. Er wollte sehen, wie der Zauber wirkte, den sein Vater bald sprechen würde.

Antares begann aus dem Buch den Zauberspruch laut zu lesen. Dabei versprach er sich einmal und korrigierte seine Worte: „Torres wachiste bo…, ähm, borriggorende feriste fiste."

Zunächst begannen die Gemüsepflanzen schnell zu wachsen. Antares und Wasgo waren schon stolz auf ihren Erfolg. Luziferine würde sich über reifes und ausgewachsenes Gemüse freuen. Eine Bohnenpflanze wuchs sehr schnell und es bildeten sich Bohnen, die rasend schnell größer wurden. So schnell, dass sie plötzlich überreif waren. Im nächsten Augenblick platzten sie und eine stinkige Brühe flog ihnen entgegen. Diese stinkige Brühe vermehrte sich überdies noch stark in der Luft und klatschte letztendlich auf Antares herunter. Wasgo, der neben seinem Vater saß, amüsierte sich köstlich. Antares vernahm das helle, fröhliche Lachen seines Jungen und wurde böse. Er war total durchnässt und stank erbärmlich wie ein Wiedehopf. Antares schimpfte: „Das ist ja wieder einmal typisch für dich, ich stinke wer weiß wie und du lachst dich kaputt."

Sofort wurde Wasgo leise und entschuldigte sich für seine Schadenfreude beim Vater. Der lenkte aber schnell ein. Er begriff, dass es für Wasgo sehr lustig ausgesehen haben musste, als die Bohnen platzten und ihren fauligen Saft über Antares ergossen. Wasgo, der genau neben seinem Vater saß, hatte nichts von dieser grässlichen Flüssigkeit abbekommen. Er hatte den Spruch nicht laut vorgelesen. Antares ging in die Höhle, um sich im See zu waschen. Danach kam er frisch gebadet und gewaschen und wohl riechend zu seinem Sohn zurück. Der las in dem Zauberbuch. Als er seinen Vater bemerkte, sagte er: „Ich weiß, warum dein Zauber nicht geklappt hat."

Antares wollte es von seinem Jungen wissen. Der erzählte ihm, dass man sich beim Aufsagen des Zaubers nicht versprechen dürfe. Passierte es doch, sollte der Zauber abgebrochen werden. Da Antares sich aber verbessert hatte, blieben die ausgesprochenen Wörter in der Luft schweben und ergaben mit der Korrektur des Zauberspruches einen anderen Sinn, so dass der Zauber sich veränderte und eine andere Wirkung bekam, als er ursprünglich haben sollte.

Antares legte Wasgo einen Arm um die Schulter und sagte: „Das hast du gut gemacht, mein lieber Junge. Aber trotzdem muss ich noch einmal ernst werden. Du darfst gerne in den Zauberbüchern lesen. Aber du darfst die Zaubersprüche niemals laut lesen, solange du nicht weißt, was passieren wird. Hast du mich verstanden?"

Wasgo verstand seinen Vater sehr gut. Er hatte ja schon mehrmals gesehen, was dabei herauskommen konnte, wenn ein Zauber nicht korrekt ausgesprochen wurde.

*****

Die Jahre vergingen. Längst konnte Wasgo fehlerlos lesen und schreiben. Ebenso gut konnte er rechnen. Im Schwertkampf wurde er ausgebildet. Und er konnte mit den Zauberbüchern umgehen und die darin befindlichen Zauber schon gut anwenden. Mehrmals hatte er seinen Vater vor schlimmen Folgen bewahrt, als der einen Zauberspruch falsch aufsagte. Wasgo hatte sofort einen Gegenzauber angewendet und so eine Katastrophe verhindert.

Inzwischen war Wasgo 18 Jahre alt und zu einem wunderschönen Jüngling gereift. Er war sportlich und geschickt im Umgang mit Werkzeugen und Waffen. Dank seiner Zauberkräfte war er zu einem guten Schwertkämpfer geworden. Antares wusste, dass der Junge bald gehen musste. Jodaryon musste unbedingt befreit und die Erde von der ewigen Finsternis erlöst werden. Schon viele Tierarten, die das Tageslicht zum Überleben brauchten, waren von der Erde verschwunden. Viele Pflanzenarten gab es nicht mehr. Das Leben auf der Erde war trostlos geworden. Die Menschen waren traurig, krank und antriebslos, sie hatten keine Lust auf schöne Dinge und schon gar keine Lust, ihre Pflichten zu erfüllen. Auch sie brauchten die Sonne, die von Bossus so ganz und gar vom Firmament verbannt worden war. Dicke Wolken hingen am Himmel und verhinderten, dass die Sonne scheinen konnte.

Antares war es bewusst, dass Wasgos magische Kräfte noch sehr mangelhaft und nicht voll entfaltet waren und er noch großen Nachholbedarf in der Zauberkunst hatte. Noch war er nicht dazu fähig, die Welt mit Jodaryon gemeinsam zu retten. Aber Antares selbst kannte keine weiteren Zauber, die er seinem Sohn noch zeigen und lehren konnte. Auch Wasgo wusste, dass seine magischen Kräfte nicht zu mehr reichen würden als zu einem guten Schwertkämpfer. Beide, Vater und Sohn, hofften, dass Jodaryon Wasgo weiter ausbildete.

In der Höhle hatte sich Antares mit Luziferine an den Tisch gesetzt. Wasgo war für das Viehzeug, dass sie sich im Laufe der Jahre angeschafft hatten, Futter besorgen. So konnten seine Eltern ungestört über ihn reden.

Antares sagte: „Ich kann unserem Jungen nichts mehr beibringen. Alles, was ich kann, habe ich ihm gezeigt. Selbst Sinclair hat ihm noch einige Dinge lehren können, so dass Wasgo mir in seinen Fähigkeiten und seinem Können überlegen ist. Das ist auch gut so. Er soll jetzt nur noch einen Vampir kennen lernen. Und er soll erfahren, zu was Vampire fähig sind. Sinclair wird das erledigen. Danach müssen wir unseren Jungen gehen lassen." Traurig sah Antares an Luziferine vorbei.

Sie legte ihrem Mann über den Tisch ihre rechte Hand auf eine seiner Hände. Antares sah ihr ins Gesicht und lächelte sie dankbar an. Beide hingen an ihrem Sohn. Wasgo war immer ein lernwilliger und sehr wissbegieriger Junge, der seinen Eltern und Sinclair mit seinen Fragen regelrecht Löcher in den Bauch bohrte. Nicht alles konnten sie ihm beantworten. Wasgo selbst beantwortete sich einige Fragen selber, weil er eben ein aufmerksamer junger Mann war. Er beobachtete seine Umwelt genau und zog oft die richtigen Schlussfolgerungen aus seinen Beobachtungen.

Luziferine nickte mit dem Kopf und antwortete: „Ja, ich weiß. Aber wir müssen ihn auf seine lange Reise gut vorbereiten. Er wird vielleicht Jahre nicht mehr nach Hause kommen. Hoffentlich überlebt er alles und bleibt gesund. Wir werden morgen mit ihm feiern und danach kann er die Strapazen angehen."

„Dann werde ich noch jetzt mit Sinclair sprechen, dass er noch heute sich unserem Jungen so zeigen soll, wie er wirklich ist", überlegte Antares.

Am Abend saßen Luziferine, Antares und Wasgo vor der Höhle an einem Lagerfeuer. Später gesellte sich Sinclair zu ihnen. Sie tranken Wein und rösteten sich über dem Feuer Wildfleisch und Würstchen. Auf einem Stock aufgespießt hielten sie ihre Wurst oder das Fleisch so über das Feuer, dass ein Garprozess einsetzen konnte. Fleisch und Würstchen waren somit relativ schnell zum Verzehr bereit. Wasgo nahm sich sein Stückchen Fleisch von seinem Stock und verbrannte sich beinahe die Hände. Luziferine lachte über die Ungeschicklichkeit ihres Sohnes.

Es sah aber auch lustig aus, wie er das heiße Fleisch mit einer Hand vom Stock abnahm, es fallen ließ und mit der anderen Hand noch in der Luft auffing, um es erneut in die Luft zu schleudern. Dabei versuchte er beide Hände zu kühlen, indem er die Stellen die das heiße Fleisch berührt hatten, mit seinem Mund anpustete. Doch nun fiel ihm alles andere, was er noch in der Hand hielt, auf den Erdboden, aber sein heißes Fleisch konnte er retten, nachdem es auf diese Art und Weise dreimal durch die Luft geflogen war. Wasgo verzog das Gesicht zu einer Grimasse, lachte und rief: „Oh, Scheiße, ist das heiß, Mutter, ich brauche einen Teller."

Luziferine sprang mit einem Teller zu ihrem Sohn und half ihm, sein Fleisch darauf zu bekommen. Sie lachte immer noch und sagte voller gutmütigem Spott: „Schuld bist du ganz alleine. Es sollte dir klar sein, dass das Fleisch heiß ist, wenn es im Feuer war."

Wasgo kühlte sich erst einmal seine Hände. Die Mutter konnte reden, was sie wollte, er wusste ja, dass sie Recht hatte. Doch sie hatte sich nicht die Hände verbrannt. Das sagte er ihr ohne Groll.

Dann sagte der Vater: „Junge, ich mache mir Sorgen um dich. Wenn du dich in allem so ungeschickt anstellst, wirst du nicht lange leben und Jodaryon nie befreien."

Wasgo begriff sofort, was sein Vater mit diesen Worten meinte, und sah ihn ernst und traurig an. Er fragte: „Vater, ich muss gehen, ist es das?"

Antares wurde nun ebenso traurig und sagte: „Ja, mein Sohn, es ist so weit. Ich kann dir nichts mehr beibringen. Die letzte Lektion erhältst du von Sinclair heute Abend. Morgen werden wir alles für deine Reise vorbereiten und dann musst du uns verlassen. Ich wünschte, du könntest bei uns bleiben."

Wasgo sah zu seiner Mutter herüber. Luziferine hatte Tränen in den Augen. Aber ihre Stimme war gefasst, als sie sagte: „Denke daran, mein lieber Junge, dass du der Auserwählte bist, der die Prophezeiung zu erfüllen hat. Es wird für dich nicht leicht, sondern sehr, sehr schwer werden. Wenn du Jodaryon gefunden hast, dann bist du nicht mehr alleine. Er wird dich noch sehr viel lehren, aber auch auf dich aufpassen. Aber solange musst du alleine zurechtkommen. Ich weiß, dass du es schaffst."

„Wo finde ich den alten Zauberer", wollte Wasgo wissen.

Antares antwortete: „Es heißt, er soll in der alten Zauberschule in einem großen und undurchdringlichen Wald sein. Aber niemand weiß, wo sich diese Schule befinden soll. Du musst das herausfinden. Du musst Jodaryon finden und befreien."

Sinclair, der mit der kleinen Familie am Feuer saß, entgegnete: „Macht euch keine Sorgen und habt Vertrauen in die Zukunft. Dann wird Wasgo alles erreichen. Und ihr könnt in euren Gedanken bei ihm sein, dann könnt ihr ihm vielleicht auch einmal helfen, wenn es notwendig sein sollte."

Wasgo drehte sich zu Sinclair um und fragte: „Was für eine Lektion ist das, die du mir heute beibringen willst?"

„Kennst du Vampire?", fragte Sinclair.

Wasgo überlegte kurz und sagte dann: „Mein Vater hat mir von Vampiren erzählt. Aber das waren Geschichten. Gibt es sie denn wirklich?"

„Oh, ja, die gibt es wirklich", antwortete Sinclair, „es gibt sie sogar hier bei uns in der Höhle."

Ungläubig sah der junge Mann seinen Onkel Sinclair an. „Das kann nicht sein!", brachte er überrascht hervor.

„Aber es ist so", antwortete Sinclair.

Wasgo sah Sinclair an. Er wurde ganz ernst und man konnte ihm ansehen, dass sein Gehirn fieberhaft arbeitete. Nach etwa einer Minute sagte der Jüngling: „Warum bist du all die Jahre nicht älter geworden? Ich kann mich daran erinnern, dass meine Eltern früher etwas anders ausgesehen hatten. Sie waren jünger. Aber du siehst heute noch so aus, wie ich dich schon immer in Erinnerung habe. Eine Eigenschaft von Vampiren ist es, so sagt man, dass sie nicht älter werden. Stimmt das?"

Sinclair betrachtete den klugen jungen Mann, der vor ihm am Feuer saß und immer noch mit seinem Fleisch beschäftigt war, das jetzt Dank Luziferine auf einem Teller lag. Wasgo schnitt sich mit einem Messer vorsichtig ein großes Stück Fleisch ab und schob es sich in den Mund. Genüsslich kaute er darauf herum, bis er es endlich herunterschlucken konnte.

Sinclair sprach: „Du hast recht, mein lieber Junge. Deine Vermutung ist richtig. Ich bin ein Vampir."

Wasgo war nicht überrascht und Sinclair erzählte ihm, warum seine Eltern mit ihm in der Höhle der Vampire leben durften. Er erzählte ihm die ganze Geschichte von der ewigen Nacht. Wasgo hörte ihm aufmerksam zu. Einige Details der Geschichte kannte Wasgo schon, die hatten ihm seine Eltern bereits erzählt. Nachdem Sinclair geendet hatte, herrschte eine Weile Schweigen. Dann ergriff Antares wieder das Wort und meinte, dass Wasgo bereit sei, einen Vampir zu sehen.

Wasgo nickte mit dem Kopf. Daraufhin erzählte Sinclair dem Jungen, welche magischen Kräfte ein Vampir hatte. Er erzählte ihm alles, was Wasgo über Vampire erfahren musste. Nicht alle Vampire waren auf der Seite der Zauberer und Menschen. Nachdem Sinclair alles Wissenswerte berichtet hatte, fragte er Wasgo, ob er sich verwandeln sollte. Der stimmte zu und sah seinen Onkel Sinclair in die Augen.

Der Vampir in Menschengestalt stand auf und plötzlich stand er vor dem jungen Mann. Wasgo wich zurück und schon war Sinclair verschwunden. Plötzlich war er nicht mehr da. Wasgo sah seinen Vater fragend an und danach seine Mutter. Beide lächelten sie ihren Sohn an. Wasgo spürte eine Hand auf seiner Schulter. Er drehte sich um und sah Sinclair tief in die Augen.

„Wie hast du das nur gemacht?“, fragte der junge Zauberer.

„Das musst du nicht wissen, du wirst das nie können. Dafür kannst du Dinge, die wir nicht können. Du solltest aber wissen, dass Vampire sehr schnell sind und unerwartet dort auftauchen können, wo du sie am wenigsten erwartest.“ Kaum hatte Sinclair das ausgesprochen, als er sich verwandelte. Nun nahm er seine wahre Gestalt an.

Was der junge Mann sah, war für ihn fast unvorstellbar. Ein etwa zwei Meter großes Wesen stand vor ihm. Es hatte einen menschenähnlichen Körper, einen dicken, langen Schwanz und ein Gesicht, das einer Fledermaus ähnlich war. Der Körper war mit Fell überzogen. Dieses Wesen sah furchterregend aus. Plötzlich schlug der Vampir mit den Flügeln und erhob sich in die Lüfte. Er flog über den Berg hinweg auf den angrenzenden, wie tot wirkenden Wald zu. Dort beschrieb er eine Kurve, um zur Höhle zurückzukehren. Vor Wasgo landete er und verwandelte sich in seine Menschengestalt zurück. Nun war der Vampir wieder ein junger, schöner Mann, nicht viel älter als Wasgo selbst.

Wasgos Suche nach Jodaryon

Schon am frühen Morgen standen Luziferine und Antares auf. Ihren Sohn wollten sie noch etwas schlafen lassen. In der Zwischenzeit wollten sie für die Reise des jungen Mannes alles vorbereiten. Was sollte er mitnehmen, wie viel Proviant benötigte er? Kleidung brauchte er, aber sie wussten nicht, was sie ihm sonst noch mitgeben sollten. Wohin sollte es ihren Sohn verschlagen? Konnte er Jodaryon in den Bergen finden oder musste er das Gebirge verlassen und ihn im Flachland suchen? Jodaryon sollte in der alten Zauberschule von Bossus gefangen sein. Aber niemand wusste heute noch, wo diese alte Zauberschule war. Das wussten wohl nur noch Jodaryon und selbstverständlich Bossus.

Wohin führte ihn sein Weg? Fragen über Fragen stellten sich Antares und Luziferine.

Nun mussten sie ihren Sohn gehen lassen, er hatte eine Aufgabe zu erfüllen. Diese Aufgabe war sehr wichtig, entschied ihre Erfüllung doch über die Freiheit der Welt. Trotzdem ließen Luziferine und Antares Wasgo nicht gerne gehen. Sie fürchteten um sein Leben, ihr Junge war doch erst achtzehn Jahre alt. Überall lauerten Gefahren auf ihn. Konnte er ihnen trotzen? Luziferine packte in einen Sack, den Wasgo auf den Rücken tragen konnte, alles das ein, wovon sie überzeugt war, dass er es gebrauchen konnte. Dazu gehörten die Zauberbücher, Antares benötigte sie nicht mehr. Die Schale der Erkenntnis wickelte Luziferine in weiche Tücher ein, damit sie nicht entzwei brach, wenn Wasgo mit dem Sack einmal gegen einen Stein stieß, während er eine Hürde überwinden musste.

Es gab viele solcher Hürden. Die Wege waren teilweise verschüttet. Vor allem aber waren viele Wege, die zum Ziel führen konnten, von den Schergen des Bösen besetzt. Luziferine mochte gar nicht an all die Gefahren denken, die ihrem Jungen begegnen konnten. Als sie mit dem Packen seiner Sachen fertig war, ging sie zu Wasgo, um ihn zu wecken. Sie setzte sich zu ihm und streichelte ihm über seine Haare. Dabei dachte sie: ‚Wie schön er doch ist! Ob er sich seine Jugend bei der Erfüllung dieser anstrengenden und gefährlichen Aufgabe bewahren kann?'

Aber dann entschied sie, dass es das Wichtigste war, dass er überleben wird. Wasgo schlug seine Augen auf und lächelte seine Mutter an. „Guten Morgen, Mutter", sagte er.

Luziferine streichelte ihrem Sohn noch einmal über das Gesicht und antwortete dann: „Du musst aufstehen, mein Junge. Es nutzt alles nichts, wir müssen dich ziehen lassen. Große Aufgaben warten auf dich. Du musst Jodaryon suchen und finden."

Wasgo stand auf, als sein Vater hinzu kam. „Aber wo soll ich ihn nur suchen? Mutter, Vater, habt ihr nicht einen Rat für mich? Und überhaupt, warum muss ich schon heute gehen?", fragte er seine Eltern. Nach einer kurzen Pause gab er leise zu: „Ich fürchte mich davor zu versagen. Was soll dann nur aus der Welt werden?"

Antares konnte den Jungen verstehen. Er ging zu ihm und fasste ihn an den Schultern und sah ihm direkt in die Augen. Dann sprach er: „Junge, du bist der Sohn des Antares, des Zauberers. Du wirst nicht versagen. Du darfst nicht einmal daran denken. Gebrauche deinen Kopf, und wenn du einmal unsicher bist und nicht weiter weißt, dann hast du die Schale der Erkenntnis, die du befragen kannst. Fülle sie einfach mit Wasser und schon wird sie dir zeigen, was du wissen musst. Du hast die Zauberbücher in deinem Sack, benutze sie. Habe einfach Vertrauen zu dir und alles wird gut gehen."

Nachdem die kleine Familie das letzte Mal gemeinsam gefrühstückt hatte, verabschiedeten sich Antares und Luziferine von ihrem Sohn. Luziferine ermahnte ihren Jungen zur Vorsicht und Wachsamkeit, wenn er auf Wanderschaft war. Überall musste der junge Mann mit den Schergen des Bösen rechnen. Wasgo beruhigte seine Mutter. Nun, als er im Begriff stand, seine Mission anzunehmen und seinen Weg zu gehen, verlor er seine Furcht, die er noch heute Morgen hatte. Er war zuversichtlich und guter Dinge. Endlich wollte er daran gehen, seine große Aufgabe zu bewältigen.

Sie umarmten und verabschiedeten sich. Noch lange Zeit standen Antares und Luziferine an ihrer Höhle und sahen ihrem Kind nach. Beide hatten sie Tränen in ihren Augen. Sie waren traurig, weil sie den geliebten Sohn gehen lassen mussten. Aber sie waren sich sicher, dass er seinen Weg gehen, und vor allem, dass er seine Eltern nicht vergessen wird.

*****

Wasgo war schon mehrere Tage unterwegs. Keine menschliche Seele war ihm bis jetzt begegnet. Er suchte sich seinen Weg und wanderte von Tal zu Tal. Bergauf und bergab führte ihn dieser Weg. Er wusste nicht genau, wohin er gehen sollte. Heute war er schon neun Stunden unterwegs und wollte eine kleine Rast machen. Er war auf einem Bergkamm und vor ihm befand sich ein Gipfel. Über diesen Gipfel stieg er, um danach auf der anderen Seite des Berges wieder talwärts zu wandern. Dann entdeckte er in der Dunkelheit einen geeigneten Rastplatz. Zunächst aß er etwas und trank ein wenig Wasser, mit dem er sparsam umging. Er wusste nicht, wann ihn sein Weg wieder an eine Quelle führte, um sich frisches Wasser in seine Trinkflasche abfüllen zu können. In den Bergen musste er sehr viel mehr an Flüssigkeit bei deren Durchquerung zu sich nehmen als im Flachland, weil er durch die Anstrengung beim Wandern viel mehr schwitzte. Schließlich schlief der junge Mann ein. Als er erwachte, fühlte er sich frisch und ausgeruht. Er setzte seinen Abstieg fort und lief einen relativ einfachen

Abhang hinunter. Doch später kam er an den schwierigsten Abschnitt seiner bisherigen Wanderung.

Er musste einen großen Berg bezwingen, der fast dreitausend Meter hoch war. Auf der anderen Seite des Berges vermutete Wasgo eine menschliche Siedlung. Deshalb hatte er den Berg zu überqueren. Vielleicht konnte er ja in der Siedlung einen Hinweis über Jodaryons Aufenthalt bekommen. Auch das war sehr gefährlich. Wenn er an den Falschen geriet, dann konnte es passieren, dass er von Bossus' Schergen verhaftet wurde. Aktive Zauberer wurden in die Kerker geworfen und konnten von dort nicht mehr ausbrechen, weil sie ihrer Zauberkräfte beraubt wurden.

Doch nun befand sich der Jugendliche immer noch auf der anderen Bergseite und musste diese erst einmal erklimmen, um zu der erhofften Siedlung zu kommen. Wasgo stand in etwa zweitausend Meter Höhe vor einem Schrofenfeld.

Schrofen bedeutet, dass Wasgo auf unwegsames und sehr steiniges Gelände gestoßen war. Es gab hier keinen Weg und das Gelände war sehr rutschig, da es zumeist aus lockerem Geröll bestand. Je feuchter der Untergrund der Schrofen war, desto größer war die Rutschgefahr. Dann konnte es passieren, dass er in die Tiefe bis zu seinem Ausgangspunkt zurückrutschen konnte und dabei viele schlimme Verletzungen hinnehmen musste.

Aber diese Schrofen hatten viele Felsvorsprünge, an denen er sich festhalten konnte und die ihm auch Halt gaben. Mit Händen und Füßen musste sich unser junger Held vorkämpfen. Er durfte keinesfalls die Rutschgefahr außer Acht lassen.

Kurz überlegte er, ob er es versuchen sollte, dieses Schrofenfeld mit einem Zauber zu überwinden. Aber das hätte bedeutet, dass Bossus auf ihn aufmerksam werden könne. Und das wiederum hätte unendliche Gefahren für Wasgo heraufbeschworen. Das konnte er aber auf keinen Fall riskieren. Es war seine Aufgabe, Jodaryon zu suchen und zu finden, um ihn anschließend zu befreien. Mit ihm zusammen sollte er Bossus vertreiben und die Freiheit der Welt zurückerkämpfen. Und die Zeit drängte.

Wasgo wollte kein unnötiges Risiko eingehen. Deshalb beschloss er, auf herkömmliche Art und Weise, also zu Fuß den Berg zu bezwingen. Auch wenn es bedeutete, dass er etwas mehr Zeit dafür benötigte.

Wasgo versuchte, sich zu orientieren. Plötzlich war er sich gar nicht mehr sicher, ob es auf der anderen Seite des Berges überhaupt eine menschliche Siedlung gab. Er sah sich um, um das Gelände zu erkunden. Unsicherheit bemächtigte sich seiner. Wo war er nur? Was für ein Berg war das hier? Ob er überhaupt an dieser Stelle seinen Aufstieg weiter fortsetzen sollte? Vor sich sah er etwas. Aber was war das nur? Er konnte dieses Etwas nicht bestimmen, er wusste nicht, ob es ein Tier oder ein Mensch war oder gar etwas anderes. Zu seiner Unsicherheit gesellte sich nun auch noch die Angst. Erneut fürchtete sich Wasgo davor, seiner Aufgabe nicht gewachsen zu sein. Aber er durfte nicht versagen.

„Vater, Mutter", rief er in seiner Angst, „was soll ich nur tun? Ich fürchte, dass ich mich für den falschen Weg entscheide. Könnt ihr mir nicht einen Rat geben?"

Er horchte in sich hinein, aber nichts geschah. Niemand antwortete ihm. Er drehte sich zu dem Schrofenfeld um und ja, kein Zweifel war möglich: Luziferine, seine Mutter, stand mitten im Geröll. Sie sagte kein einziges Wort zu ihm, aber ihre Geste war eindeutig. Sie winkte ihm zu. Dieses Winken seiner Mutter konnte er nur so deuten, als wenn sie ihm sagen wollte, dass er zu ihr kommen sollte.

War das der von Wasgo ersehnte Fingerzeig? War es nur eine Halluzination? War es eine echte Kontaktaufnahme mit Luziferine? Plötzlich sehnte sich der junge Mann nach seiner Mutter. Er wollte ihre Stimme hören und er wollte sie in seine Arme nehmen können. Heimweh überkam ihn. Sein Vater fehlte ihm ebenso wie die Mutter. Er dachte an seine Eltern und dann hörte er die Stimme seines

Vaters: „Habe Mut, mein Junge! Habe Selbstvertrauen! Gehe deinen Weg! Du kannst keinen falschen Weg wählen!"

„Vater, wo bist du? Ich kann dich hören, aber nicht sehen? Bitte zeige dich mir!", bat Wasgo.

Die Stimme seines Vaters ertönte wieder in seinem Inneren. Sie sprach: „Ich bin immer bei dir, mein Junge. Ich bin in deinem tiefsten Innern immer bei dir. Deshalb kannst du mich hören, aber sehen wirst du mich nicht. Vertraue dir, dann vertraust du auch mir. Gehe deiner Mutter nach! Sie weist dir den Weg, den du gehen musst."

Das Herz des jungen Mannes machte einen kleinen Freudenhüpfer. Er begann den Aufstieg über das Schrofenfeld. Auf allen Vieren bewegte er sich vorwärts und hangelte sich von Felsvorsprung zu Felsvorsprung. Vielleicht war er einhundert Meter weit gekommen, als er seine Mutter nicht mehr sehen konnte. Wo war sie hin? War sie etwa eine optische Täuschung? Wasgo erschrak.

Die ewige Nacht war für ihn ein Fluch. Nachts war es dunkel und tagsüber war es genauso dunkel. Das Gelände, das er durchqueren musste, konnte er nicht richtig erkennen. Er sah einen Felsvorsprung, an dem er sich festhalten wollte, um sich weiter zum Bergkammhochzuarbeiten. Doch er griff ins Leere und mit seinem Fuß hatte er sich auch schon vom sicheren Stand auf festem Gestein abgestoßen. Das war ein Fehler.

Mit einem Fluch auf den Lippen stürzte Wasgo. Er fand keinen Halt mehr und rutschte auf dem Schrofenfeld in die Tiefe. Verzweifelt versuchte er sich festzuhalten, aber das schaffte er nicht. Er rutschte und rutschte immer tiefer, bis zum Beginn des Schrofengeländes. Dort ragte ein Felsvorsprung aus dem Erdboden hervor, gegen den Wasgo mit dem Rücken prallte. Der Aufprall nahm ihm die Luft und Wasgo verlor das Bewusstsein.

Als er wieder zu sich kam, hatte er große Schmerzen im Rücken. Trotzdem setzte er sich auf und sah sich um. Wo war er nur? Er konnte sich daran erinnern, was passiert war. Aber er wusste nicht, wann es passiert war. Wie viel Zeit mochte seit seinem Absturz vergangen sein? Weil es immer dunkel war, am Tage wie in der Nacht, konnte er nicht einmal ahnen, welche Tageszeit jetzt war. Er rappelte sich hoch und machte sich erneut auf den Weg. Als er genau an die Stelle kam, an der er auf Grund seiner fehlenden Aufmerksamkeit den Halt verloren hatte, wartete er und sah sich genau um. Wasgo wollte sich einen Weg suchen. Einen Weg, der ihn weiter zum Bergkamm führte. Wenn nur auf der anderen Seite kein Schrofengelände war!

Er ließ seinen Blick durch die Gegend schweifen. Auf einmal erschrak er fürchterlich: Nicht weit von ihm entfernt saß ein Vampir, der wie Sinclair und dessen Gefolge aussah. Ob dieser Vampir zu Sinclairs Gefolgsleuten gehörte? Dann konnte ihm nichts passieren. War es aber ein fremder Vampir, dann bestand die Möglichkeit, dass der ihn angriff.

Was sollte er nur tun?

Der junge Zauberer entschloss sich, den direkten Kontakt zu dem Wesen der Nacht aufzunehmen. Doch musste er vorsichtig sein. Vampire verfügten über magische Kräfte, die hatte ihm Sinclair ja gezeigt und erklärt. Um einen Vampir im Notfall überlisten zu können, musste Wasgo Zauber anwenden können. Doch wenn er das tat, setzte er sich der Gefahr aus, von Bossus' Schergen aufgespürt zu werden. Aber was sollte er tun? Er sah keinen anderen Ausweg, als den Vampir anzugreifen. Er wollte ihn nicht verletzen, sondern nur kampfunfähig machen.

Unbeweglich stand der Vampir etwa zwanzig bis dreißig Meter vor dem jungen Zauberer. Vorsichtig versuchte Wasgo über das Schrofengelände vorwärts zu kommen. Nur keinen Krach machen, dachte er. Einen wirkungsvollen Zauber hatte er sich schon ausgedacht. Als er näher kam, konnte er aufatmen. Der Vampir gab sich zu erkennen, er war nur ein Felsvorsprung, der in der Dunkelheit einem Vampir ähnlich sah. Erleichtert stolperte der junge Mann weiter und erreichte den Bergkamm. Nun musste er auf der anderen Seite wieder absteigen.

In der Ferne konnte Wasgo mehrere kleine Lichter erkennen. Es sah so aus, als wenn sich seine Vermutung, dass sich auf der Rückseite des Berges ein kleines Dorf befinde, bestätigen würde. Vorsichtig begann Wasgo den Abstieg, immer die Lichter des Dorfes im Auge behaltend. Später fand er einen Weg, der genau in die Ansiedlung führte. Was war der junge Mann doch erleichtert! Die Anspannung in seinem Körper wich einem Gefühl der Befreiung.

Seit Wasgo begonnen hatte, nach Jodaryon zu suchen, war dieses die erste menschliche Siedlung, die er gefunden hatte. Erhielt er in diesem Dorf einen Hinweis, wo er die alte Zauberschule suchen und finden konnte? Die Zeit drängte, die Prophezeiung sollte bald erfüllt werden. Sollte er versagen, so würde die Welt in der ewigen Finsternis untergehen. Das konnte unser junger Held nicht zulassen. Er wollte kämpfen und niemals aufgeben.

Am Rand des Dorfes konnte er feststellen, dass seine Bewohner ihrer Arbeit nachgingen. Also musste es Tag sein. Wie spät es sein konnte, ahnte der junge Mann aber nicht. Zu lange schon war er unterwegs und schlief nur dann, wenn er müde war. Die übrige Zeit verbrachte er damit, seinem Ziel immer näher zu kommen.

Als er auf das erste Haus am Dorfrand zuging, stellte sich ihm ein Mann im besten Alter in den Weg. Durch Gesten gab er Wasgo zu verstehen, dass er nicht weiter gehen sollte. Überrascht blieb der Jüngling stehen und fragte: „Was ist los, Herr? Warum hältst du mich auf?"

Der Mann bedeutete erneut durch ein wildes Gestikulieren, dass Wasgo sich in den Staub legen sollte. Der lachte den Mann aus und sprach: „Gib den Weg frei oder sprich mit mir! Ich verstehe nicht, was du von mir willst."

Eine weitere Geste des Mannes ließ Wasgo ahnen, dass er nicht sprechen konnte. Einen kleinen Schritt nur wollte er auf den Mann zugehen, doch der hielt ihn mit Bärenkräften mit seiner rechten

Hand an der Schulter fest und drückte Wasgo zu Boden. Eine dichte Menschenmenge hatte sich um sie herum angesammelt. Wasgos Körper gab den Kräften des Mannes nach und sank in die Knie. Dabei verrutschte sein Hemd und gab seinen Rücken frei.

Plötzlich legten sich alle Menschen eilig auf den Erdboden zu Wasgos Füßen. Auch der bärenstarke Mann sank vor ihm auf die Knie und legte sich bäuchlings in den Sand. Regungslos blieben alle liegen, sie hatten das Muttermal der Prophezeiung auf Wasgos Rücken gesehen.

Verwundert blickte Wasgo auf die vielen um ihn herum liegenden Menschen herab. „Was ist hier los, kann bitte einer von euch mit mir reden?", fragte er. Er konnte die Menschen nicht verstehen. Was hatte das zu bedeuten, dass er zuerst so feindselig aufgehalten wurde und danach die Menschen in Demut vor ihm in den Staub fielen? Niemand von ihnen konnte oder wollte mit Wasgo reden.

Fieberhaft überlegte er, wie er es erreichen konnte, dass wenigstens einer der Menschen mit ihm in Kontakt trat.

„Wenn ihr schon nicht mit mir reden wollt, kann dann jemand von euch schreiben?", fragte Wasgo.

Ein junger Mann mitten in der Menschenmenge erhob seinen Arm. Wasgo befahl dem Jungen, zu ihm zu kommen. Mühsam erhob der sich und ging mit gesenktem Blick auf Wasgo zu. Etwa fünf Meter vor Wasgo blieb er stehen und wollte sich erneut auf den staubigen Boden legen. Mit einer Handbewegung verhinderte Wasgo dieses.

‚Er ist fast noch ein Kind', dachte der junge Zauberer. Aber er fragte: „Warum spricht hier niemand mit mir?"

Schnell bückte sich der Junge und schrieb mit einem Finger in den Sand: „Wir sind verflucht. Wer von uns auch nur ein Wort ausspricht, muss sterben."

‚Welch ein böser Fluch – oder ist es ein böser Zauber, der über dem Dorf liegt?', überlegte Wasgo. Er fragte weiter: „Und wer hat euch verflucht?"

Der Junge wischte die eben erst geschriebene Antwort vom Erdboden und beeilte sich die neue Antwort in den wieder geglätteten Sand zu schreiben: „Der Herr der Welt!“

Verwirrt fragte Wasgo weiter: „Und warum liegen jetzt alle vor mir im Sand?“

Der Junge verwischte wieder die letzten Wörter und schrieb: „Du bist der Herr der Welt!“

„Nein, das bin ich nicht. Ich habe Euch auf jeden Fall nicht verflucht!“, rief Wasgo erschrocken aus.

Der Junge bückte sich und ließ seinen Finger schnell durch den Sand gleiten, so dass Wasgo lesen konnte: „Nein, das war Bossus, der alte Herr der Welt. Du bist der neue Herr der Welt.“

„Nein, das bin ich nicht!“, rief Wasgo beinahe voller Panik.

Eine alte Frau kam zu Wasgo gekrochen. Sie tippte ihn mit ihren knöchernen Fingern der linken Hand an. Wasgo beugte sich zu ihr hinab und half ihr auf die Beine. Sie gestikulierte mit dem Jungen, der danach in den Sand schrieb: „Aber du wirst mit Jodaryon dafür sorgen, dass wir befreit werden!“

Das war für unseren jungen Helden das Stichwort. Aufgeregt rief er den Menschen zu: „So steht doch auf! Steht endlich alle auf und kümmert euch um euer Tagesgeschäft!“ Dann wendete er sich wieder der alten Frau und dem Jungen zu und fragte: „Könnt ihr mir denn sagen, wo ich Jodaryon finden kann?“ Voller Hoffnung auf einen Hinweis sah er insbesondere die Alte an.

Sie drehte sich um und zeigte mit erhobenem Zeigefinger in eine bestimmte Richtung. Dann sah sie Wasgo tief in die Augen. Nicht ein Wort kam der Alten über die Lippen und doch hatte Wasgo das Gefühl ihre Worte zu hören. In sein Bewusstsein drangen die Worte ein: „Du musst über diesen hohen Berg. Er ist fast nicht zu bezwingen. Auf der anderen Seite im Tal findest du einen großen und dichten Wald. In dem Wald wirst du Jodaryon finden, junger Herr.“

Mit einer Verbeugung wollte sich Wasgo verabschieden. Doch die alte Frau nahm ihn kurzentschlossen an die Hand und zog ihn energisch hinter sich her. Sie ging mit ihm in eine alte Kate und gab ihm zu essen und zu trinken. Danach zeigte sie ihm einen Schlafplatz. Er sollte erst am nächsten Morgen aufbrechen.

Am frühen Morgen weckte die Alte den jungen Mann. Wasgo räkelte sich genüsslich und stand auf. Nachdem er sich einer gründlichen Körperpflege gewidmet hatte, bedeutete ihm seine Gastgeberin, sich an den Tisch zu setzen. Sie setzte ihrem jungen Gast ein eher kärgliches, aber wohlschmeckendes Frühstück vor und forderte ihn auf, ausgiebig zuzugreifen. Sie kochte Tee, füllte in Wasgos Wasserbehältnis für die Wanderung frisches Wasser ein und gab es dem Jugendlichen, damit er alles in seinen Sack legen konnte. Erst nach dem Frühstück ließ die alte Frau ihren Gast gehen.

„Ich danke dir von Herzen für deine Gastfreundschaft und alles, was du für mich getan hast. Danke, Mütterchen“, sagte Wasgo und verabschiedete sich von der alten Frau. Die nahm ihn plötzlich in die Arme und drückte ihn fest und liebevoll an sich. Als sie den Jüngling freigab, hatte sie Tränen in ihren Augen. Einige Wochen später sollte sie sterben. Das ahnte sie und war darüber traurig, weil sie wusste, dass sie Wasgo nicht noch einmal wiedersehen sollte..

Der Adler der Weisheit und des Lebens

Wasgo verließ das Dorf. Glück hatte er gehabt. Eine Spur von Jodaryon hatte er gefunden. Nun sollte er doch auch hoffentlich den großen Zauberer finden können. Sein Weg führte ihn direkt auf den großen, mächtigen Berg zu, den er schon vor zwei Tagen gesehen hatte. Dieser Berg, den er bezwingen musste, überragte bei weitem alle anderen Gipfel, schätzungsweise um neunhundert Meter. Dieses Bergmassiv unterschied sich schon alleine aufgrund seines Aussehens von den anderen. Er war mit schier endlosen Schneefeldern überzogen. Gewaltige Gletscher galt es für Wasgo zu überwinden. Er wusste, dass Glätte und Kälte ihm ernst zu nehmende Gegner sein mussten. Ein Sturm konnte da oben schnell aufkommen. Temperaturen von bis zu minus fünfzig Grad hatte Wasgo zu erwarten. Nicht umsonst wurde dieser Berg der Eisberg genannt.

Das Tal hatte er rasch durchwandern können, es hielt keine Gefahren für unseren jungen Zauberer bereit. Doch dann kam der Aufstieg zum Eisberg. Aus dem Rucksack suchte sich Wasgo warme Bekleidung heraus. Seine Mutter hatte an alles gedacht. Er zog sich an, was er für notwendig erachtete. Dann ging es den Berg aufwärts. Die erste Etappe brachte er mühelos hinter sich. Bis zur Baumgrenze stieß er vor, um am Waldrand ein Lager für die Nacht aufzuschlagen. Im Schutz der Bäume wollte er schlafen. Danach sollte der Aufstieg über die Gletscher weitergehen.

Nachdem der Jüngling ausgeschlafen hatte, machte er sich auf, seinen Weg fortzusetzen. Den hatte er sich schon vom Tal aus mit den Augen gesucht und bis zum Gipfel ausfindig gemacht. Durch das weiße Eis und den vielen Schnee herrschte Dämmerlicht. Es war nicht ganz dunkel, aber auch nicht hell, wie es an einem Tag üblich war, an dem die Sonne unterging und dabei keine ewige Nacht herrschte.

Es war eine Zwischenstufe, aber Wasgo konnte relativ gut sehen. Trotzdem ärgerte es ihn, dass er sich über den Gletschergipfel quälen musste. Gerne hätte Wasgo den Berg umwandert, aber das ging leider nicht. Der einzige halbwegs gangbare Weg verlief über den Gipfel, weil es rechts und links vom Berg riesige Fels- und Eisabbrüche gab, die nicht zu überwinden waren.

Es war eisig kalt und ein stetiger Wind verschärfte die Temperaturen noch zusätzlich. Wasgo fror. Der Boden war glatt, er musste aufpassen, keinen Fehltritt zu begehen, hätte das doch seinen unweigerlichen Absturz zur Folge gehabt. Dieses wiederum bedeutete Verletzungen und Schmerz, höchstwahrscheinlich sogar den unvermeidlichen Tod des jungen Mannes.

Das wusste Wasgo und passte besonders gut auf. Rasch merkte er aber auch, dass die Warnungen seiner Eltern vor den Gefahren eines Gletschers keineswegs übertrieben gewesen waren. Das Schneefeld, über das er stapfte, sah so harmlos aus. Aber plötzlich sah er eine schmale Spalte vor sich. Über die konnte er leicht hinweg springen und über einige weitere ebenso. Wenig später blieb er unvermittelt stehen. Keinen Schritt zu früh, denn direkt vor ihm war der Schnee seltsam verfärbt. Offenbar verbarg er eine Spalte, die deshalb besonders gefährlich war. Wenn Wasgo dem Schnee blindlings vertraut hätte, wäre er unweigerlich in diese Spalte gestürzt und rettungslos verloren gewesen. Mit einem besonders kräftigen Sprung überwand der Jüngling auch dieses Hindernis.

Einen Steilaufschwung des Gletschers, der mit riesigen Spalten und blanken Eisfeldern durchsetzt war, umging er geschickt. Aber je höher er kam, desto mehr geriet er ins Keuchen. Die dünne Luft machte ihm zunehmend zu schaffen. Immer tiefer wurde der Schnee, oft versank er bis zu den Knien. Die Strapazen dieses Anstieges waren ungleich höher, als er erwartet hatte.

Aber stets behielt er den Gipfel im Blick, auch wenn dieser nur langsam näher rückte. Weit konnte es jetzt nicht mehr sein. Plötzlich, als er schon glaubte, es geschafft zu haben, kam er ins Rutschen und verlor das Gleichgewicht. So stürzte er und glitt abwärts. Doch rutschte er nicht zurück, sondern in die Richtung, in die er weiter wandern wollte. Ohne dass er es bemerken konnte, ging es plötzlich steil bergab. Das Gefälle wurde größer. Das Eis wurde brüchig und uneben.

Über mehrere Erderhebungen glitt er hinweg, die wie eine Schanze wirkten. Er wurde durch die hohe Geschwindigkeit, die er erreichte, in die Luft geschleudert und flog ein paar Meter über das Gelände, um hart auf das Eis aufzuschlagen. Ein stechender Schmerz durchzuckte seinen Körper und eine weitere Rampe verrichtete ihr grausames Werk an dem jungen Mann. Erneut wurde er in die Luft geschleudert und prallte hart auf. Zu keinem Wort war der arme Wasgo fähig. Ein Schrei voller Angst und Schmerz entrang sich seiner Brust. Er hörte es in seinem Körper knacken und krachen. Es gab nichts, woran er sich festhalten konnte. Er verlor die Orientierung.

Ein weiterer Stoß erschütterte seinen Körper. Reflexartig griff seine Hand nach etwas, woran er sich festhalten konnte. Schmerzhaft wurde an seinem Arm gezogen. Die Kräfte verließen ihn. Warmes Blut sickerte aus seiner Hand. Er sah hoch, der Berg türmte sich über ihn auf, eine drohende weiße Wand war über ihn und er wusste nicht, wo er sich befand. Das war aber nicht das Schlimmste.

Ein grausiger Angstschrei drang durch das Gebirge, hinab in ein weites Tal. Es war Wasgos Angstschrei, der in die Welt gellte. Der Junge hatte begriffen, dass das aussickernde Blut nicht sofort gefror, wie es hätte sein sollen. Im Gegenteil schmolzen der Schnee und das Eis von seinem Blut. Er hielt sich tapfer an einem eiskalten Etwas fest. Dieses Etwas war ein Eiszapfen, der auf dem Erdboden durch herabfallende Wassertropfen gewachsen war. Aber auch dieser Eiszapfen schmolz, trotzdem war er es in diesem Moment, der Wasgo vor den sicheren Tod bewahrte, denn der Jüngling hing über einen tiefen Abgrund. Eine Gletscherspalte hatte sich hier aufgetan und drohte den jungen Wasgo in sich aufzunehmen. Sollte der Eiszapfen schmelzen, bevor Wasgo den Abgrund verlassen konnte, würde er mehrere hundert Meter in die Tiefe in den sicheren Tod stürzen.

*****

Ein riesiger Adler schwebte einsam in großer Höhe durch die Lüfte. Ein markerschütternder Angstschrei erreichte ihn. Mit seinen scharfen Augen, denen nichts verborgen blieb, erforschte er die Erde und sah einen großen Gletscher, den Eisberg. Der Adler stieß einen für ihn typischen Ruf aus und ändert seine Flugrichtung. Er schwebte über den Eisberg dahin. Die Todesspalte war dabei, einen unvorsichtigen Bergwanderer zu sich zu holen. ‚Warum nur muss sich dieser Mensch in so einer gefährlichen Gegend herumtreiben? Soll er doch lieber zu Hause bleiben', so dachte der Adler.

Trotz Dunkelheit und eisiger Kälte musste der Adler fliegen und durch die Lüfte schweben. Nahrung braucht jedes Lebewesen, auch der Adler. Er hatte sich den Umweltbedingungen angepasst, die seit über fünfhundert Jahren, seitdem Bossus sich die Erde untertan gemacht hatte, herrschten. Doch was er am Abgrund zur Todesspalte sah, war für ihn keine Nahrung. Trotzdem flog der Adler zu dem Abgrund und schlug seine Krallen in Wasgos Kleidungsstücke hinein. Anschließend erhob er sich erneut in die Lüfte und segelte davon.

Als Wasgo dieses riesige Untier auf sich zukommen sah, dachte er, seine letzte Stunde habe geschlagen. Nun hing der junge Mann an den Füßen des riesigen Vogels in der Luft. Angst durchflutete den Körper des jungen Mannes. An einen Zauberspruch konnte er nicht denken. Alle Zauber waren aus seinem Bewusstsein verschwunden. Eine tiefe Bewusstlosigkeit nahm den Jüngling in sich auf und bewahrte ihn vor dem Wahnsinn.

Der Adler flog mit Wasgo an seinen Krallen zu dem Berg zurück. Er setzte zur Landung an. Vorsichtig legte er ihn in den Schnee. Der große Vogel setzte sich so vor den jungen Mann, dass er ihn mit einem Flügel wärmen konnte, indem er ihn einfach wie eine Decke über Wasgo ausbreitete. Irgendwann würde der junge Mann zu sich kommen, dann konnte er, der Adler, seinen Weg fortsetzen.

Nach etwa fünf Minuten erwachte Wasgo. Vor sich sah er den Adler, der ihn mit seinen großen Augen ansah. Mit einem Flügel wärmte ihn das Tier. Der Adler zog seinen Flügel ein, so dass Wasgo aufstehen konnte. Dass von dem Vogel keine Gefahr ausging, war unserem Helden nun bewusst. Hätte der Adler ihn töten wollen, hätte er dazu schon längst eine Gelegenheit gehabt. Nein, dieser Adler hatte ihm das Leben gerettet.

Wasgo verbeugte sich vor dem Tier und sprach: „Ich danke dir, du edler Vogel. Du hast mir mein Leben gerettet. Ich hoffe, dass ich das irgendwann einmal wieder gut machen kann."

Als der Adler antwortete, war unser junger Zauberer nicht mehr überrascht. Denn er wusste plötzlich, wen er vor sich hatte. Es war der Adler der Weisheit und des Lebens. Der Adler sprach:

„Du bist schon dabei, alles wieder gut zu machen. Du bist Wasgo, der Sohn des Antares und der Luziferine. Du bist auf dem Weg, Jodaryon zu suchen, um ihn zu befreien, um anschließend mit ihm die Welt von Bossus und seinen Schergen zu säubern. Damit machst du alles wieder gut."

Das war für Wasgo die Chance, schnell zu Jodaryon zu kommen. Er fragte: „Bitte, lieber Adler, du musst mir helfen. Du bist doch der Adler der Weisheit und des Lebens. Du solltest es wissen, wo sich unser großer Zauberer aufhält. Kannst du mich nicht zu ihm bringen?"

Der Adler warf seinen Kopf nach hinten, als hätte er unerträgliche Schmerzen zu erleiden, und stieß einen kläglichen Schrei aus. Dann sah er Wasgo an und sagte: „Zunächst solltest du dich um deine Hand kümmern, sie blutet immer noch. Danach werde ich dich von hier wegbringen, aber nur bis zum Rand des Waldes, in dem sich die alte Zauberschule befindet. In den Wald hineinfliegen darf ich nicht. Dieser Wald gehört zu Bossus' direktem Einflussbereich, er würde mich töten, wenn ich da eindringen sollte.

Aber du kannst, wenn du in den Wald kommst, alle Vorsicht fallen lassen. Sei nur immer auf der Hut vor Bösewichtern und vor Bossus' Schergen. Und wende von da an deine Zauberkräfte an! Bossus wird dich schon jetzt beobachten, aber er hat noch keine Macht über dich. Sobald du den Wald der alten Zauberschule betrittst, wird Bossus versuchen, dich an der Befreiung Jodaryons zu hindern. Er wird versuchen, dich zu töten. Also kannst du ohne weiteres zaubern, um dich zu verteidigen."

Wasgo hörte dem Adler aufmerksam zu und war ihm für die vielen Informationen dankbar. Als der majestätische Vogel mit seinen Ausführungen fertig war, besah sich der junge Mann seine Hand und verband sie mit einem Tuch Leinen, das er in seinem Rucksack fand. Nun konnte die Flugreise beginnen. Mit dem Schnabel schnappte der große Vogel nach dem jungen Mann. Ein bisschen unwohl war dem Jüngling dabei aber doch. Er fühlte sich vom Adler der Weisheit und des Lebens in die Lüfte gehoben. Die Landschaft raste an ihm vorbei, als der Adler seinen Kopf wendete und Wasgo in sein Gefieder fallen ließ.

„He, mein lieber fliegender Freund", lachte Wasgo, „du kannst ruhig etwas vorsichtiger mit mir umgehen!"

„Entschuldige bitte, ich muss niesen, und habe keine Zeit für Zärtlichkeit!", sprach der Adler und schon ertönte ein lautes, aber undefinierbares Geräusch. Es hörte sich an, als wenn der Greifvogel schnaubte und wie ein Löwe brüllte, es zischte und donnerte abwechselnd. Dann räusperte sich der Adler und hörte ein „Gesundheit" von Wasgo, wofür sich der gefiederte Geselle bedankte.

Dann fragte der Adler: „Bist du bereit? Halte dich nur schön an meinen Federn fest und passe auf, damit du nicht herunterfällst."

Wasgo befolgte die Worte des Adlers und schon erhob der sich mit einigen Flügelschlägen in die Luft. Augenblicklich spürte Wasgo einen sehr kalten Windhauch, der stärker wurde, je höher sie flogen. Ein überraschter junger Mann saß auf dem Rücken eines Adlers. Was Wasgo alles zu sehen bekam, hätte er sich in seinen kühnsten Fantasien nicht ausmalen können. Die riesigen Berge wurden klein und die Täler wirkten wie kleinere und größere Kessel, teilweise waren sie beinahe rund, aber die meisten erstreckten sich in die Länge. Die laublosen Bäume waren nur noch ganz winzig. Die Flüsse waren bei den lange anhaltenden Minustemperaturen nur noch unregelmäßige, vereiste Flächen, auf denen die Wasserbewegung immer noch erkennbar war.

Obwohl Wasgo fror, war er erstaunt, wie viel anders die Welt aus der Luft aussah. Alles, was er sehen konnte, sog er förmlich in sich auf. In einer weiten Ebene entdeckte er sogar Tiere, die ihm ganz klein erschienen. Die ganze Erde wurde auf einmal so klein. Wasgo sah einige winzige Bauernkaten, die aus der Luft wie Spielzeughütten aussahen. Je höher der Adler sich in die Lüfte erhob, desto kälter wurde es, aber auch die Erde wurde immer kleiner und mit ihr alles das, was sich auf ihr befand. Dann flogen sie auf einen Wald zu. Der Vogel setzte zur Landung an und Wasgo wusste, dass sie den Wald, in dem sich die alte Zauberschule befand, erreicht hatten. Seine Flugreise war beendet. Der Vogel kam auf der Erde zum Stehen und Wasgo kletterte aus dem Gefieder heraus und auf den Erdboden herunter. Anschließend bedankte er sich bei dem Adler für alles, was der für ihn getan hatte. Viel Zeit hatte unser Held durch den Flug mit dem Federtier gespart.

Der Adler des Lebens und der Weisheit und der junge Zauberer verabschiedeten sich herzlich. Gegenseitig wünschten sie sich Gesundheit und viel Erfolg bei ihren weiteren Vorhaben. Der eine betrat den Wald und der andere flog zurück zum Eisberg.

Es war ein finsterer Wald, in den Wasgo da eindrang. Zusammengewachsene Sträucher versperrten ihm den Weg. Er versuchte mit dem Schwert die Sträucher zu zerhacken, um sich einen Weg frei zu machen. Nur mühsam kam er voran.

Der Adler hatte vorhin zwar gesagt, dass Wasgo zaubern sollte, aber dieser traute sich nicht. Er war noch zu unsicher und fühlte sich nicht reif genug zum Zaubern. Was, wenn er einen Fehler machte und sich selbst in Gefahr brachte? Das wollte er nicht riskieren. Bei seinem Vater hatte er gesehen, was passieren konnte, wenn man einen Zauberspruch falsch aufsagte.

Was er aber unbedingt noch erledigen wollte, daran erinnerte er sich in diesem Augenblick: seine Hand mit dem Heilungszauber behandeln. Das tat er und er konnte zusehen, wie schnell die Wunde verschwand. Das blutverkrustete Tuch zauberte Wasgo wieder sauber und steckte es in seinen Rucksack. Dann nahm er sein Schwert und bahnte sich weiter seinen Weg, der immer wieder von Bäumen und Sträuchern versperrt wurde, die Wasgo umgehen musste.

Tiere gab es in diesem Wald kaum. Wenn Wasgo überhaupt einmal ein Tier sah, dann waren es Spinnen, Mücken oder Schlangen, alle waren sie hässlich und sahen gefährlich aus. Bei den herrschenden Temperaturen hätte es sie hier eigentlich gar nicht geben dürfen. Es mussten also magische Tiere sein. Kein Vogel zwitscherte, nur das Gekreische von Raben und Krähen konnte Wasgo hören. Auch Kojoten und Geier wohnten in diesem Wald.

Dieser Wald war so dicht von Sträuchern bewachsen, dass kaum ein Durchkommen war. Dornen waren an diesen Sträuchern im Überfluss vorhanden und verletzten unseren jungen Zauberer immer wieder.

Nein, dieser Wald war alles andere als schön. Er war düster und feindselig und gefährlich.

Zweiter Teil – Der Kampf um die Welt

Der alte Zauberer

Es gab in dem verwunschenen Wald einen Ort, der an bessere Zeiten erinnerte. Dieser Ort war eine alte Zauberschule und die befand sich mitten im tiefsten, schwärzesten Dickicht. Die Bäume standen dort so dicht, dass sie auch ohne die ewige Nacht keine grünen Blätter an den Ästen und Zweigen haben konnten. Diese Bäume waren von Bossus verzaubert, ähnlich wie die Sträucher und alles andere in diesem Wald. Wie sollten auch sonst Blätter an Bäumen wachsen, wenn die ewige Nacht dies verhinderte! Blätter leben von Fotosynthese, das heißt, grüne Blätter konnte es nur dann geben, wenn die Bäume genügend Licht durch die Sonne erhalten konnten. Es gab aber seit über fünfhundert Jahren schon keinen Sonnenschein mehr auf der Erde. Deshalb konnten ja keine grünen Blätter an Pflanzen aller Arten wachsen.

Ein junger Bursche namens Wasgo ging mutig durch den Wald. Er suchte die Zauberschule, die sich an einem versteckten Ort befand. Wie sollte er die nur finden? Ein bisschen zaubern konnte er ja, aber er war noch so unsicher, dass er sich nicht traute, seine Zauber anzuwenden. Er wollte neue, gefährliche Zauber erlernen, mit denen er die Welt von der ewigen Dunkelheit befreien konnte. Es war ihm egal, wie lange er dieses Ziel verfolgen musste. Und wenn es Jahre sein sollten, Hauptsache war, dass die Sonne wieder ihre tägliche Bahn über den Himmel ziehen konnte.

Plötzlich hörte er ein Lied. Eine einsame und traurige Stimme sang eine Strophe und wiederholte den Refrain immer wieder.

Wasgo ging in die Richtung, aus der er die Stimme des Sängers hörte. Tatsächlich wurde die Stimme zunehmend lauter. Nun konnte unser junger Held schon ganz deutlich den Text verstehen. Es war ein trauriges Lied. Ein Anflug von Zuversicht für die Zukunft war aus dem Lied herauszuhören, aber am Ende war es doch nur noch traurig. Wasgo glaubte die Stimme zu erkennen. Das konnte nur der große Zauberer Jodaryon sein.

Er überlegte, dass Jodaryon der größte Zauberer aller Zeiten gewesen sein musste, denn er hatte mit tollen Geschichten, die überall zu Liedern gemacht wurden, die Herzen der Menschen erfreut und so allen Kummer und alle Sorgen von ihnen fern gehalten. Überall wurden seine Geschichten zu Liedern und überall wurden diese Lieder gesungen. Nun stand Jodaryon irgendwo hier ganz in seiner Nähe und sang diese traurige Weise.

Wasgo blieb stehen, damit er die Worte besser hören konnte. Er hörte Jodaryon sein trauriges Lied singen. Jodaryon sang von einem Gemüt aus Stein und einem Herzen aus Eis, einem gebrochenem Herzen, davon, dass er Angst habe, es könne nochmals zerbrechen. Und dass ihm sein Freund nicht helfen könne. Wasgo konnte ihn singen hören: „Der Preis ist zu hoch. Ich war jung und stark. Doch jetzt bin ich alt und schwach. Meine Seele und mein Herz bluten. Ich fühle nur noch Schmerz. Doch ich muss diesen Preis bezahlen. Aber ich werde wieder jung und stark und gemeinsam werden wir siegen. Aber ich werde wieder jung und stark und gemeinsam werden wir siegen."

Wasgo ging weiter. Der Weg endete in einem dichten Gestrüpp von alten Büschen. Hier gab es kein Durchkommen. Aber er musste diesen Weg weiter verfolgen, denn hinter dem dichten Gestrüpp musste der Sänger und Zauberer sein, von dort hörte er seine Stimme.

Wasgo konnte sich gut vorstellen, dass es dem alten Zauberer Jodaryon früher gut gelungen war, mit seinen Zauberliedern die

Menschen glücklich zu machen. Eine alte, wenn auch noch kräftige Stimme drang an sein Ohr.

Der junge, mutige Bursche entschloss sich, bevor Jodaryon wieder verschwand, einen Zauber anzuwenden, damit er durch das Dickicht kommen konnte. Er sagte einen Spruch auf. Das hörte sich komisch an, beinahe so: „Enzo minerle beritale avartiäle seitige shub gestastruppe wechige ewige"

Gespannt wartete er, was nun passieren sollte. Er dachte schon, dass er den Zauber nicht richtig ausgesprochen hatte. Doch unversehens bewegte sich das Gestrüpp. Wie von Geisterhand teilten sich die vor Wasgo zu einem Ganzen verschlungenen Sträucher und schoben sich zu beiden Seiten auseinander. Sie gaben den Weg frei und er konnte nun die Stimme des alten Zauberers noch deutlicher hören. Er ging den Weg weiter und hörte die immer lauter werdende Stimme und nach einer Wegbiegung sah er den Alten vor einer Höhle sitzen.

Der Zauberer war ein winzig kleiner Mann, vielleicht sechzig Zentimeter groß, mit einem langen weißen Bart, der ihm bis zu den Füßen reichte. Aber er sang sein trauriges Lied mit einer kräftigen Stimme, die einem Mann mit einer Größe von zwei Metern gehören musste. Wasgo ging langsam auf ihn zu. Er wollte den kleinen Zauberer nicht erschrecken.

Das kann doch unmöglich der große und berühmte Jodaryon sein, dachte Wasgo. Mit der Stimme eines zarten Jünglings sprach er den alten Zauberer an: „Sei gegrüßt, du großer Zauberer. Ich verneige mich vor dir. Ich möchte dich bitten, mir zu sagen, wie ich in das Land der verlorenen Sonne komme, du hast doch schon alles gesehen. Sage bitte, du großer Zauberer, bist du der große Jodaryon?"

Der alte Zauberer unterbrach seinen Gesang. Er sah den jungen Magier an. Ja, der war jung, aber er musste ein Zauberer sein, denn sonst wäre er nicht durch das Dickicht gekommen. Hier hatte sich einmal eine Zauberschule befunden. Doch war sie an dem Tag zerstört worden, als die Sonne verschwunden war. Am gleichen Tag war Jodaryon durch das Dickicht der Sträucher, die Wasgo gerade vor ein paar Minuten mit seinem Zauber gefügig gemacht hatte, gefangen gesetzt worden. Jodaryon hatte diesen Zauber nicht brechen können, weil ihm seine Macht ebenso genommen wurde.

Jodaryon musterte nun seinen jungen Besucher genauer. Der Junge hatte noch keinen Bart, aber die Vorboten waren schon da. Zarter Flaum hatte sich auf seiner Oberlippe gebildet. Er hatte ein ovales Gesicht und dunkelbraune Haare, die gewellt waren und die er halblang trug. Locker und leicht fielen sie am Nacken auf die Schultern. Er hatte eine gerade gewachsene Nase, braune Augen und sanft geschwungene Augenbrauen. Sein Mund war eher schmal. Seine langen, geraden Wimpern waren fast mädchenhaft. Er stand auf kräftigen und muskulösen Beinen, hatte schmale Hüften und breite Schultern. Seine Jugend strahlte aus ihm heraus.

Jodaryon, der auf Grund seiner langen Gefangenschaft hart und mürrisch war, konnte den Jungen, der sehr höflich war, gut leiden. So viel Schönheit hatte er bei einem Mann noch nie gesehen. Das glaubte der alte Mann wenigstens.

Innerlich musste Jodaryon über den jungen Mann lachen. Aber schroff sagte er: „He, sage einmal, bist du blind? Du sprichst von mir als einem großen Zauberer? Ich bin sechzig cm groß, aber warte, ich werde mich für dich etwas vergrößern.“ Um Jodaryon wurde es neblig, die Luft um ihn herum fing an zu zittern, als wenn man sie mit einem Feuer erwärmen würde und über die Flammen hinweg sah. Es ging alles sehr schnell. Jodaryon wuchs und wuchs und war nach wenigen Augenblicken ein normal großer Mann, genauso groß wie der Jüngling.

Der staunte, sah den Älteren fassungslos an und fragte: „Wie hast du denn das gemacht? Eben noch warst du so klein und jetzt bist du so groß! Wie macht man das? Ist es auch möglich, dass man sich verkleinern kann?“

Jodaryon wirkte nun noch mürrischer und sehr ungehalten. „Denke nach, junger Mann“, rief er fast zornig.

Wasgo erwiderte, dass es wohl so sein sollte. Wenn man sich vergrößern konnte, sollte man sich auch verkleinern können.

„Genau, mein Junge“, bemerkte Jodaryon zufrieden und forderte ihn auf, sich seiner Kleider zu entledigen.

Wasgo wollte wissen, warum er sich ausziehen sollte.

„Willst du nun die Sonne zurückholen oder nicht? Wenn du es willst, dann tue, was ich dir sage!“, befahl Jodaryon dem Jüngeren streng.

Der legte widerwillig sein Gewand ab. Als er seinen Oberkörper entblößt hatte, sagte der alte Zauberer: „Das reicht, drehe dich mit dem Rücken zu mir.“

Wasgo gehorchte und hörte Jodaryon leise sagen: „Du bist es, auf den ich so lange schon gewartet habe. Die Prophezeiung erfüllt sich.“ Die letzten Worte sprach Jodaryon fast ehrfürchtig aus. Doch dann verfiel er wieder in seinen alten groben und ungehobelten Ton und sagte: „Schnell, zieh dich wieder an und folge mir.“

Ohne abzuwarten, bis Wasgo sich angezogen hatte, ging Jodaryon schnell auf den Weg und eilte mit großen Schritten weiter in den Wald hinein. Wasgo musste ihm hinterherlaufen. Beim Laufen zog er sich an. Er konnte kaum mit dem alten Mann mithalten. „Wo läufst du denn hin, warte doch auf mich“, rief er und beeilte sich zu Jodaryon aufzuschließen.

Der erklärte ihm: „Du hast dich auf eine gefährliche Mission eingelassen. Du musst mir vertrauen und du musst schnell sein in allem, was wir tun. Sonst werden wir sterben. Du hast immer nur eine Chance. Nimmst du sie nicht wahr, werden wir beide sterben. Das will ich aber nicht, ich bin erst sechshundert Jahre alt, habe also noch mein halbes Leben vor mir. Du bist noch ein Baby und musst nur tun, was ich dir sage. Wir haben keine Zeit für eine lange Ausbildung. Aber die Prophezeiung erfüllt sich.“

Wasgo verstand nur die Hälfte. Und wo wollte Jodaryon mit ihm so schnell hin? Kaum konnte er mit ihm Schritt halten. So hatte sich der junge Mann das nicht vorgestellt. Er rief: „Was erzählst du mir, alter Mann? Die Prophezeiung kenne ich! Meine Eltern haben mich mein ganzes Leben auf die Erfüllung meiner Aufgabe vorbereitet. Aber ich brauche noch mehr Wissen und Ausbildung, um mit dir erfolgreich zu sein. Du musst mich weiter ausbilden, vor allem kenne ich nicht alle Zauber, die ich gegen die bösen Mächte anwenden kann. Und überhaupt, wo gehen wir jetzt hin?"

Jodaryon blieb kurz stehen. ‚Der Junge hat recht', dachte er, ‚eine Erklärung sollte ich ihm schon geben.' Trotzdem passte ihm jetzt die Verzögerung nicht, die Wasgo soeben mit seiner Fragerei erzwungen hatte. Beinahe schon wütend erzählte Jodaryon: „Nachdem das Land hier so traurig geworden war und die Zauberer fast ihre gesamte Macht eingebüßt hatten, gab es eine Prophezeiung, dass nach fünfhundert Jahren ein junger Zauberer kommt, der es schafft, das undurchdringbare Dickicht, also das Gestrüpp, zu besiegen, und dass er ein Muttermal auf dem Rücken hat.

Und es steht in der Prophezeiung, dass ich durch ihn befreit werde und wir uns gemeinsam auf den Weg machen und das Glück dieser Welt zurückerobern werden. Es gelingt uns aber nur, wenn wir schnell handeln, und wir müssen durch das Reich der Toten hindurch." Plötzlich wurde Jodaryons Gesicht eisern wie das einer Maske. Nachdenklich sagte er, fast wie geistesabwesend: „Das Muttermal wurde in der Prophezeiung genau beschrieben. Du hast mich befreit und du hast das Muttermal. Wir haben schwere Prüfungen vor uns. Vielleicht verlieren wir unsere Kräfte, vielleicht sogar unser Leben, aber wir müssen die ewige Nacht bezwingen." Das sagte er und eilte weiter.

Wasgo hatte keine Chance, eine weitere Frage zu stellen. Aber er hatte so viele Fragen. Warum nur mussten sie sich so beeilen? Warum wurde der alte Zauberer plötzlich so ernst und abwesend? Was hatte er erlebt, um so ein bitteres Lied zu singen? Warum hatte er sein Herz mit Eis gefüllt und warum war sein Gemüt wie Stein? Und warum mussten sie durch das Reich der Toten? Was konnte und sollte sie dort erwarten? Warum sollten sie vielleicht ihre Kräfte verlieren? Und warum gab es überhaupt so wenig Zauberer auf dieser Welt, obwohl sie einmal diesen Planeten sehr zahlreich besiedelt hatten?

Wasgo lief Jodaryon hinterher, und als er ihn endlich eingeholt hatte, sagte er: „Bitte, ehrwürdiger Zauberer, ich habe so viele Fragen und ich brauche Antworten. Ich muss wissen, was auf uns zukommt. Vielleicht verlässt mich sonst der Mut."

Jodaryon nahm den Jüngling bei der Hand, sah ihn aber streng und mürrisch an und sagte: „Keine Zeit. Du wirst alles zur rechten Zeit erfahren. Und habe keine Furcht, du wirst zu jeder Zeit richtig handeln. Ich vertraue dir."

„Du vertraust mir und hast doch keine Ahnung von meinen Fähigkeiten. Ich bin kein guter Zauberer und völlig unsicher. Mein Vater hat versucht, sein Bestes zu geben, aber er ist eben nun einmal eher ein bescheidener Mann und gibt sich mit dem zufrieden, was er kann. Ich habe Angst, dass wir unsere Mission nicht erfüllen können, wenn du mich nicht wenigstens prüfst und mir hilfst, meine Mängel zu beseitigen."

Jodaryon sah den jungen Mann genervt an: „Warum bist du so ängstlich? Du hast den Weg zu mir gefunden, du hast den verwunschenen Wald bezwungen und hast mich befreit. Ich fühle es, meine Kräfte sind zurückgekehrt. Wenn ich sie einsetzen kann, sollten wir wohl etwas Zeit haben, dich zu prüfen. Aber mach dich darauf gefasst, dass es dir weh tun kann, wenn du einmal versagst. Ich will dir gerne noch etwas beibringen, aber umso schneller müssen wir später handeln. Sei dir im Klaren darüber, dass es ausschließlich gefährliche und harte Zauber sind, die ich dir beibringen werde. Diese Zauber werden deine ganze Energie und dein ganzes Bewusstsein in Anspruch nehmen. Obwohl sie dir helfen, werden sie dich schwächen und müde machen. Durch gutes Essen und viel

Schlaf kannst du aber die verlorene Energie wieder zurück gewinnen."

„Dann lass es uns angehen, großer Zauberer", antwortete Wasgo.

Wasgos Entführung

Jodaryon und Wasgo befanden sich in einer kleinen, unbewohnten Höhle. Hier hatten sie sich etwas häuslich eingerichtet. Jodaryon nutzte diese Gelegenheit, um seine Zauberkünste zu testen. Hatte er all seine Zauber zurückerhalten können? Schnell war eine Kochstelle vor der Höhle entstanden und innen zwei Schlafstätten. Dann stellte sich Jodaryon vor die Höhle und versuchte einen Zauber des höchsten Schwierigkeitsgrades. Außer ihm gab es angeblich höchstens noch einen Zauberer, der diesen Zauber beherrschte, und der war kein anderer als der böse Bossus.

Die Augen geschlossen und stumm Formeln ausstoßend, sah Wasgo den großen Meister vor der Höhle stehen. Beschwörende Gesten schickte Jodaryon zum Himmel empor. Doch Wasgo kam es vor, als wenn nichts geschah.

Jodaryon hingegen war zufrieden, er freute sich, sprang von einem Bein auf das andere und klatschte in die Hände. Dabei rief er immer wieder: „Es hat geklappt, juchhu, es hat geklappt. Nun, Bossus, wird es dir bald an den Kragen gehen."

So fröhlich hatte Wasgo den alten Mann noch nie gesehen. Verständnislos starrte Wasgo ihn an und drehte sich zur Höhle um. Er traute seinen Augen nicht. Was er sah, war einfach nur unglaublich für ihn. ‚Wie hat der alte Mann das nur fertig gebracht?', fragte sich der Jüngling.

Die Kochstelle vor der Höhle war verschwunden. Schon als Wasgo fragen wollte, warum Jodaryon die Kochstelle wieder weggezaubert hatte, sah er Jodaryon und sich um die Höhle kommen. Was die beiden vorhin taten, wurde jetzt von den sich vor Wasgo befindlichen Jodaryon und Wasgo erledigt. Wasgo konnte sich selbst beobachten. Er begriff, dass der alte Zauberer die Zeit beeinflusst hatte. Aber wie hatte er das nur getan? Das mussten die Gesten zum Himmel und die stummen Beschwörungsformeln gewesen sein, die der große Zauberer gemurmelt hatte.

Langsam verblassten Jodaryon und Wasgo vor den Augen des Jünglings und alles war so, wie er es in Erinnerung hatte. Die Kochstelle stand wieder da, wo sie vorher gewesen war. „Wow, wie hast du das gemacht? Hast du die Zeit verschoben?“, fragte der jüngere den älteren Mann.

Jodaryon bestätigte das und meinte: „Jetzt haben wir Zeit für deine Ausbildung.“

„Wie hast du das gemacht?“, wollte Wasgo wissen.

Jodaryon grunzte: „Das ist einer der schwersten Zauber überhaupt. Den kann ich dir nicht so schnell beibringen. Es gibt nur noch einen Zauberer, der das eventuell hinbekommt, und das ist Bossus. Ich hoffe aber, dass er diesen Zauber nicht beherrscht. Du wirst andere Zauber von mir erlernen, und zwar solche, die wir für unseren Kampf gegen Bossus brauchen werden.“

„Ja, das reicht mir auch vollkommen aus. Wir wollen ja nur die Welt von der ewigen Nacht befreien“, überlegte Wasgo.

Am nächsten Tag sollte seine weitere Ausbildung beginnen. Schon bald stellte der junge Mann fest, dass die Ausbildung durch den großen Meister etwas ganz anderes war als das, was er mit seinem Vater erlebt hatte. Und doch begriff Wasgo, dass Antares ihm die wichtigsten Grundlagen der Zauberei beigebracht hatte. Viele der Zauber, die Jodaryon ihn lehrte, hatten ihren Ursprung in den Zaubern des Antares.

Fast noch in der Nacht weckte Jodaryon den jungen Wasgo. „Komm und zieh dich an, wir haben zu tun“, murmelte der alte Mann dem jungen zu.

Der streckte sich erst einmal, gähnte von Herzen und sagte dann: „Es ist aber doch noch dunkel!“

„Um zwölf Uhr mittags ist es auch dunkel. Also los, hoch mit dir, du Weltbefreier! Du glaubst doch nicht etwa, dass Bossus schläft? Der weiß genau, was wir beide im Schilde führen", entgegnete der alte Zauberer in einem leicht ungehaltenen Ton. Dabei war der noch gar nicht so alt, er stand mit seinen sechshundert Lebensjahren erst kurz über der Mitte seines Lebens. Ein Mann wie Jodaryon konnte mindestens eintausend Jahre alt werden. Jodaryon sah nachdenklich aus. Nach einer Pause sprach er mit seiner tiefen Bassstimme weiter: „Ich wundere mich sowieso, dass es immer noch so ruhig ist. Was führt der alte Tyrann nur im Schilde?"

„Du hast Recht, mein alter Freund", sagte Wasgo und schwang seine Beine aus dem Bett. Er zog sich an und fragte: „Gibt es hier irgendwo Wasser? Ich möchte mich gerne etwas waschen."

„Eben da will ich mit dir hin. Zum Wasser", erwiderte Jodaryon.

Sie liefen gemeinsam durch den finsteren Wald und kamen an einen Fluss. Unser junger Freund beugte sich über das Wasser und wollte hineingreifen, als eine riesige Hand aus dem Wasser auftauchte und nach ihm griff. Ehe sich Wasgo versah, wurde er in das Wasser des Flusses gezogen. Er hörte Jodaryon lachen und das war das letzte, was der junge Mann vom alten Zauberer vernahm.

Lange Zeit hörte und sah Wasgo nichts. Um ihn herum herrschte nicht nur Nacht, sondern eine rabenschwarze Finsternis. Er konnte nicht einmal die Hand, die er sich vor seinen Augen hielt, erkennen. Nicht das leiseste Geräusch konnte der Jugendliche vernehmen. Angst stieg in ihm auf. Er fühlte sich so, als wäre er blind und taub. Plötzlich gab es einen ohrenbetäubenden Knall. So ähnlich muss sich heute die Explosion einer Bombe anhören. Aber damals gab es noch keine Bomben. Auf einem Stuhl aus Holz mit sehr hoher Lehne fand sich unser junger Zauberer wieder.

Mit Seilen war er an diesen Stuhl gefesselt. Er sah sich um und bemerkte nur finstere Gestalten um sich herum. Schrecklich sahen sie alle aus. Teilweise waren die Schädel der Gestalten skelettiert, teilweise waren die Gestalten mumifiziert. Niemand von denen schien zu leben und doch lebten sie alle. Wenigstens konnten sie sich bewegen und sprechen. Verstehen konnte Wasgo sie nicht, sie sprachen in einer für ihn fremden Sprache.

Ein Mann kam in sein Blickfeld. Er trug einen schwarzen Hut, sein Umhang und seine Hosen waren schwarz. Seine Haare und auch seine Augen waren schwarz. Seine Zähne waren ebenfalls schwarz. Alles an diesem Mann war schwarz. Nur seine Haut schien weiß aus diesem ganzen Schwarz heraus. Der Mann sprach Wasgo an und der konnte ihn verstehen. Er sprach wie er selber auch.

„Endlich habe ich dich. Du sollst mir nicht mehr entkommen. Und deine Zauberkräfte nutzen dir hier gar nichts. Du bist mir schutzlos und auch wehrlos ausgeliefert. Ich habe dich deiner Zauberkräfte entledigt. Du brauchst sie nicht mehr. Du gehörst jetzt mir. Du sollst mir dienen“, hörte Wasgo den Mann sagen.

„Wer bist du“, fragte Wasgo, obwohl er sich schon denken konnte, wer der Mann vor ihm war. Der konnte nur der böse Bossus sein.

Der lachte über die Frage und antwortete: „Du weißt, wer ich bin. Ich bin der Herrscher über diese Welt und der Herr über die schwarze Nacht. Ich bin der größte aller Zauberer und der mächtigste Mann in diesem Universum. Was ich will, wird geschehen. Meine Macht kann niemand brechen. Du nicht und der dumme Jodaryon auch nicht. Es wird mir ein Leichtes sein, ihm seine Zauberkräfte wieder zu nehmen und ihn erneut gefangen zu setzen. Er ist ein Nichts!“

Bossus schwärmte von seiner Macht, die er zu besitzen glaubte. Als er auf Jodaryon zu sprechen kam, wurde er lauter und lauter. Den letzten Satz schrie er in den Raum hinein. Plötzlich war er aber wieder ruhiger und grinste Wasgo frech ins Gesicht. Er machte eine Pause und wollte gerade weiter sprechen, als Wasgo ihm zuvorkam.

„Und wenn du so mächtig bist, wie du sagst, warum sitze ich hier, bin gefesselt und so dir hilflos ausgeliefert? Das sieht doch nun wirklich so aus, als wenn du Angst vor mir hättest. Was für eine große Angst hast du dann erst vor dem großen Jodaryon!", erwiderte Wasgo mutig. Unser junger Held hatte Angst, aber er war wild entschlossen, sie dem Bösewicht nicht zu zeigen. Wer dieser Mann war und an welch schrecklichen Ort sich Wasgo befand, hatte er schon längst begriffen. Nur wenn er mutig und selbstbewusst auftrat, hatte er eine Chance, aus eigener Kraft diesen Ort, den Schrein des Bösen, zu verlassen.

Doch ungestraft sollten Wasgos Worte nicht bleiben. Bossus eilte ganz nah zu ihm und schlug ihm mit der Faust ins Gesicht. „Schweig!", schrie ihn Bossus an, „ich werde dir schon zeigen, wie du mich zu behandeln hast! Ich bin dein Herr und du hast mir mit Respekt zu begegnen!"

Bossus wendete sich wieder von dem jungen Mann ab und den Wachen zu: „Schafft diesen Kerl in den Kerker. Dort soll er in Ketten liegen und schmoren, bis er sich besonnen hat. Und jeden Tag soll er mittags eine Züchtigung mit der siebenschwänzigen Katze erhalten!"

Die siebenschwänzige Katze war eine Peitsche. Sie bestand aus sieben geflochtenen Lederriemen, in denen in gleichmäßigen Abständen Knoten enthalten waren. Es war damals eine rohe Zeit und es war zur Mode geworden, Gefangene mit solch einem bösen Instrument zu verprügeln. Damit konnte die Haut des Opfers verletzt werden, so dass viel Blut floss, und selbstverständlich tat das sehr weh, wenn man damit geschlagen wurde. Wasgo gefror vor Angst das Blut in seinen Adern. Die Wachen ergriffen ihn und zerrten ihn mit sich. Sie verließen mit dem jungen Mann den Raum und schleiften ihn viele Treppen bis ins Verlies hinunter. Dort öffneten sie ein Tor aus massiven Stahlgittern und legten ihn in Ketten. Als die Wachen damit fertig waren, wandten sie sich um und wollten das Verlies, in dem Wasgo nun bleiben sollte, verlassen.

*****

Zu dem Zeitpunkt, als Bossus' Faust in Wasgos Gesicht prallte, verspürte Luziferine einen Stich in ihrem Herzen. Sie saß Antares gegenüber. Beide ließen sich gerade das Frühstück schmecken. Luziferine verspürte einen plötzlichen Schmerz und erbleichte. Alle Farbe war aus ihrem Gesicht gewichen. Antares erschrak und fragte sorgenvoll, was denn mit Luziferine plötzlich los sei.

Leise sagte sie: „Unser Sohn ist in Gefahr. Wir müssen ihm helfen!"

Ungläubig fragte Antares: „Woher willst du das wissen?"

„Ich weiß es nicht, aber ich spüre es", rief sie aus, „eine Mutter hat das im Gefühl, wenn mit ihrem Kind etwas nicht stimmt!"

Nun bekam auch Antares Angst um seinen Sohn. Was nur konnte er tun? Sollte er Sinclair um Hilfe bitten? Konnte der Vampir helfen? Konnten überhaupt Sinclairs Vampire helfen? Aber wie sollten die Vampire helfen können, wenn er und Luziferine nicht wussten, was mit ihrem Sohn geschehen war! Wasgo hatte alle Zauberbücher und die Schale der Erkenntnis mitgenommen, als er auf die Suche nach Jodaryon ging. Hatte der Junge überhaupt den großen Zauberer schon getroffen? Fragen über Fragen beschäftigten Wasgos Vater. Antares war ratlos.

„Was können wir nur tun", fragte er seine Frau.

„Wir müssen versuchen zu erfahren, was passiert ist. Denke nach, Antares. Kannst du Jodaryon erreichen oder im Höhlensee erkennen, was geschehen ist? Wir müssen unbedingt erfahren, was Wasgo zugestoßen ist. Erst dann können wir uns überlegen, was wir tun wollen, um unserem Jungen zu helfen", entgegnete Luziferine.

Antares gab seiner Frau Recht und meinte, dass es am besten sei, wenn er beides versuchte. Er wollte versuchen, den Höhlensee zu befragen und Jodaryon mit seinen Gedanken zu erreichen. Luziferine sollte unterdessen versuchen, in Wasgos Gedanken einzutauchen.

*****

Jodaryon sah, dass Wasgo zum Wasser ging, um sich zu waschen. Der junge Mann beugte sich über den Fluss. Plötzlich verlor er das Gleichgewicht und fiel ins Wasser. Wasgo ruderte mit den Händen und seine Beine verloren den Halt zur Erde und schnellten in die Höhe. Ein Schrei Wasgos, der eher die plötzliche Überraschung des jungen Mannes über diesen Vorfall zum Ausdruck brachte als Furcht oder gar Angst, erreichte die Ohren des älteren Zauberers. Der sonst griesgrämige Jodaryon musste amüsiert lachen, als er die unkontrollierten und lustig wirkenden Bewegungen seines Befreiers sah.

‚Was ist der Junge manchmal doch nur ungeschickt', dachte er. Doch als Wasgo nicht wieder auftauchte, mischte sich die Heiterkeit des Mannes mit Sorgen. Er ging vorsichtig zum Fluss und sah, dass das Wasser des Flusses an der Stelle, an der Wasgo hineingefallen war, höchstens knietief war.

Jodaryon entfernte sich vom Fluss und plötzlich wusste er, dass er sich jetzt keinen Fehler leisten durfte. An diesem Ort ging es nicht mit rechten Dingen zu. Er erinnerte sich daran, wo er sich befand. Einen wirksamen Schutz brauchte Jodaryon, wenigstens glaubte er das. Rasch eilte er zur Höhle zurück und baute um sich herum einen Schutzschild, den er mit wenigen Zaubersprüchen wirksam aktivierte. Nun hatte er zum Nachdenken Zeit. Was war zu tun? Wie konnte er Wasgo nur helfen? Es gab nur zwei Orte, an denen sich sein jüngerer Gefährte befinden konnte. An beiden Orten war es ihm nicht möglich, seine Zauberkräfte anzuwenden. Entweder befand sich Wasgo bei seinem Großvater, dem Höllenfürsten Luzifer, oder Jodaryon musste im Schrein des Bösen nach ihm suchen.

‚Ich muss den Jungen ausbilden, wenn ich ihn wieder bei mir habe', dachte Jodaryon grimmig, ‚erst hat er mich befreit und jetzt muss ich ihn auch noch befreien, bevor ich ihn weiter ausbilden kann und wir unsere Mission fortsetzen können. Es vergeht einfach zu viel Zeit. Mir muss etwas einfallen.'

*****

Antares ging durch die Höhle direkt zum See. Dort kniete er nieder und murmelte Zauberformeln. Er hoffte, dass er diese Formeln richtig in Erinnerung hatte und sie fehlerfrei aussprach. Was geschehen konnte, wenn er auch nur ein Wort verwechselte, hatte er noch gut genug in Erinnerung. Er musste an die Bohnen denken. Wie stolz war er, als die Bohnen so schnell gewachsen waren! Schließlich waren sie geplatzt und hatten ihn mit einem stinkenden fauligen Brei übergossen. Antares konnte jetzt das helle, fröhliche Lachen seines Kindes hören, als das damals geschah. Wasgo war so ein lieber, artiger Junge, sehr wissbegierig und folgsam.

Alles, was die Eltern ihm beibrachten, saugte der Kleine förmlich in sich auf. Er hatte so ein großes und liebevolles Herz. Oft kam Wasgo zu seinem Vater, um liebevoll mit ihm zu kuscheln. Als Kind brauchte er viel Körperkontakt zu seinen Eltern. Als die Bohnen Antares damals beschmutzen, hatte er mit dem Jungen geschimpft. Jetzt tat es ihm leid. Wehmut ergriff sein Herz.

‚Nein, meinem Jungen darf nichts Schlimmes passiert sein. Er muss doch die Prophezeiung erfüllen', dachte Antares, ‚es gibt doch nur diese eine Chance'. Antares musste seinem Sohn helfen, egal, wie. Diese eine, einzige Chance, die Welt vom Bösen zu befreien, durfte nicht vergeben werden. Wasgo musste leben. Er musste mit Jodaryon gemeinsam die Welt vor der ewigen Nacht retten. Nur diese beiden Zauberer konnten das tun. Niemand sonst. Antares war bereit aufzubrechen, um seinen Sohn zu finden. Er musste ihm helfen seine Freiheit zurückzubekommen. Und keine Frage, Antares war selbstverständlich bereit, für das Leben seines Kindes sein eigenes zu geben. Wenn es so sein musste, sollte es eben so kommen, dachte Antares mutig und entschlossen.

Das Wasser des Sees holte Antares in die Gegenwart zurück. Es begann sich zu kräuseln. Sanfte Wellen entstanden, die größer wurden. Dann aber änderte sich die Wasseroberfläche, sie wurde wieder ruhig und glatt. Ein Bild entstand im Wasser. Antares sah einen alten Mann mit grauen Haaren und einem langen grauen Bart. Seine Stirn war von vielen Sorgenfalten durchfurcht. Neben dem Mann stand Wasgo. Sie standen an einem Fluss. Wasgo ging an den Fluss heran und beugte sich über ihn. Plötzlich fiel er in das Wasser und kam nicht wieder heraus.

„Wer hat meinen Jungen geholt?", flüsterte Antares dem See zu. Da entstand ein weiteres Bild. Dieses zeigte einen Mann, der ganz in Schwarz gekleidet war. Er hatte einen schwarzen Hut auf dem Kopf. Sein Gesicht hob sich durch seine sehr weiße Gesichtsfarbe deutlich vom Schwarz ab.

Das Bild des Sees verblasste. Antares hatte genug gesehen. Er wusste, was geschehen war. Wasgo war ein Gefangener des bösen Bossus. Was das bedeutete, wusste Antares nur zu gut. Er verlor für einen Augenblick alle seine Hoffnungen auf eine Welt, in der die Nacht von einem Tag verdrängt wird. Er hatte gehofft, eines Tages einmal die Sonne scheinen zu sehen. Von grünen Wäldern und blühenden Wiesen hatte er einmal durch andere Menschen gehört. So etwas sollte es tatsächlich einmal gegeben haben. Antares konnte sich das überhaupt nicht vorstellen. Wie mochte nur ein grüner Wald aussehen? Wie sah wohl eine blühende Wiese aus? Wie sah überhaupt eine blühende Blume aus? Antares wusste es nicht. Ob er jemals so etwas sehen durfte?

Seine Hoffnungslosigkeit wich und in ihm breitete sich Kampfeslust aus. Entschlossen stand er auf und eilte hinaus zu seiner Frau. Dabei dachte er: ‚Wenn auch ich keine grünen Wälder und keine Blumen und auch nicht die Sonne sehen darf – eines weiß ich genau: Wasgo wird all das kennen lernen. Er wird das alles sehen und genießen und sich darüber freuen. Das schwöre ich bei meinem Leben'.

*****

Unterdessen versetzte sich Luziferine in Trance. Sie versuchte mit Wasgo Verbindung aufzunehmen. Es gelang ihr, ihn aufzuspüren. Er war an einem dunklen, schrecklichen Ort. Sie rief ihn.

In den Ketten hängend konnte er ihre Stimme hören. Seine Hand- und Fußgelenke schmerzten ihm von den kalten Eisen, die sich in sein Fleisch drückten. Sein Gesicht war schmerzverzerrt.

‚Mutter, bist du es? ', fragte er in Gedanken.

‚Ja, mein Junge, ich bin es. Fürchte dich nicht. Wir, dein Vater und ich, werden dir helfen. Du hast eine Aufgabe zu erfüllen. Niemand wird dich daran hindern. Habe Mut und verzweifle nicht', vernahm Wasgo die Stimme seiner Mutter.

‚Aber Bossus hat mich gefangen! Wie soll ich ihm nur entkommen? ', fragte er.

‚Du wirst es erleben, gib die Hoffnung nicht auf, mein Junge! Dein Vater und ich sind bei dir. Wir lieben dich', antwortete Luziferine. Dann musste sie die Verbindung zu Ihrem Sohn lösen. Wasgo blieb alleine zurück. Tränen liefen ihm über sein Gesicht.

*****

Antares kam zu Luziferine und nahm sie in seine Arme. Sie erwiderte die Umarmung ihres Mannes und fragte: „Und was hast du herausgefunden?"

Gegenseitig informierte sich das Ehepaar über die neugewonnenen Erkenntnisse. Danach berieten sie sich darüber, welche Möglichkeiten sie hatten, um Wasgo aus seiner misslichen Lage befreien zu können. Sie wurden sich darüber einig, dass sie die Höhle verlassen und zu ihrem Sohn eilen wollten. Wo genau sie hingehen mussten, wussten sie aber nicht. Das sollte ihnen Jodaryon sagen. Luziferine wollte mit Jodaryon in Verbindung treten. So versetze sie sich erneut in Trance.

Sie schloss ihre Augen und konzentrierte sich auf Jodaryon. Plötzlich drehte sich alles um sie herum im Kreis. Helles Licht ergoss sich vor ihrem inneren Auge. Es wirkte fast golden. Das, was Luziferine sah, war sauber und hell. Sie konnte den alten Zauberer sehen. Er saß vor einer Höhle und hatte um sich herum einen Schutzschild aufgebaut. Trotzdem konnte er sie hören.

‚Guten Tag, Jodaryon, was ist geschehen, was sollen wir tun, wie können wir helfen?', fragte Luziferine den Zauberer.

‚Das weiß ich noch nicht', antwortete Jodaryon, ‚Wasgo wurde entführt. Ich hoffe, es war Luzifer, aber ich fürchte, es war Bossus. '

‚Bossus war es', informierte Luziferine den Magier.

‚Dann müsst ihr mir helfen, meine Macht reicht nicht aus, um in den Schrein des Bösen einzudringen. Dafür brauche ich Wasgo. Ich kann ihn nur befreien, wenn ich einen starken Zauber anwenden kann. Ich habe Bossus unterschätzt. Er ist doch immer noch mächtiger als ich. Ihr müsst seine Aufmerksamkeit auf euch richten, damit ich freie Hand habe. Aber begebt euch nicht in unnötige Gefahren. Vielleicht kann uns Luzifer helfen, versucht es', antwortete der alte Zauberer.

Luziferine versprach es und löste sich aus Jodaryons Gedanken. Danach erzählte sie ihrem Mann, was zu tun war.

*****

Antares saß mit seiner Frau in der Höhle am See. Er beschwor das Gewässer erneut, um dieses Mal Luzifer erreichen zu können. Der Höllenfürst ließ nicht lange auf sich warten, witterte er doch Beute für sein Reich in der Unterwelt.

Luzifer steckte seinen Kopf aus dem Wasser und so barsch, wie er es nur konnte, schleuderte er Wasgos Eltern entgegen: „Was wollt ihr denn von mir?!“

Luziferine war es, die sich als erste von dieser unfreundlichen Begrüßung erholt hatte. Sie erwiderte ebenso unhöflich: „Dein Enkelsohn ist von Bossus entführt worden und er wird misshandelt und geschlagen. Du musst ihm helfen.“

„Er ist selbst schuld daran. Warum legt er sich mit Bossus an? Er will Bossus' Macht vernichten und damit Bossus selbst. Soll er zusehen, wie er klar kommt. Als ich ihn mir damals holen wollte, habt ihr es verhindert! Wenn er jetzt also sterben muss, ist es eure Schuld! Ich bin der Höllenfürst und kein Menschenretter! Ich hole mir nur ihre schwarzen Seelen!“, geiferte Luzifer.

„Nein, so einfach ist es nicht, du Dummkopf“, schrie Antares, außer sich vor Zorn.

„Du nennst mich einen Dummkopf?“, schnaubte der Höllenfürst. Seine Augen funkelten Antares böse an.

Der antwortete beherzt: „Ja, ganz genau, ich nenne dich einen Dummkopf. Und weißt du, warum? Weil du nicht einmal ein klein wenig nachdenkst! Ständig bist du hinter den schwarzen Seelen der Menschen her, aber du denkst nicht daran, dass unser Planet unter Bossus und der ewigen Nacht immer unerträglicher wird. Es gibt heute nur noch halb so viele Menschen wie vor fünfhundert Jahren. Es wird immer kälter auf der Erde, viele Tier-und Pflanzenarten sind schon ausgestorben.

Es ist nur eine Frage der Zeit, bis es auch keine Menschen mehr gibt. Und dann ist auch deine Zeit hier zu Ende. Ohne schwarze Seelen wird es keine Hölle mehr geben und ohne Hölle gibt es auch keinen Höllenfürsten. Du bist der größte Dummkopf aller Zeiten, wenn du Bossus weiter unterstützt. Er tötet nicht nur unseren Sohn, auch deinen Enkel und die ganze Menschheit dazu. Und am Ende dich.“

Luzifer wurde nach Antares' Worten ganz ruhig und friedlich. Über das, was er da gerade gehört hatte, musste er erst einmal nachdenken. Er brauchte fünf Minuten, um zu einem Ergebnis zu kommen. Das waren für Wasgos Eltern lange fünf Minuten, die längsten fünf Minuten ihres Lebens. Immer wieder stöhnte Luzifer zwischendurch auf und kratzte sich mit einer Hand am Kopf. Er machte Bemerkungen wie: „Ach ja" oder „Na, so etwas" oder „Hm, da ist was Wahres dran".

Endlich sprach er: „Antares, du bist doch nicht so blöde, wie ich immer dachte, du dilettantischer Möchtegernzauberer. Immerhin warst du einmal der schlechteste Zauberer aller Zeiten. Aber du hast dazugelernt und hast es verhindern können, dass ich mir mein Enkelkind holen konnte. Damals habe ich geschworen, dich zu bekämpfen, solange ich die Macht dazu habe. Nun verlangst du von mir, dass ich dir helfen soll. Niemals, hätte ich gestern noch gesagt."

Da der Höllenfürst nicht weitersprach, fragte seine Tochter ihn: „Und was sagst du heute?"

„Was soll ich schon heute dazu sagen!", schimpfte Luzifer. „Ich muss ihm Recht geben." Wieder machte Luzifer eine Pause, aber dieses Mal ließen Antares und Luziferine ihm die Zeit, die er benötigte, um seine Antwort formulieren zu können. Endlich sagte er: „Ja, also, gut, ich werde euch helfen. Aber meine Möglichkeiten sind begrenzt. Ich kann Gevatter Tod schicken, damit der unter den Bossus treuen Menschen reiche Ernte hält. Damit vergrößern wir aber seine Skelettarmee, das muss euch bewusst sein. Sollte es einmal zu einem Kampf zwischen Wasgo und einem Skelett kommen und er erschlägt es, werden zwei Skelette an Stelle des ersten treten und ihn weiter bekämpfen."

Luziferine sagte: „Es ist wahrscheinlich, dass der Junge gegen solche Skelette kämpfen muss."

Antares beruhigte sie: „Es gibt Zauber des Stillstandes, die er dann anwenden kann. Dann werden die Skelette bewegungslos."

Zu Luzifer sagte Antares: „Wir müssen an jetzt denken und nicht an später. Jetzt ist Wasgo in Gefahr und er braucht sofort unsere Hilfe. Tu, was du kannst, Höllenfürst, später können wir immer noch auf die neue Situation eingehen und auf das, was in der Zukunft passieren wird, müssen wir sowieso auch erst in der Zukunft reagieren. Wasgos Leben ist jetzt bedroht und wenn es noch einmal so sein sollte, dann wird uns schon wieder etwas einfallen."

Ob Antares das auch zu Luzifer gesagt hätte, wenn er in die Zukunft hätte sehen können? Wohl eher nicht.

Der Aufstand wird geprobt

Luzifer hielt Wort. Er tat, was in seiner Macht stand. Zuallererst befahl er Gevatter Tod zu sich und wies ihn an, jeden Menschen zu sich zu holen, der Wasgo etwas Böses anhaben wollte. So wurden die Bösewichter, die Wasgo mit der siebenschwänzigen Katze schlagen wollten, alle vom Tod dahingerafft. Als Skelett mussten sie in Bossus berüchtigter Skelettarmee ihr Dasein fristen, bis sie zu Staub zerfallen waren.

Außerdem trieb Gevatter Tod sein Wesen oder, wenn man so will, sein Unwesen überall dort, wo es üble Gesellen gab, die Bossus halfen, Zwietracht unter friedlichen Menschen zu säen, und an allen Orten, an denen friedliebende Menschen von Bossus' Schergen Unrecht zugefügt wurde.

Der Herr der Unterwelt hatte sich von Bossus losgesagt und arbeitete auf seine eigene Rechnung. Bossus konnte nichts dagegen tun, denn der Herr der Unterwelt ließ sich nicht von ihm unterjochen, deshalb war Bossus einst froh gewesen, ihn zum Verbündeten zu haben. Doch das war jetzt vorbei. Damit geriet Bossus' Macht ernsthaft ins Wanken. Sie war erschüttert, aber er war eben nur angeschlagen und noch lange nicht vernichtet. Nach wie vor konnte er seine Macht behaupten, denn der Gevatter Tod konnte nicht überall sein.

Aber in dem Verlies, in dem sich Wasgo befand, passte Gevatter Tod auf den jungen Enkelsohn Luzifers auf. Ein sehr gefährlich aussehender Mann, der eine siebenschwänzige Katze in seiner rechten Hand hielt, betrat den Kerker, in dem unser junger Held gefangengehalten wurde. Dieser Mann wollte Wasgo mit dem Züchtigungsinstrument foltern, so wie es Bossus angeordnet hatte.

Ihm folgten zwei weitere Schergen. Sie wollten zusehen, wie ihr Kumpan den jungen Mann schlug. Schon jetzt stellten sie sich die Schreie Wasgos vor, die er unter den ihm zugefügten Schmerzen ausstoßen würde. Ein freches und böses Grinsen umspielte ihre Gesichter.

„Was für ein tolles Schauspiel werden wir doch gleich erleben", sagte der eine.

Der andere antwortete: „Die Haut muss dem Kerl abfallen!"

Beide lachten ein hässliches und böses Lachen. Sie ermunterten ihren Kumpan, endlich mit der Bestrafung des Kerls zu beginnen. Schließlich wollten sie etwas für ihr Geld sehen, das sie ihm hatten geben müssen, um bei dieser schrecklichen und blutrünstigen Aktion zusehen zu können. Sie lästerten über Wasgo und der junge Mann bekam es tatsächlich mit der Angst zu tun.

Er war jung und schön und wusste nichts von den Vereinbarungen, die seine Eltern mit seinem Großvater getroffen hatten. Jeden Moment konnte es losgehen, dass ihm der Kerl mit der Peitsche Schmerzen zufügen wollte. Ob er seine Folterung ertragen konnte? Die Handlanger des Bösen sollten von ihm keinen einzigen Schrei hören. Im Stillen rief er seine Mutter und Jodaryon an, sie sollten ihm helfen, alles zu ertragen, was diese schmutzigen Gesellen ihm antun wollten. Er wollte ihnen keine Gelegenheit geben, ihre Fantasien, die ebenso schmutzig waren wie sie selbst, weiterhin auf seine Kosten ausleben zu können.

Der Kerl mit der Peitsche trat an Wasgo heran. Der junge Mann schloss die Augen. Dann hörte er ein Geräusch, das sich so anhörte, als wenn jemand gefallen wäre. Der eine der beiden Mistkerle rief erstaunt: „Scheiße, was ist denn das? Was hat der Kerl bloß?"

Der andere schlug panisch vor: „Lass uns bloß unser Geld nehmen und verschwinden. Das ist ein Zauberer, der hat wahrscheinlich unseren Kumpel hier totgezaubert."

Wasgo öffnete die Augen und sah einen auf den Boden liegenden Mann, über den sich ein anderer gebeugt hatte. Der durchsuchte alle Taschen des zusammengebrochenen Mannes nach seinem Geld. Sein Gesicht wurde dabei immer strahlender und schließlich rief er: „Der Kerl hat Geld für uns, damit kommen wir zehn Jahre aus. Das ist doch toll, oder etwa nicht?“

Danach zog er seinen immer noch völlig verstörten Kumpan mit sich aus dem Verlies fort. Wasgo erkannte, dass der Mann, der vor ihm auf dem Boden lag, tot war. Er tat ihm leid, auch wenn er ihn hatte schlagen wollen.

*****

Dazu kamen die Aktivitäten von Antares und Luziferine, die auf Wanderschaft gegangen waren, um zu helfen, Bossus' Macht zu erschüttern. Antares wanderte mit seiner Frau an Orte, in denen die Besatzungsmacht besonders stark war. Mit ihren fraulichen Reizen lenkte Luziferine viele Bösewichter ab und Antares nutzte die Gelegenheit, sie mit einigen Zaubern zu belegen. So mussten einige der brutalsten Schergen ihr Leben als verwirrte Männer fristen, die dankbar dafür waren, dass sie ein Almosen oder ein Stückchen Brot bekamen, wenn sie Hunger litten.

Antares und Luziferine kamen in ein großes Dorf. Auf dem Hof eines Bauern gab es einen gewaltigen Menschenauflauf. Fünfzig militarisierte Schergen Bossus' hatten sich auf diesem Bauernhof eingenistet und den Bauern und seine Familie aus ihrem Katen vertrieben. Die Schergen verwüsteten den Bauernhof und schlachteten nach und nach das Vieh ab, um sich mit dem Fleisch ihre Wänste vollzuschlagen. Der Hauptmann dieser Bande war ein besonders widerwärtiger Mensch, der die Bauernfamilie zudem auch noch seelisch und körperlich quälte. Schlafen musste die Familie im Stall bei den Kühen und Schweinen. Hatte der Hauptmann einmal Lust auf eine Frau, dann ließ er sich die Tochter oder die Frau des Bauern holen. Natürlich gingen die Frauen nicht freiwillig zu ihm, sie wurden mit Schlägen wie ein Stück Vieh zum Hauptmann getrieben.

Zu dem Zeitpunkt, als Antares und Luziferine das Dorf erreichten, saß der Hauptmann vor dem kleinen Bauernhaus auf einem Stuhl und sah sich mit großem Vergnügen ein schreckliches Schauspiel an. Er ließ unter erbarmungslosen Schlägen mit einer Peitsche die Tochter des Bauern zu sich treiben.

Antares und Luziferine erreichten gerade zu dem Zeitpunkt das Dorf, als sie von dem Bauernhof das Geschrei des Bauern und seiner Frau und das Gejohle der Schergen hörten. Sie gingen hin, um zu sehen, was dort geschah. Schnell besprachen sie, wie sie der armen Bauernfamilie helfen konnten. Antares zeigte auf eine unauffällige Stelle auf dem Bauernhof, wo er sich verstecken wollte. Dorthin sollte Luziferine den Hauptmann locken.

Luziferine öffnete am Hals ihres Obergewands zwei Knöpfe und schlug die Ecken davon etwas zur Seite. Außerdem zog sie sich ihr Gewand vorne etwas herunter und öffnete es so, dass die Ansätze ihre Brüste leicht zu sehen waren. Sie bewegte sich wie eine Frau, die sich Männern gegen Geld anbot.

Der Hauptmann wurde auf die schöne Frau aufmerksam. Luzifer hatte seiner Tochter einige magische Fähigkeiten gelassen, mit denen sie einen Mann verrückt machen konnte. So konnte sie den Hauptmann verzaubern und tatsächlich ging er mit geiferndem Mund zu ihr. Schwer schluckte er das sich sammelnde Wasser in seinem Mund herunter. Er sprach sie an: „Hallo, meine Schöne, wo willst du denn hin?"

Mit einem Lächeln im Gesicht flötete sie dem Hauptmann zu: „Na, wo sollte ich denn schon hingehen wollen, Hauptmann? Ich suche einen Mann, aber nicht so einen Trottel, der spindeldürr ist und nichts kann. Auch keinen fetten Kerl, der nur stinkt und auch nichts mehr kann. Aber du, Hauptmann, bist ja ein ganz Süßer. Willst du nicht mit mir kommen?"

Der Mann löste in Luziferine nur Ekel aus. Aber sie musste sich beherrschen, wenn sie ihr Ziel erreichen und diesen bösen Kerl mit Antares' Hilfe unschädlich machen wollte. Mit dem Einsatz aller ihrer weiblichen Reize sollte ihr das wohl gelingen.

Der Hauptmann war von der schönen Frau hingerissen. Er befahl seinen Leuten, die Tochter des Bauern fortzubringen, und ließ sich von Luziferine zum Versteck ihres Mannes locken. Als Antares des bösen Mannes habhaft werden konnte, sprach er einen Zauber: „Torres jerichieje bricheda cerejantes duffioses schädeelia torres."

Kaum hatte Antares diese Zauberformel ausgesprochen und seine rechte Hand auf den Hauptmann gerichtet, als der sich plötzlich veränderte. Aus seinem Gesicht verschwand augenblicklich die Lust, die er auf eine Frau verspürt hatte. Dieser Gesichtsausdruck wurde durch ein blödes Grinsen ersetzt. Der Mann tappte unbeholfen auf dem Hof umher und grinste seine Schergen dümmlich an. Die erkannten ihren Hauptmann kaum wieder und fragten ihn, was mit ihm geschehen sei. Aber eine Antwort bekamen sie von ihm nicht, er grinste sie immer noch blöde an.

Die Bauernfamilie erkannte, was soeben geschehen sein musste. Sie setzte sich endlich zur Wehr. Mit Mistgabeln und Hacken bewaffnet, stellten sie sich mutig den bösen Schergen entgegen. Einige Dorfbewohner bemerkten, was auf dem Bauernhof vor sich ging, und unterstützten ihre Nachbarn.

Die Schergen aber warteten auf einen Befehl ihres Hauptmannes, der dann doch nicht kam. Niemand von ihnen wusste, was er nun machen sollte. Der Hauptmann schien plötzlich verrückt geworden zu sein. Er lallte unzusammenhängende Wörter aneinander, die niemand verstehen konnte. Unbehelligt vertrieben die Bauern die Schergen aus ihrem Dorf.

Unterdessen gingen Luziferine und Antares weiter, dem nächsten Dorf entgegen. In der Dunkelheit der Nacht sagte Antares zu seiner Frau: „Mir war eben beinahe so, als wenn sich die Wolken lichten würden. Aber ich habe mich wohl geirrt."

Mit ihrer rechten Hand hielt Luziferine Antares zurück. Sie blieb stehen und umarmte ihren Mann. Einen leidenschaftlichen Kuss bekam er von ihr. Sie sprach: „Du hast dich nicht geirrt. Noch sind die Wolken stärker als die Sonne. Aber es wird nicht mehr lange dauern und dann wird sich die Prophezeiung erfüllen. Ich spüre es.“

*****

Die Zusammenarbeit zwischen Luzifer, dem Höllenfürsten, auf der einen Seite und Wasgos Eltern auf der anderen Seite sorgte dafür, dass das Kräftegleichgewicht zwischen Jodaryon und Bossus wieder ausgeglichen wurde. Jodaryon konnte von den Absprachen zwischen Luzifer und Wasgos Eltern nichts wissen. Doch der Herr der Welt war nun abgelenkt und so konnte Jodaryon Bossus‘ Unaufmerksamkeit ausnutzen, um seinen jungen Kameraden vielleicht befreien zu können.

Jodaryon saß vor der Höhle, die er mit Wasgo zusammen eingerichtet hatte, damit sie hier ein paar Tage bleiben konnten. Er überlegte, wie er am besten seinen jungen Gefährten befreien sollte. Dazu konnte er unmöglich in den Schrein des Bösen eindringen. Dort hätte er sich einer Übermacht an Kämpfern gegenübergesehen, die er nicht bezwingen konnte. Seine Zauberkräfte konnte er dort nicht einsetzen, weil er sie innerhalb dieser Gemäuer schlicht und einfach nicht besaß. Bossus hatte den Schrein des Bösen mit einem Zauber versehen, der verhinderte, dass Zauberer ihre magischen Kräfte im Inneren von Bossus' Hauptquartier anwenden konnten. Nur Bossus selbst war es möglich, dieses zu tun.

Jodaryon hatte schon lange darüber nachgedacht, wie er Bossus' Zauber aufheben konnte, aber es war ihm nichts Passendes eingefallen. Er hatte versucht, Wasgo mit einem Zauber aus seinem Verlies herauszuholen, aber auch das war ihm nicht möglich. Jodaryon war verzweifelt. Es musste doch eine Möglichkeit geben, Wasgo zu befreien! Aber wie sollte das gehen? Ihm fiel nichts ein.

War denn jetzt alles verloren? Sollte sich die Prophezeiung etwa doch nicht erfüllen? Oder war am Ende Wasgo nicht der junge Mann, der der Auserwählte war, ihn, Jodaryon, aus der Gefangenschaft zu befreien und mit ihm gemeinsam Bossus zu besiegen?

Das aber würde bedeuten, dass das Muttermal, das Wasgo auf dem Rücken hatte, nicht das richtige war und es irgendwo auf der Welt einen zweiten jungen Zauberer mit einem solchen Muttermal geben musste. Aber das musste dann auch bedeuten, dass Jodaryon noch einmal in Gefangenschaft geraten sollte.

Jodaryon dachte über diese Möglichkeit nach. Wenn er wieder in Gefangenschaft geriete, müsste erneut viel Zeit vergehen, bis er daraus errettet wurde. Noch einmal sollte Jodaryon lange Zeit auf seine Freiheit verzichten müssen? Das konnte er nicht glauben. Er rief sich Wort für Wort die Prophezeiung ins Gedächtnis zurück. Nichts deutete auf eine zweite Gefangenschaft Jodaryons hin. Nichts deutete darauf hin, dass es zwei junge Zauberer mit dem gleichen Muttermal gab. Selbst wenn Jodaryon nur für kurze Zeit, nur für ein paar wenige Jahre, in Gefangenschaft geraten sollte, würde die Zeit überschritten werden, die die Prophezeiung für die Befreiung der Welt von der ewigen Nacht voraus sagte.

Jodaryon stand auf und ging ein paar Schritte, um sich etwas aufzulockern. Es musste doch eine Möglichkeit geben, um den Jungen zu befreien! Tiefe Sorgenfalten standen auf seiner Stirn. Er dachte daran, dass Bossus diesen Kampf nicht auch noch gewinnen durfte. Das würde das Ende der Menschenwelt bedeuten. Und das durfte einfach nicht sein.

Jodaryon drehte sich um und sah zum Eingang der Höhle zurück. Er sah die Kochstelle, die seit Tagen unberührt war, nämlich seit dem Tag, als es Bossus gelungen war, den jungen Wasgo in seine schrecklichen Klauen zu bekommen. Traurig drehte sich Jodaryon nach rechts. Dort sah er in seinem Geiste den schönen jungen Mann stehen, der ihn erstaunt ansah und fragte: „Wie hast du das gemacht?"

Wasgos Begeisterung galt damals einem Zauber Jodaryons, mit dem er die Zeit beeinflussen konnte. Wasgo hatte gesehen, dass die Kochstelle langsam verschwand, und danach hatte er sich selbst gemeinsam mit Jodaryon neben der Höhle gesehen und wie sie die Höhle in ihren Besitz nahmen.

Da fiel es ihm wie Schuppen von den Augen. „Das ist es", rief er erfreut mit einem hässlichen Lachen aus. Dieses Lachen hätte von Bossus stammen können. Jodaryons Herz war immer noch hart und wie aus Stein. „Ja, du alter Halunke, ich habe doch noch einen Trumpf im Ärmel und den werde ich jetzt ausspielen. Wasgo ist mein Freund und nicht dein Gefangener", rief der alte Mann voller Inbrunst. Niemand vergriff sich ungestraft an Jodaryons Freunden!

Angestrengt dachte Jodaryon nach. Nur den Zeitzauber alleine konnte er nicht einsetzen. Er konnte die Zeit nicht einfach zurückdrehen, er musste auch erreichen, dass er sein jetziges Wissen behalten konnte. Wenn er nur die Zeit zurückdrehen würde, hätte er großen Schaden angerichtet. Wasgo wäre dann zwar befreit und bei ihm, aber wenn Jodaryon ohne das notwendige Wissen über das, was geschehen war, den Zeitzauber anwandte, käme der junge Mann wieder in die gleiche Situation. Und schon wäre der Schaden angerichtet.

Irgendwann musste Jodaryon wieder auf die Idee mit dem Zeitzauber kommen und alles begänne von vorne. Es konnte dann nur noch eine Zeitschleife entstehen und die Welt wäre darin gefangen. Niemand konnte mehr geboren werden, niemand sollte noch sterben können. Niemand mehr hätte neue Ideen und Gedanken. Alle Lebewesen mussten dann zwangsläufig immer wieder das Gleiche tun und denken, immer wieder nur konnte sich die Zeit von Wasgos Gefangennahme bis hin zu seiner Befreiung wiederholen, immer wieder und immer wieder. Dieser Prozess wäre endlos und nicht wieder zu berichtigen, weil niemand mehr neue Ideen entwickeln konnte, weil dafür eben keine Zeit mehr vorhanden wäre.

Jodaryon wollte trotzdem diesen Zauber anwenden, aber er musste dafür sorgen, dass ihm sein Wissen über Wasgos Gefangennahme blieb, damit er sie verhindern konnte, wenn die Zeit so weit fortgeschritten war, dass Wasgo entführt werden sollte. Dann musste sich die Welt weiter entwickeln und die Zeit weiter vergehen, so wie man es bisher kannte.

Jodaryon studierte in seinen Zauberbüchern. Es musste eine Möglichkeit für den Zauber mit einem Zeitsprung geben, in dem er sein Wissen behalten konnte. Aber er fand in den Büchern dazu keine Erklärungen.

‚Dann muss es mit logischem Denken etwas werden', dachte er. Er grübelte und dachte nach. Drei Tage lang. Danach musste er erst einmal schlafen. Enttäuscht und erschöpft legte er sich auf seine Schlafstatt. Kaum lag er, war er auch schon eingeschlafen. Erst nach siebzehn Stunden erwachte Jodaryon wieder.

Er stand auf und hatte eine Idee.

Die Lösung war so einfach, dass man überhaupt erst einmal darauf kommen musste. Jodaryon musste über sich selbst lächeln. Es war ein bitteres Lächeln. Er hätte schon viel früher auf diese Möglichkeit kommen können, ja, sogar müssen. Aber Jodaryon war ein alter Zauberer, der nicht immer einfach dachte. Er war in seinem Denkschema gefangen. Vielen Menschen und Magiern erging es ebenso. Und darin lag jetzt Jodaryons Vorteil, den er gegenüber Bossus hatte. Auch der war mit seinem Denkschema verbunden. Es würde ihm nur sehr schwer fallen, auf das einfachste Denken zurückzugreifen.

Jodaryon konnte den Zeitzauber anwenden, aber vorher musste er sich selbst einem Zauber unterwerfen. Er sprach die dafür notwendige Formel aus, die sein Gedächtnis beeinflusste. Jodaryon sicherte sich so sein jetziges Wissen. Er konnte jetzt mit Wasgo zum Fluss gehen, aber ihn nicht an das Wasser heran lassen. Das wollte er verhindern. Er musste also aufpassen, dass sein junger Freund bei ihm blieb. Das sollte er doch wohl schaffen.

Jetzt konnte Jodaryon den Zeitzauber anwenden. Es war soweit. Der erste Zauber, der ihm sein Gedächtnis sichern sollte, war getan. Nun stand der große Zauberer erneut vor der Höhle. Er murmelte Sprüche und vollführte Bewegungen, mit denen er in den Lauf der Zeit eingriff. Als er damit fertig war, erlebte er alles, was geschehen war, in umgedrehter Reihenfolge noch einmal.

Wasgos Ausbildung durch Jodaryon

Fast noch in der Nacht weckte Jodaryon den jungen Wasgo. „Komm und zieh dich an, wir haben zu tun", murmelte der alte Mann dem jungen zu.

Der streckte sich erst einmal, gähnte von Herzen und sagte dann: „Es ist aber doch noch dunkel!"

„Um zwölf Uhr mittags ist es auch dunkel. Also los, hoch mit dir, du Weltbefreier! Du glaubst doch nicht etwa, dass Bossus schläft? Der weiß genau, was wir beide im Schilde führen", entgegnete der alte Zauberer in einem leicht ungehaltenen Ton. Dabei war er noch gar nicht so alt, er stand mit seinen sechshundert Lebensjahren erst kurz über der Mitte seines Lebens. Ein Mann wie Jodaryon konnte mindestens eintausend Jahre alt werden. Jodaryon sah nachdenklich aus. Nach einer Pause sprach er mit seiner tiefen Bassstimme weiter: „Ich wundere mich sowieso, dass es immer noch so ruhig ist. Was führt der alte Tyrann nur im Schilde?"

„Du hast Recht, mein alter Freund", sagte Wasgo und schwang seine Beine aus dem Bett. Er zog sich an und fragte: „Gibt es hier irgendwo Wasser? Ich möchte mich gerne etwas waschen."

„Eben da will ich mit dir hin. Zum Wasser", erwiderte Jodaryon.

Sie liefen gemeinsam durch den finsteren Wald und kamen an einen Fluss. Unser junger Freund beugte sich über das Wasser und wollte herein greifen, als eine riesige Hand aus dem Wasser auftauchte und nach ihm griff.

Doch Jodaryon war schneller. Er packte Wasgo an der Hüfte und mit einem Satz sprang er mit ihm etwa fünf Meter vom Fluss weg. Er rief: „Das könnte dir so passen, du Unhold! Deine Tage sind gezählt!"

Wasgo verstand nicht, was soeben passiert war. Ungläubig und erstaunt sah er Jodaryon ins Gesicht. „Was war das eben?", fragte er.

Jodaryon erklärte es ihm: „Bossus wollte dich entführen. Das hat er schon einmal getan, aber du wirst es nicht mehr wissen. Als ich endlich wusste, wie ich dich befreien konnte, habe ich es getan. Nur ich habe gewusst, was passieren wird. Bossus selbst hatte davon nicht einmal eine Ahnung. Auch du konntest es nicht wissen, weil du den Zeitsprung nicht miterlebt hast und somit in die Vergangenheit zurückversetzt wurdest. Damit konntest du nur das Wissen bis zu dem Zeitpunkt haben, an den ich dich in die Vergangenheit zurückversetzt habe.

Die ganze Welt habe ich zurückversetzt, so dass nicht einmal Bossus ahnen konnte, was ich vorhatte. Ich werde uns jetzt etwas Wasser aus dem Fluss zu uns kommen lassen und dann können wir uns waschen und auch wieder frisches Wasser zur Höhle mitnehmen. Wenn wir zurück sind, werde ich dir einige Zauber beibringen, die du bestimmt gut gebrauchen kannst."

*****

Kaum waren sie an der Höhle angekommen, als Jodaryon mit Wasgos Ausbildung fortfuhr. Wasgo musste die verschiedensten Zauber erlernen. Dazu hatte er sich die Texte richtig und auswendig einzuprägen, um sie zum passenden Zeitpunkt anwenden zu können. Er lernte mehrere Tage viele Zaubersprüche, bis er endlich so weit war, dass er sie fehlerlos anwenden konnte. Danach übten sie einige davon, doch nicht alle. Einige Zauber davon konnte Wasgo nur im Kampf anwenden und so musste er sich darauf verlassen, dass er sie unter solchen erschwerten Bedingungen beherrschte.

Außerdem brachte Jodaryon seinem jungen Freund bei, wie er ohne Handbewegungen und ohne Worte zaubern konnte. Gerade wenn er mit einem Gegner im Schwertkampf war, war es wichtig, dass er zu so etwas fähig war. Auch dafür musste er mehrere Tage aufwenden.

Am Ende von Wasgos Ausbildung erklärte Jodaryon unserem jungen Helden, wie er eigene Zauber entwickeln konnte. Das war ein schwieriges Unternehmen, denn es bedeutete, dass Wasgo bestehende Zauber weiterentwickeln musste. Um das zu können, musste man aber viele Erfahrungen im Umgang mit Zaubersprüchen besitzen und sehr vorsichtig bei der Entwicklung neuer Zauber sein.

Aber Jodaryon schätzte Wasgo als verantwortungsvollen jungen Magier ein, der keine unnötigen Risiken einging, auch dann nicht, wenn er neue Zauber entwickeln wollte.

Nach etwa drei Monaten war Wasgos Ausbildung soweit fortgeschritten, dass er es mit Bossus aufnehmen konnte.

Der Kampf um die Befreiung der Welt konnte weiter gehen.

Die Unterwelt und die Natur

Zwei Zauberer gingen durch den Wald. Das war ein trauriger Wald. Die Bäume hatten keine Blätter und waren kahl, die Sträucher waren verkümmert und genauso kahl. Dunkelheit herrschte, schon seit vielen Jahren, denn immer noch dauerte die ewige Nacht an. Riesige schwarze Wolken hingen am Himmel und verdeckten die Sonne. Diese bedrohliche Wolkendecke hatte der böse Zauberer Bossus über die Welt gebracht, als er sie vor etwa fünfhundert Jahren unterjochte und verdunkelte.

Seitdem herrschte nicht nur die Dunkelheit, sondern auch die Kälte über die Erde. Viele Pflanzen und Tiere, die die Sonne und Wärme zum Leben brauchten, gab es nicht mehr. Selbst die Menschen konnten die Dunkelheit und Kälte kaum mehr ertragen. Sie waren schlecht gelaunt und wurden krank. Selten nur hörte man irgendwo ein fröhliches und unbeschwertes Kinderlachen. Es wurde kaum noch ein Kind geboren. Welcher Mensch sollte auch in dieser menschenunfreundlichen Welt überhaupt noch Kinder haben wollen!

Zwei Zauberer hatten sich auf den Weg gemacht, um diese Zustände zu beseitigen, um endlich an den Ort des Übels vorzudringen. Jodaryon und Wasgo waren auf den Weg zum Schrein des Bösen.

Unterstützt wurden sie von Wasgos Eltern, die im Lande unterwegs waren, um Bossus' Schergen unschädlich zu machen. Sie versuchten mit geeigneten Zaubern die militärischen Kräfte des Bossus führerlos zu machen. Ohne einen Anführer, der es gewohnt war, den Truppen zu befehlen, waren sich die Soldaten sich selbst überlassen. Sie streiften ziellos durch die Gegenden und waren froh, dass ihnen niemand zu nahe kam, um sie zum militärischen Dienst zu zwingen.

Gewiss bildeten sich dadurch auch einige Räuberbanden, die den Menschen das Leben noch schwerer machten, als es ohnehin schon war. Aber das war allemal noch nicht so schlimm, als wenn sie von Bossus' Schergen tyrannisiert wurden. Außerdem konnte man manchmal einen Räuber gefangennehmen und ihn für seine Missetaten bestrafen. Einen Schergen des Bossus konnte man nicht bestrafen.

Auch Wasgos Großvater half im Kampf gegen das Böse. War er doch eigentlich selbst ein Bösewicht und hatte sich lange, lange Zeit mit Bossus verbündet. Aber das war nun vorbei. Antares, Wasgos Vater, hatte Luzifer, dem Höllenfürsten, erklärt, dass auch er aus dieser Welt verschwinden musste, wenn es irgendwann einmal Aufgrund der schlechten Lebensbedingungen keine Menschen mehr auf der Erde gab. Seitdem versuchte er, so viele schwarze Seelen der Besatzungsmächte zu sich in die Unterwelt zu holen, wie er nur konnte.

*****

Bossus war außer sich. Seine besten Söldner starben wie die Fliegen. Er hatte kaum noch einen guten Anführer und Befehlshaber. Dafür wuchs zwar sein Heer der Skelette stetig an, aber das konnte er meist nur im Reich der Toten oder zu einer großen Schlacht einsetzen. Nun hatte die letzte große Schlacht schon vor nahezu fünfhundert Jahren stattgefunden. Es war die Schlacht, in der er Jodaryon hatte gefangennehmen und eine Vielzahl der Fabelwesen vernichten können. Selbst von den Vampiren hatten nur wenige die Schlacht damals überstanden. Die letzten noch existierenden Vampire sollten, soweit er wusste, in irgendeiner Höhle leben und sich dort nicht herauswagen.

Bossus schimpfte und haderte mit seinen Schergen. Viele Truppen waren schon ohne Führung und lösten sich auf. Räuberbanden bildeten sich und raubten seine Truppen aus. Er befahl seinem engsten Berater, endlich dafür zu sorgen, dass seine Armeen wieder eine Führung bekamen und ihre Aufgaben erfüllten. Die Welt sollte verdunkelt bleiben. Bossus befürchtete, dass die ewige Nacht nicht mehr lange die Erde herrschte. Und genau das hätte auch das Ende seiner Herrschaft bedeutet. Soweit durfte es nicht kommen.

*****

Während Bossus tobte, mit seinen Untergebenen schimpfte und ihnen mit den grässlichsten Strafen drohte, kamen Jodaryon und Wasgo dem Waldrand immer näher. Nach dem Wald mussten sie eine weite Ebene durchqueren, um so zu den Bergen zu kommen. Jodaryon freute sich auf sie, war er doch schon fünfhundert Jahre nicht in ihnen herumgeklettert. Gespannt wie ein Flitzbogen war er, denn er nahm an, dass sich auch die Berge unter dem kalten Klima verändert hatten. Er konnte sich vorstellen, dass es keine grünen Almwiesen mehr gab, sondern nur noch der blanke Fels zu sehen war.

Seine Gedanken kreisten um die Landschaft von früher. Von grünen Wäldern und Almwiesen erzählte er seinem Weggefährten, von Sonne und Regen, von Wärme und Kälte, blühenden Blumen und vielen Tierarten, von Sommer und Winter und von glücklichen Menschen, von Vampiren und Hexen und Geistern, von Drachen, die durch die Lüfte flogen, und von allen anderen Dingen, an die er sich erinnern konnte, erzählte Jodaryon dem jungen Wasgo.

Zuhören konnte Wasgo und auch jetzt lauschte er dem Älteren aufmerksam und stellte sich alles bildlich vor, was Jodaryon ihm erzählte. Viele Dinge konnte er sich nicht vorstellen, weil er sie nie im Leben gesehen hatte. Aber eins wusste Wasgo genau und das sagte er: „Es muss damals schön auf der Welt gewesen sein. Ob es jemals wieder so schön wird?“

„Selbstverständlich wird es wieder schön werden, was denkst du denn? Wir riskieren doch nicht umsonst unser Leben. Aber viele Dinge wird es wohl nicht mehr geben, wenn wir Bossus besiegt haben. Zyklopen und Drachen wird es keine mehr geben. Ob es noch Hexen geben wird, weiß ich nicht, ich weiß aber, dass mir seit fünfhundert Jahren keine mehr begegnet ist. Und viele Zauberer wird es auch nicht mehr geben. Die Welt verändert sich, das ist normal. Und es ist auch gut so. Leben ist Veränderung. Nichts bleibt so, wie es einmal war. Alles vergeht und macht neuen Dingen Platz.“

Plötzlich brach durch die laublosen Bäume ein riesiger Bär hervor. Es war ein ausgewachsener Braunbär, der mit lautem Gebrüll auf unsere Wanderer zustürmte. Kurz bevor er Wasgo und Jodaryon erreichte, richtete er sich zu seiner vollen Größe auf und brüllte sie laut an. Mit den Tatzen schlug er nach ihnen. Erschrocken blieb Wasgo stehen. Er hörte Jodaryon etwas murmeln. Augenblicklich wurde der Bär ruhig und ließ sich auf seine vier Tatzen fallen. Er brummte noch einmal kurz auf und war danach ein friedlicher Braunbär.

„Du hast Hunger, was, mein alter Freund?“, sagte Jodaryon zu dem Bären. Und zu Wasgo sagte er streng: „Du musst schneller reagieren, mein Freund. Es ist egal, welchen Zauber du sprichst, wir werden meistens nicht den gleichen Zauber anwenden. Es sind immer verschiedene. Wenn es im Kampf ernst wird, muss ich mich auf dich verlassen können.“

Wasgo nahm den Tadel hin: „Entschuldige, Meister, ich wollte nicht unhöflich sein und dir zuvorkommen.“

„Ach, was, mein Junge, trau dir mal was zu! Ich wäre froh, wenn du das manchmal tätest, denn nur so weiß ich, dass du einen Zauber beherrschst. Also bitte keine falsche Zurückhaltung“, erwiderte Jodaryon mit harter Stimme.

Ein großer Haufen Fleisch lag plötzlich neben dem Bären auf dem Boden, der davon sofort zu fressen begann. Jodaryon sah Wasgo erstaunt an. Der junge Mann sagte: „Ich soll mich doch nicht zurückhalten!"

Dafür bekam er von Jodaryon ein kleines spöttisches Lächeln geschenkt, als dieser sagte: „Das hast du gut gemacht, mein junger Freund."

Ihre Wanderung ging weiter, sie durchquerten die Ebene und mussten vielen Unebenheiten ausweichen. An einigen Stellen senkte sich der Fußboden ab. Gedankenverloren stieß Wasgo einen Stein von der Größe einer Faust vor sich weg und dieser Stein landete auf so einer Vertiefung. Der Boden gab mit einem lauten Krachen nach und es staubte fürchterlich. Feiner Sand erfüllte die Luft. Als die Freunde wieder gut sehen konnten, befand sich an der Stelle, an der die Bodenvertiefung gewesen war, eine große, tiefe Grube. Jodaryon ermahnte den jungen Mann an seiner Seite, Augen und Ohren offen zu halten. Dass es hier so viele Erdvertiefungen gab, schien ihm nicht normal zu sein, erst recht nicht, dass sich unter diesen Erdvertiefungen große Löcher befanden.

Ihr Weg führte sie weiter auf die Berge zu. Immer näher kamen sie ihnen. Gletscher ragten vor Wasgo und Jodaryon hoch in den Himmel hinein. Allmählich stieg der Weg an. Das Gehen strengte sie immer mehr an, je weiter sie kamen.

„Woher weißt du, dass uns unser Weg zum Schrein des Bösen durch die Berge führt?", wollte Wasgo von Jodaryon wissen.

Der alte Mann blieb stehen. Er drehte sich zu seinem jungen Gefährten um. Er überlegte, was er ihm sagen sollte. Schließlich antwortete er: „Ich kenne Bossus. Er überlässt nichts dem Zufall. Der Schrein muss ihm Sicherheit geben. Seine gesamte Macht ist mit dem Schrein verbunden. Ohne Schrein gäbe es keinen Bossus. Also musste er ihn dort errichten, wo er kaum zu finden sein wird.

Dort, wo er sich sicher wähnen kann. Bossus' Hauptquartier liegt hinter dem Totenreich. Und das wiederum befindet sich hinter den hohen Bergen, die vom Eis und Schnee bedeckt sind. Deshalb ist unser Weg hier der richtige. Außerdem habe ich vor fünfhundert Jahren in einer Schlacht gegen Bossus gekämpft. Lass uns noch etwas weiter gehen. Weiter vorne gibt es eine kleine Höhle. In der können wir unser Lager für die Nacht aufschlagen."

Mit etwas weiter meinte Jodaryon einen Weg, für den sie noch zwei Stunden laufen mussten. Es wurde immer steiler. Als sie die Höhle erreichten, waren sie rings von hohen Bergen umgeben.

Nachdem sie sich ein Feuer gemacht und etwas gegen ihren Hunger getan hatten, legten sie sich schlafen.

Durch einen ohrenbetäubenden Lärm schreckten sie hoch. Sie hörten Steine aufeinander poltern. Das Feuer war erloschen. Staub hing in der Luft. Das Atmen fiel unseren beiden Helden schwer. Völlige Dunkelheit umschloss sie. Die nackte Angst bemächtigte sich des jungen Mannes.

„Was ist geschehen?", fragte er voller Furcht.

„Das muss eine Steinlawine gewesen sein", vermutete Jodaryon, „sie hat den Eingang zu unserer Höhle versperrt."

„Und wie kommen wir jetzt hier heraus?", wollte Wasgo, der in Panik verfallen war, wissen.

„Schschscht", machte Jodaryon, „beruhige dich, mein junger Freund. Du vergisst immer noch zu oft, dass du ein Zauberer bist. Denke nach. Für jedes Problem gibt es eine Lösung." Mit den letzten Worten wollte Jodaryon seinem Gefährten sagen, dass es für einen guten Zauberer keinen Grund für Panik gab. Außerdem zeigte er Wasgo damit seine Enttäuschung darüber, dass der junge Mann immer noch in bestimmten Situationen nicht fähig zum Handeln war.

„Soll ich ein Feuer machen?", fragte Wasgo.

„Das ist eine gute Idee, mein Junge", lobte Jodaryon.

Der wartete gespannt darauf, was sein junger Freund nun wohl unternehmen würde. Den Feuerzauber wollte Wasgo anwenden. Dann hörte Jodaryon, dass Wasgo einen Fehler beim Aussprechen der Zauberformel machte. Doch bevor er einschreiten konnte, hatte Wasgo den Spruch schon abgeschickt.

Gleißende Helle blendete die beiden Männer. Das erloschene Feuer brannte lichterloh. Ein überraschter Schrei drang aus Wasgos Brust. Er sprang nach hinten. Jodaryon rief irgendetwas, das er nicht verstehen konnte. Jodaryon musste lachen und Wasgo schimpfte: „Du bist mir ein schöner Freund! Ich verbrenne mich, meine Haare sengen mir vom Kopf und du hast nichts Besseres zu tun, als zu lachen, ich fass das ja nicht!"

Immer noch musste Jodaryon lachen. Es war ein etwas boshaftes Lachen. Er erwiderte: „Das sah aber auch sehr lustig aus, wie du da vom Feuer weggehampelt bist. Du hast eine falsche Formel gesprochen. Dadurch ist das Feuer viel zu heftig wieder angesprungen. Das hat dir wohl etwas Angst gemacht?" Der reinste Spott schwang in Jodaryons nun fast fröhliche Stimme.

„Spotte du nur, aber mir tut trotzdem der Kopf weh", Wasgo sah beleidigt zu Jodaryon herüber und nun musste auch er lachen. Er ging zu seinem älteren Gefährten und zeigte ihm die Brandwunden. Der sprach einen Heilungszauber und schon war fast alles wieder gut.

Der junge Mann bedankte sich und Jodaryon sprach: „Wir haben zwei Möglichkeiten. Wir machen den Eingang zur Höhle mit einem Zauber frei oder wir suchen uns einen anderen Weg, der uns aus diese Höhle führt."

„Dann lass uns den Eingang frei zaubern", meinte Wasgo.

„Das bedeutet aber, dass wir Bossus auf uns aufmerksam machen. Sollte er uns diese Lawine geschickt haben, dann wird er wissen, dass er sein Ziel nicht erreicht hat. Ich bin dafür, dass wir uns einen anderen Weg suchen", entgegnete der Ältere.

„Also gut", entschied der junge Mann, „warum sollte es auch einmal eine einfache Lösung für uns geben! Wollen wir gleich aufbrechen? Wie lange haben wir überhaupt geschlafen? Ich bin jetzt auf jeden Fall fit wie eine Gamasche."

Viele Fragen hatte Wasgo, er war ja noch so jung und wissbegierig. Gerne wollte er sich nach seinem älteren Meister richten, der hatte viel mehr Lebenserfahrung als er selbst mit seinen gerade mal achtzehn Jahren. Jodaryon war schon sechshundert Jahre alt. Einhundert Jahre hatte er davon in Freiheit verbracht und fünfhundert Jahre in Gefangenschaft zubringen müssen. So etwas konnte sich Wasgo nicht vorstellen. Das musste für den alten Mann furchtbar gewesen sein. Welch ein schreckliches Schicksal musste das gewesen sein!

„Wir haben wohl fast vier Stunden geschlafen. Ich glaube auch, dass wir sofort aufbrechen sollten. Ich muss nur einmal sehen, wie wir weiter in das Innere dieses Berges kommen. Es sieht so aus, als wenn wir durch die Unterwelt müssten", meinte Jodaryon.

„Durch die Unterwelt, auch dass noch", war Wasgo erschrocken.

Was in dem jungen Burschen vorging, konnte Jodaryon ahnen. Luzifer war Wasgos Großvater. Jodaryon beruhigte den jungen Mann: „Mache dir wegen deines Großvaters keine Sorgen. Der steht auf unserer Seite. Er wird dich in Ruhe lassen. Wenigstens solange, bis wir unsere Aufgabe gelöst haben. Was danach sein wird, wage ich nicht zu sagen. Aber jetzt wird sich Luzifer uns gegenüber vernünftig verhalten, er wird uns eher helfen, als uns zu behindern."

„Das beruhigt mich ungemein", erwiderte Wasgo erleichtert und mit etwas Ironie in der Stimme.

Jodaryon suchte die Wände der Höhle ab. „Aber irgendwo muss doch der Eingang sein?", murmelte er für sich.

Immer wieder suchte er nach einem kleinen Spalt oder einem Riss im hinteren Teil der Höhle. Nur dort konnte der Eingang zur Unterwelt zu finden sein. Auch Wasgo suchte intensiv mit. Nach etwa einer halben Stunde rief er: „Hier ist was. Ich glaube, ich habe den Eingang zur Unterwelt gefunden."

Schnell lief Jodaryon zu Wasgo und sah sich den Spalt an. Ehrfürchtig sagte er: „Du hast Recht, das ist der Eingang zur Unterwelt.“ Er schaute sich den Riss in der Höhlenwand genau an und sagte dann: „Komm, Junge, tritt zurück!“

Wasgo tat, was Jodaryon von ihm verlangte. Hinter Jodaryons Rücken sah er, wie der beide Arme langsam anhob. Die Höhle wurde unruhig, sie ruckelte schnell hin und her, so als ob sie zittern würde. Die Wand, in der sich der Riss befand, wackelte und begann sich mit einem kratzenden Geräusch zu öffnen. Es war ein dumpfes Poltern, das sich anhörte, als wenn ein Stein auf einem anderen rutschte.

Nachdem sich ein Spalt von etwa fünfzig Zentimetern in der Wand geöffnet hatte, kehrte wieder Stille in die Höhle ein. Die beiden Männer nahmen ihre Rucksäcke auf den Rücken und verschwanden hinter der Öffnung der Höhlenwand, die sich darauf sofort wieder verschloss.

Sie liefen einen langen steinernen Gang entlang, der stetig nach unten führte. Der Fels schien aus Granit zu bestehen, er war dunkel und uneben, aber an der Oberfläche glatt. Diesen Gang folgten sie etwa zweihundertfünfzig Meter, dann gingen sie einer Rechtskurve nach und legten weitere dreihundert Meter zurück. Nun wurde der Gang immer breiter und endete in einer riesigen Tropfsteinhöhle. Diese Höhle war wunderschön. Grüne Wände wechselten sich mit roten ab, von der Decke hingen in vielen verschiedenen Farben die Stalaktiten herunter. Stalaktiten sind Tropfsteine, die von den Decken einer Tropfsteinhöhle herunterhängen. Unter ihnen standen in den jeweils gleichen Farben die Stalagmiten, also die Tropfsteine, die vom Boden den Stalaktiten entgegenwachsen.

Ehrfurchtsvoll und staunend blieb Wasgo stehen und mit einer Stimme, die seine Überraschung ausdrückte, sagte er: „Oh, Mann, ist das aber schön hier! So etwas Schönes habe ich noch nie gesehen.“

„Ja, mein Junge, da hast du wohl Recht, aber warte erst mal ab, wenn wir Bossus besiegt haben, dann wirst du sehen, wie schön sich die Erde entwickeln wird. Dann wird es wieder Tag und Nacht geben und Sommer und Winter. Und du wirst weiße Gletscher sehen und grüne Auenwiesen und einen blauen Himmel wirst du auch sehen. Und Blumen in den verschiedensten Farben wirst du sehen. Und zu den verschiedenen Jahreszeiten wirst du andere Blumen sehen. Und im Winter gibt es keine Blumen, sondern weißer Schnee bedeckt unsere Berge und dann glitzern die in der Sonne. Du wirst sehen, es wird noch viel schöner werden als hier unten", erklärte Jodaryon.

„Und der Himmel soll blau sein? Meine Eltern haben mir schon von Tag und Nacht erzählt und von grünen Wäldern und Wiesen, aber Jahreszeiten kenne ich nicht. Was ist eine Jahreszeit? Bitte erkläre mir das alles, mein Freund und Lehrer", bat Wasgo.

Nicht lange ließ sich Jodaryon bitten. Gerne erzählte er von der Welt, wie sie früher einmal war, bevor die vielen Wolken die Erde verdunkelten und ihr somit fast alle Energie zum Leben nahm. Als er von früheren glücklicheren Zeiten sprach, wurde er beinahe sogar selbst glücklich. Sein Murren und Knurren konnte Wasgo nur selten hören.

„Es gibt vier Jahreszeiten. Es gibt sie auch heute noch, aber sie sind nicht mehr so klar voneinander getrennt. Im Sommer schien die Sonne viel länger als im Winter. Der Sommer war warm und heiß, die Menschen brauchten nur wenig Kleidung anzuziehen. Sie schwitzten manchmal am Tage, ohne dass sie etwas tun mussten. Im Winter fiel dann der Schnee, der weiß war – den kennst du ja. Es wurde erst spät hell, aber schon früh wieder dunkel, und kalt war es am Tage, so dass die Menschen sich dick anziehen mussten, damit sie sich warmhalten konnten, ebenso wie es auch heute ist. Heute weißt du gar nicht, ist es Sommer oder ist es Winter? Die Sonne ist weg und es ist fast gleichbleibend kalt. Und wenn eine Jahreszeit vom Sommer in den Winter überging, dann nannte man das Herbst. Die Bäume verloren ihre Blätter, doch die verfärben sich vorher erst gelb, dann rot und schließlich braun. Und im Frühjahr bekam die Natur ihre Farben zurück. Der Schnee schmolz, die

Wiesen wurden grün, Blumen fingen an zu blühen,...", so erklärte Jodaryon dem jüngeren den Lauf der Welt, wie er ihn von früher her noch kannte.

Dabei liefen sie weiter durch die Höhle der Unterwelt. Allmählich veränderte sich die Umgebung, die sie durchschritten. Die freudigen Farben wurden blasser, die Stalaktiten und Stalagmiten wurden kleiner und unansehnlicher. Je weiter Jodaryon und Wasgo in die Unterwelt eindrangen, desto bedrohlicher erschien sie ihnen. Schließlich verschwanden die freundlichen Farben ganz und es blieb nur ein Grau in Grau übrig. Die Stalaktiten und Stalagmiten machten grauem und schwarzem Felsgestein Platz. Das Licht wurde spärlicher, es hielt sich nur noch ein Dämmerlicht, so dass die Zauberer nur noch ihre Umgebung in Schwarz-Weiß wahrnehmen konnten.

Es kam Wasgo beinahe so vor, als ob sie von jemandem oder irgendetwas beobachtet wurden. Er fühlte sich nicht wohl in seiner Haut und sah sich ständig nach allen Seiten um. Auch Jodaryon beobachtete genau das Gebiet, durch das sie gingen. Fast Rücken an Rücken tasteten sie sich langsam vorwärts, so konnte jeder der beiden Wanderer sich auf eine Hälfte der feindlichen Unterweltlandschaft konzentrieren. Wasgo erschien es beinahe so , als wenn er neugierige Augen hinter einer Art Pfeiler gesehen hätte. Er wollte etwas sagen, wurde aber sofort von Jodaryon daran gehindert. „Scht", machte der alte Mann leise.

Es kam ihnen vor, als wenn sie durch eine weite Ebene liefen. Aber es war keine Ebene, es war auch nicht nur einfach die Unterwelt, nein, sie befanden sich am Eingang zur Hölle. Wasgo trat der Schweiß auf die Stirn. Es wurde nicht nur unerträglich heiß, nein, der Jüngling fühlte Angst in sich aufkommen. Die Hand Jodaryons hielt ihn am Arm in der Ellenbeuge fest, so dass die beiden Männer stehen blieben. Der alte Mann trat betont forsch auf und verkündete laut: „Na, mein junger Freund, hast du irgendetwas gesehen? Ich konnte nichts Auffälliges erkennen."

Dann setzte er leise hinzu, so dass nur Wasgo ihn verstehen konnte: „Sei vorsichtig, wir werden beobachtet. Halte einen Bannzauber bereit. Auch einen Vernichtungszauber gegen gefährliche Geister. Mach dich auf einen Kampf mit dem Schwert bereit."

‚Nicht umsonst hatte ich Furcht gespürt', dachte Wasgo. Er wollte gerade etwas sagen, als er ein Kichern hörte. Beirren ließ sich der junge Mann dadurch aber nicht: „Ich habe auch nichts erkennen können. Wir sind hier wohl in Sicherheit", gab er vor.

Das Kichern wurde lauter und es kam Wasgo vor, als wenn es aus vielen Kehlen käme. Es war beinahe schon ein vielstimmiges böses Lachen. Durch diese Geräuschkulisse drang Jodaryons Stimme an Wasgos Ohr: „Tu nichts, erst, wenn sie uns angreifen sollten, schlagen wir zurück."

Langsam gingen sie weiter. Die Hitze wurde noch größer, fast unerträglich. Plötzlich tanzten viele tausend Lichter vor ihnen umher. Sie kamen wie aus dem Nichts auf sie zu. Das Kichern wurde nun endgültig zu einem bösen Lachen, die Lichter wagten sich immer näher an die beiden Männer heran. Und nun erkannte Wasgo, was es war, das sie bedrohte. Die Lichter waren nämlich keine Lichter, sondern Augen. Leuchtende Augen. Diese komisch leuchtenden Augen steckten in einem Gesicht, in einem sehr blassen Gesicht. Das alles gehörte zu einer Seele, einer schwarzen Seele, die einmal einem bösen Menschen gehört hatte und nun in der Hölle schmoren musste.

Diese schwarzen Seelen waren ungefährlich. Sie waren eben wie Geister, die sich ihren Schabernack erlaubten. Erleichtert atmete Wasgo an der Seite seines Meisters auf, als ihm plötzlich ein riesiger Schreck in die Glieder fuhr.

*****

Antares und Luziferine waren völlig außer Atem. Ihr Weg war beschwerlich. Sie durchquerten das Gebirge. Ständig ging es bergauf und irgendwann auch wieder einmal bergab. Einen richtigen Weg gab es nicht und Antares musste für sich und seine Frau einen Übergang über diesen kompliziert zu überwindenden Berg finden. Dieser Berg war wohl der höchste dieser Gebirgskette. Soeben hatten sie sich beinahe siebenhundert Höhenmeter erkämpft. Das Gelände war unwegsam. Große Felsbrocken versperrten ihnen immer wieder einmal den Weg. Entweder sie kletterten darüber hinweg oder sie versuchten diese zu umgehen. Oft war das aber nicht möglich, weil sie häufig ganz unvermittelt an Steilabbrüche und Schluchten gerieten, die für sie nicht zu überwinden waren, sodass sie umkehren mussten.

Antares war gerade so einen Felsbrocken hochgeklettert und legte sich auf den Bauch. Er streckte seiner Frau seine rechte Hand entgegen. Luziferine ergriff die ihr dargebotene Hand und zog sich mit Antares' Hilfe auf den Fels hinauf.

Auch sie war außer Atem und sie forderte eine Ruhepause. Die sollte sie bekommen. Luziferine stöberte in ihren mitgebrachten Vorräten umher. Etwas zum Essen fand sie noch und auch etwas Wasser hatte sie in ihrem Rucksack dabei. Sie ruhte sich mit Antares aus und ließ ihren Blick durch die Dunkelheit schweifen. Aufgrund der Finsternis konnte sie nicht bis ins Tal blicken, sie sah auch nicht die weite Landschaft hinter den Bergen. Sie konnte ebenso wenig die Dörfer am Fuße der Berge wahrnehmen, wie sie die Schluchten zwischen den Bergen nicht erkennen konnte.

Die majestätische Berglandschaft sollte ein Mensch erst wieder an einem Tage bewundern können, wenn die Wolken in der Zukunft verschwunden waren und die Sonne am Himmel scheinen konnte. Aber wann nur konnten Wasgo und Jodaryon das schaffen, dass die Sonne ungehindert am Morgen aufgehen und am Abend untergehen konnte?

Sie aßen in Ruhe eine karge Mahlzeit. Es war nur noch etwas Brot vorhanden und der Wasservorrat neigte sich dem Ende entgegen.

„Ob wir je die Sonne einmal sehen, einen Tag erleben und den blauen Himmel betrachten können, wenn kleine Schäfchenwolken über ihn dahinwandern?", fragte Luziferine ihren Mann.

„Aber sicher doch. Deshalb ist unser Sohn auf Reisen und wir nun auch", meinte Antares. Luziferine lehnte sich an ihren Mann an und schloss die Augen. Sie spürte seine Wärme, als er einen Arm um ihre Schultern gelegt hatte.

Plötzlich ruckelte es unter ihnen. Der Felsblock, auf dem sie saßen, begann zu schwanken. Sie öffnete ihre Augen und sah Entsetzliches. Der Boden erzitterte noch einmal. Mit ohrenbetäubendem Getöse brach um sie herum die Welt auseinander. Der gesamte Berg stürzte ein. Mit weit aufgerissenen Augen starrte die junge Frau den Vater ihres Kindes angsterfüllt an. Der Felsbrocken, auf dem sie sich befanden, schwankte und zitterte gefährlich.

Antares hielt seine Frau fest. Sie stieß einen Angstschrei aus. Was konnten sie nur tun? Der sichere Tod war dem Paar gewiss. Mit vor Schreck verzerrtem Gesicht rief Antares etwas. Er wusste selbst nicht, wie diese Worte aus seinem Mund kamen und was sie bedeuteten.

Ein riesiger schwerer Felsbrocken fiel vom Gipfel des Berges herunter. Er prallte nur drei oder vier Meter neben dem Fels auf, auf dem sich Wasgos Eltern befanden, wurde sofort wieder in die Höhe geschleudert und kam auf Antares und Luziferine zugeflogen. Instinktiv duckten sie sich. Der riesige Stein flog über ihre Köpfe hinweg. Überall um sie herum regnete es Sand und Steine auf sie herab. Antares sah an dem über seinen Kopf fliegenden Fels das Eis aufblitzen, das sich noch vor wenigen Sekunden als Teil des Gletschers oben auf dem nun einstürzenden Berg befunden hatte.

Der Felsbrocken, auf dem Antares und Luziferine saßen, neigte sich bedrohlich zur Seite. Sie drohten von ihm herunter in die Tiefe zu fallen. Mit aller Kraft drückte Antares mit seinem linken Arm seine Frau an sich, mit dem rechten Arm versuchte er sich an den Felsbrocken zu klammern. Doch der neigte sich weiter und weiter auf die Seite. Antares verlor mit seinen Füßen den Kontakt zum Boden. Viele kleinere Steine trafen das Paar am gesamten Körper. Der Schmerz breitete sich explosionsartig in ihnen aus. Antares hörte Luziferines Angstschreie. Wie Regen prasselte das Gestein an ihnen vorbei. Die Luft war mit Staub erfüllt, der sich in die Lungen der Menschen hineinfraß.

Was war nur geschehen? Ein Erdbeben? Eine Lawine? Luziferine kam nicht mehr dazu, weiter zu denken. Sie erhielt einen Schlag gegen ihren Hinterkopf und verlor das Bewusstsein.

*****

Die schwarzen Seelen der vielen Bösewichter der Vergangenheit waren plötzlich verschwunden. Ihr Gekicher und Gelächter war verebbt. Die Hitze war von einem zum anderen Augenblick auf unerträgliche Weise angestiegen. Wasgo bekam keine Luft mehr. Er hatte das Gefühl, dass seine Lungen verbrennen.

Ein riesiger, breiter, kräftiger Kerl stand vor ihm. Feuer loderte an seinem ganzen Körper. Selbst seine Haare schienen aus Flammen zu bestehen. Brandblasen bedeckten sein Gesicht. Von seiner Bekleidung stieg stinkender, in der Nase und den Augen beißender Rauch auf. Er sah nicht nur sehr bedrohlich, sondern auch äußerst widerwärtig aus. Mit weit von sich ausgestrecktem rechtem Arm war er aus dem Nichts aufgetaucht. Seine tiefe Stimme brüllte den beiden Zauberern ein lautes „Halt“ entgegen.

Mit ebenso tiefer und eindrucksvoller Stimme schrie Jodaryon zu dem Ungetüm zurück: „Weiche, du Ausgeburt der Hölle, dein Herr ist vor dir erschienen, knie nieder!“

Der Feuer und Hitze ausstrahlende riesige Kerl blieb tatsächlich stehen, aber er kniete nicht nieder, sondern brüllte laut: „Niemand ist mein Herr. Ich bin der Hüter des Fegefeuers und nur Luzifer persönlich hat mir etwas zu befehlen, er ist der einzige, den ich als meinen Herrn anerkenne. Ihr aber seid Eindringlinge. Ihr habt hier nichts verloren. Deshalb müsst ihr jetzt sterben und im Ewigen Feuer schmoren!"

„Nein!", rief ihm Wasgo entgegen. Er machte einen Schritt auf das Ungeheuer zu. Woher nahm er nur seinen Mut, sich mit diesem Höllenwesen anzulegen? War es wirklich Mut oder nur Leichtsinn? Oder war es sogar Intuition? Wasgo wusste, wer er war. Er schleuderte seinem Angreifer entgegen: „Ich bin dein Herr, ich bin Luzifers Enkel. Und nun gib den Weg frei!"

Der Herr des Fegefeuers lachte laut auf: „Du kleiner, zarter Junge willst meines Herrn Enkelkind sein? Pass nur auf, dass ich dich nicht zum Mittagessen verspeise!"

Wasgo blickte das feurige Wesen mutig an. Er streckte eine Hand nach ihm aus. Weg war seine Angst. Jodaryon betrachtete diese Szene mit gemischten Gefühlen. Einerseits war er stolz auf seinen gelehrigen Schüler. Andererseits machte er sich Sorgen um seinen jungen Freund, der tatsächlich Luzifers Enkelsohn war. Hatte er die Macht, den Herrn des Fegefeuers zu bezwingen?

Wenn Wasgo das konnte, war der Junge in Gefahr. Nur Luzifer selbst konnte Wasgo Macht über die Höllenwesen verleihen. Wenn er das tat und Wasgo diese Macht benutzen konnte und wollte, könnte er ein Wesen der Hölle werden, eben Satans Enkelsohn. Doch jetzt konnte Jodaryon die Entwicklung nicht aufhalten. Er musste tatenlos zusehen, was sein junger Freund erreichte.

Wenn er wieder mit ihm alleine war, konnte er Wasgo testen. Dann sollte es sich entscheiden, ob er ihn an die Hölle, an Luzifer verloren hatte. Jodaryon hätte sich selbst ohrfeigen können, weil er diese Entwicklung nicht vorausgesehen hatte. Er selbst hatte seinen jungen Freund der Hölle ausgeliefert. Er wollte ihn vor Bossus schützen und hatte ihn nun Luzifer gebracht.

Wasgo wuchs zu einer Größe heran, die die des Herrn des Fegefeuers übertraf. Dabei streckte er weiterhin seinen rechten Arm dem Unwesen entgegen und befahl ihm mit harter, tiefer Stimme:

„Auf die Knie, sage ich dir! Du hast deinem Herrn gehorsam zu sein."

Tatsächlich knickten die Beine des feurigen Kerls ein, er sank nach vorne und sein massiger Körper prallte mit einem lauten Geräusch, dass sich so anhörte, als wenn ein großer Stein auf einen anderen Stein prallt, auf den Boden auf.

„Verzeih mir, Herr, aber wie hätte ich dich erkennen sollen?", fragte Luzifers Untergebener.

„Geh zurück, dahin, von wo du hergekommen bist! Verschwinde!", befahl ihm Wasgo streng.

Tatsächlich gehorchte das Wesen und erhob sich ächzend vom Boden und langsam ging es zurück, in die Richtung, aus der es gekommen war.

Als der Herr des Fegefeuers endlich verschwunden war, verwandelte sich Wasgo zurück und nahm seine ursprüngliche Größe wieder ein. Jodaryon sah den jungen Mann sorgenvoll an. Doch der sprach: „Schon vergessen, großer Meister, wessen Lehrling ich bin? Du selbst hast mir das beigebracht." Ein schelmisches Grinsen überzog das schöne jugendliche Gesicht.

Jodaryon fasste dem jungen Mann erleichtert an seinen linken Unterarm und sagte: „Dann lass uns jetzt weiter gehen."

Ohne weitere Zwischenfälle erreichten unsere beiden Helden eine Höhle, von der aus sie ihre Wanderung durch die Berge fortsetzen konnten.

*****

Ein Schrei hallte durch die Berge. Es war aber nicht der Schrei der Luziferine, auch nicht der Schrei des Antares. Immer noch stürzten die Erdmassen und Gesteine vom sich aufbäumenden Berg in die Tiefe. Der Felsblock, auf dem Antares seine bewusstlose Frau im Arm hielt, rutschte den Berg herunter. Antares versuchte Luziferine mit seinem Körper zu schützen. Doch seine Kräfte verließen ihn.

Er hatte nur noch zwei Möglichkeiten. Entweder er ließ Luziferine los und hielt sich am Fels fest. In diesem Fall würde Antares mit dem Fels in die Tiefe stürzen und sterben müssen. Oder er nahm den Körper seiner Frau in seine Arme und stürzte mit ihr gemeinsam in den sicheren Tod.

Für ihn gab es kein Überlegen. Er liebte Luziferine. Sie war ihm immer eine gute Frau und für seinen Sohn eine gute Mutter. Er nahm sie in seine schützenden Arme. Vielleicht konnte sie wie durch ein Wunder doch noch überleben, wenn er sich eng an sie schmiegte. Sein Körper sollte den zu erwartenden Aufprall für Luziferine abdämpfen. Wenn er auch schon sterben musste, so wollte er doch alles versuchen, das Leben seiner lieben Frau zu retten. Immerhin hatte sie sich seinetwegen mit ihrem Vater überworfen und hatte auf das ewige Leben in der Hölle verzichten müssen, weil ihr Vater sie verbannt hatte. Ihre Liebe war stärker als das ewige Leben.

Mit seinem Körper beschützte Antares nun seine Frau. So gut er es konnte, drückte er sie an sich und umschlang mit seinen Armen Luziferines Körper. Es musste ihm gelingen, mit seinem Rücken auf die Erde zu prallen. Nur so hatte seine Frau eine Chance zu überleben. Sein letzter Gedanke galt Wasgo, seinem lieben Sohn. Mit Wehmut dachte er an ihn. Zu gerne hätte er ihn noch einmal gesehen. Aber sein Wunsch sollte ihm wohl nicht erfüllt werden.

Ein zweiter Schrei drang an Antares' Ohr. Es war ein heller, langgezogener Schrei, der Schrei eines Adlers. Der Adler des Lebens und der Weisheit saß mit seinem riesigen Körper auf dem Gipfel des Berges und genoss die Aussicht über das Land. Zwar konnte er das genauso gut im Flug tun. Doch auch ein Adler musste sich einmal ausruhen.

Plötzlich wurde der Berg erschüttert. Das Massiv brach teilweise in sich zusammen. Der Adler erhob sich in die Lüfte. Als er sich im Gleitflug befand, sah er sich alles an. Traurig war er darüber, dass der Berg, der schon viele tausend Jahre hier stand, nun teilweise zerstört wurde. Was war das, das den Berg zu schaffen machte? Waren es Naturgewalten? Und was sah er da weit von sich entfernt auf einem Felsblock? Zwei Menschen, die ums Überleben kämpften! Er erkannte sie. Das waren Antares und Luziferine.

Im Sturzflug bewegte sich der Adler zu den in Lebensgefahr schwebenden Menschen. Er sah, dass Luziferine von einem Stein am Kopf getroffen wurde und das Bewusstsein verlor. Antares hielt sie fest. Würde er sie halten können?

Der Adler des Lebens und der Weisheit stieß seinen unverwechselbaren Schrei aus. Konnte Antares ihn hören? Des Adlers Schrei sollte bedeuten: „Gib nicht auf, Hilfe naht!"

Der große majestätische Vogel flog dem Paar entgegen. Er bemerkte, was Antares vorhatte.

„Nein, tue es noch nicht, halt dich am Fels fest!", signalisierte er Antares mit einem weiteren Schrei. Konnte Antares ihn hören?

Der Fels, auf dem sich die Menschen befanden, begann zu fallen. Zur Seite stürzte er weg und in die Tiefe. Der Adler sah, dass Antares seine Frau eng umschlungen hielt. Antares stürzte mit Luziferine vom Fels herunter. Um sie herum fielen viele kleinere und größere Steine und Erdmassen in das Tal hinab. Hoffentlich wurden Antares und Luziferine davon nicht getroffen. Der Adler sah, dass sich die Menschen im freien Fall befanden. Antares hielt seine Frau immer noch fest in seinen Armen.

Der Adler stürzte nun mit angezogenen Flügeln steil in die Tiefe. Er hatte nicht viel Zeit, die Menschen zu erreichen. Es waren nur zwei bis drei Sekunden. Es musste ihm gelingen die Menschen mit den Krallen zu fassen. Einen zweiten Versuch gab es nicht. Bevor der Adler die Richtung seines Fluges hätte ändern können, um zu ihnen zurückzufliegen, wären sie unweigerlich auf den Erdboden aufgeschlagen. Wenigstens Antares konnte das nicht überleben, das würde seinen Tod bedeuten.

Der große Vogel des Lebens raste an Antares heran. Antares sah ihn auf sich zu kommen. Der arme Mann erschrak und verstand die Welt nicht mehr. War es nicht genug, dass er durch ein Naturereignis um das Leben kommen sollte? Nun kam auch noch ein riesiger Adler auf ihn zugeflogen und wollte ihn als Beute mit sich nehmen! Schon spürte Antares, wie er von den Krallen des Tieres gepackt wurde. Er wurde vor Angst beinahe ohnmächtig. Aber seine Frau hielt er tapfer fest.

Der Adler flog mit ihm und Luziferine davon. Wo wollte dieses Tier nur mit ihnen hin? Antares verfolgte die Flugstrecke des großen Vogels. Sie flogen von dem zusammengestürzten Felsmassiv weg, über ein kleines Tal, über eine weitere Gebirgskette hinweg. In der Dunkelheit konnte Antares nicht alles erkennen. Aber er nahm wahr, dass der Adler mit Luziferine und ihm über drei Gebirgsketten flog. Auf einen Berg der vierten Gebirgskette landete er vorsichtig. Erst jetzt erkannte Antares, dass er und seine Frau für den Adler keine Beute waren, sondern dass sie von dem großen Vogel gerettet wurden. Endlich erkannte Antares in dem Tier den Adler des Lebens und der Weisheit.

Die Wanderung durch die Berge

Ganz vorsichtig legte Antares Luziferine auf den Boden. Er wollte dem Adler für seine und Luziferines Rettung danken, aber er wollte sich auch um seine bewusstlose Frau kümmern. Der Adler erkannte, in welchem Dilemma der Mann steckte, und sprach: „Kümmere dich nur zuerst um Luziferine, sie braucht dich jetzt mehr als ich!"

Antares dankte seinem Lebensretter und drehte seine Frau vorsichtig auf die Seite. Er sprach einen Heilungszauber und die Wunde an Luziferines Hinterkopf schloss sich auf wundervolle Weise. Kurz darauf schlug sie die Augen auf und richtete sich auf.

„Wo sind wir? Was ist geschehen? Wir waren doch eben noch auf einem Felsblock", stellte Luziferine fest.

„Scht", machte Antares leise und sagte, „bleibe ruhig, meine Liebe, es ist alles gut. Wir wurden gerettet. Der Adler des Lebens und der Weisheit hat es getan."

Erst jetzt sah die Frau das riesige Tier. Sie erhob sich und ging ohne Furcht auf den großen Vogel zu. Tief verbeugte sie sich vor dem Adler: „Ich danke dir für unsere Rettung, lieber Adler. Aber bitte sage mir, warum hast du uns hierher gebracht? Wir waren doch in einer ganz anderen Gegend unterwegs? Jetzt sind wir wieder einige Tagesmärsche von unserem Ziel entfernt."

„Ihr seid von dem Ziel entfernt, von dem ihr glaubt, dass es wichtig ist, dort einigen Menschen zu helfen. Aber es ist nicht immer wichtig, Menschen direkt zu helfen. Manchmal ist es besser, etwas zu tun, um ein anderes Ziel zu erreichen. Ist das andere Ziel erreicht, habt ihr aber den Menschen schon mehr geholfen, als ihr es sonst gekonnt hättet. Deshalb habe ich mir erlaubt, euch hierher zu bringen. Wandert von hier aus nach Westen, dann werdet ihr erkennen, warum das so sein musste."

Auch Antares dankte dem majestätischen Tier und danach flog der Adler davon.

Luziferine stellte fest, dass sie ihre Rucksäcke verloren hatten. Sie hatten weder etwas zu essen noch etwas zu trinken und nicht einmal mehr etwas zum Anziehen, ein Wäschewechsel war nicht mehr möglich. Also mussten sie sich auf die Suche nach einem Dorf machen, um sich dort alles Notwendige für eine Wanderung durch die Berge zu organisieren. Der Adler hatte ihnen gesagt, sie sollten sich Richtung Westen halten. So befolgten sie seinen Rat und brachen auf.

*****

Bossus wähnte sich am Ziel seiner Wünsche. Als Antares und Luziferine auf dem Felsblock ihre Rast machten, war er sich sicher, sie endlich vernichten zu können. Diese Aufrührer hatten in seinen Augen schon lange den Tod verdient. Waren sie doch die Eltern, die diesen Bengel geboren hatten, der Jodaryon befreit hatte. Gemeinsam waren sie jetzt auf dem Weg zu ihm und wollten seine Macht brechen. Das konnte und wollte Bossus auf keinen Fall zulassen. Alle Menschen, die diesem Wasgo und dem größenwahnsinnigen Nichtskönner Jodaryon halfen, mussten bestraft werden. Alle sollten sie sterben.

Mit den Eltern des Möchtegernzauberers wollte er nun endlich beginnen. Mit seinen magischen Kräften erschütterte er den Berg, auf dem sich das Paar gerade befand. Durch seine Seherkugel konnte er genau erkennen, was geschah. Als der Felsblock in die Tiefe stürzte und Antares und Luziferine mit sich riss, begann Bossus zu jubeln.

Doch was er dann sehen musste, brachte ihn vor Wut zur Raserei. Der blöde Riesenvogel fing Antares, der seine Frau fest an sich drückte, in der Luft auf und flog mit dem Paar fort. Da sich der Adler des Lebens und der Weisheit Bossus' Macht widersetzen konnte, war es ihm nicht möglich, ihn zu verfolgen. Bossus verlor Wasgos Eltern aus den Augen. Er tobte wie noch nie und wollte für diese Tat um jeden Preis jemanden büßen lassen.

Selbst Jodaryon und Wasgo waren von der Bildfläche verschwunden. Wo mochten die nur stecken? Mit Hilfe seiner Seherkugel untersuchte er die Berge. Es war zum Verrücktwerden, nichts und niemanden konnte er entdecken. Es war so, als wenn nie jemand auf die Wanderschaft gegangen wäre, um ihn zu bekämpfen. Bossus ahnte, dass es dieses Mal einen anderen Kampf geben werde als den, den er sich wünschte und den er kannte. Dieses Mal sollten nicht die Heere über Gut und Böse in einer Schlacht entscheiden. Bossus ahnte es schon in diesem Augenblick, dass er sich Jodaryon und diesem jungen Zauberer selbst stellen musste.

*****

Jodaryon wollte die Höhle verlassen, als ihn Wasgo zurückhielt. „Warte bitte“, bat der junge Mann, „meine Eltern haben mir eine Schale mitgegeben, in die wir jetzt einmal sehen sollten. Es ist die Schale der Weisheit. Vielleicht kann sie uns helfen, zu erkennen, was wir als nächstes tun sollten. Die Schale zeigt uns, wie die Zukunft sein kann. Deshalb wird sie auch die Schale der Erkenntnis genannt, weil wir mit dem Wissen, das wir durch die Schale bekommen, die Zukunft ändern können.“

„Das ist gar keine so ganz dumme Idee“, meinte Jodaryon scheinbar mürrisch, innerlich aber stolz auf seinen Schüler und schlug vor, in der Höhle eine Rast zu machen.

Während Jodaryon ein kleines Feuer machte, über dem er Dauerwürste röstete, suchte Wasgo aus seinem Rucksack die Schale der Weisheit heraus. Er füllte sie mit Wasser und fragte seinen Gefährten, ob der zuerst in die Schale sehen mochte.

„Du traust dich wohl nicht?", scherzte Jodaryon, der aber missgelaunt war.

„Doch, das schon, aber ich weiß nicht, was ich zu sehen bekomme. Was ist, wenn ich damit nicht umgehen kann?", fragte der junge Mann. Er war daran gewöhnt, dass sein älterer Gefährte mürrisch und schlecht gelaunt war. Aber zu Wasgo war Jodaryon stets korrekt. Er war nicht übermäßig höflich zu dem jungen Zauberer, aber doch bemüht, sein schweres Herz und sein hartes Gemüt nicht an Wasgo auszulassen. Im Gegenteil spürten beide, dass sich in Jodaryon langsam eine Veränderung vollzog. Er behandelte seinen jungen Freund nicht mehr so streng und mürrisch. Wasgo dachte, dass Jodaryon ihn zum Beginn ihrer Bekanntschaft nicht sehr gemocht hatte, aber dass sich das im Verlaufe der Zeit langsam änderte.

„Nun", überlegte Jodaryon, „das kann mir ebenso ergehen. Aber einer von uns sollte es wagen."

„Dann mach du es, alter Mann", hänselte der Jüngere.

„Ich bin der Mann mit den größeren Erfahrungen, du brauchst mich noch", gab Jodaryon daraufhin zurück.

Wasgo setzte sich ans Feuer. Die Schale der Weisheit stellte er so neben sich auf den Erdboden, dass er bequem in sie hineinsehen konnte. Was er sah, nahm ihm beinahe den Atem.

Wasgo sah sich mit seinen Eltern vereint. Es war Tag. Die Sonne schien. Grüne Wiesen mit vielen bunten Blumen konnte er sehen und einen blauen Himmel. Danach sah er die Nacht und dicke Wolken. Den Schrein des Bösen sah er, aus dem schwarze Strahlen hervorschossen. Er wollte noch mehr von der Schale der Weisheit erfahren. Aber sie verdunkelte sich und gab nichts mehr preis. Was konnte das bedeuten, das Wasgo gesehen hatte?

Der junge Mann wurde ganz still und dachte darüber nach, was die Schale der Weisheit und der Erkenntnis ihm mit den Bildern, die er soeben sehen konnte, sagen wollte. Sollte der schwarze Strahl ein Todesstrahl sein? Würden Jodaryon und er diesem Todesstrahl begegnen, konnten sie ihn bezwingen? Wenn ja, warum zeigte die Schale ihm die Bilder der schönen Welt mit der Sonne und dem blauen Himmel zuerst? Und sollte er seine Eltern doch bald wieder sehen können?

Der alte Zauberer ahnte, was in dem jungen Mann vor ging. „Hast du deine Eltern gesehen?", fragte er ungewohnt milde.

Mit dem Kopf nickend antwortete Wasgo und erzählte seinem Gefährten, was er alles gesehen hatte. Danach fragte er: „Was bedeutet das alles?"

Jodaryon dachte einige Augenblicke nach und sagte dann: „Das kann viel bedeuten, aber ich nehme einmal an, dass es bedeutet, dass wir siegreich sein werden. Denke an die Prophezeiung!"

Nachdem sie etwas gegessen und getrunken hatten, sammelten sie ihre sieben Sachen wieder zusammen und setzten ihre Wanderung fort. Jodaryon meinte: „Wir werden nicht mehr allzu lange unterwegs sein. Der Kampf gegen das Böse geht in seine entscheidende Phase. Wir sollten mehr aufpassen und nicht so sorglos durch die Berge wandern. Wir wissen ja, wohin wir wollen. Es wird immer gefährlicher für uns werden."

*****

Antares und Luziferine machten sich auf den Weg. Sie fragten sich, was es zu bedeuten hatte, dass sie vom Adler des Lebens ganz woanders hingebracht worden waren und er ihnen einfach ein neues Ziel vorgab. Wenn er ihnen wenigstens genau gesagt hätte, wo sie hingehen sollten! Aber nein, das hatte er nicht. Trotzdem wollten sie tun, was der Adler ihnen geraten hatte. Sie waren dankbar für ihre Rettung, ohne diesen schönen und riesigen Adler würden sie schon längst nicht mehr leben.

Antares grübelte. „Warum sollen wir nur nach Westen gehen?", fragte er seine Frau.

„Ich weiß es nicht", antwortet sie, „Ich glaube aber, dass das der Weg ist, der zum Schrein des Bösen führt."

Antares war ratlos. „Und was sollen wir da? In der Prophezeiung wird doch ganz klar gesagt, dass ein junger Zauberer den Jodaryon befreit und beide die Welt retten. Was soll ich uralter Zauberer denn noch dabei tun?"

Luziferine blieb stehen und ging zu ihrem Mann. Sie nahm ihn in ihre Arme und sah ihn liebevoll an. Dann sagte sie: „Weißt du, mein lieber Mann, das ist es, was ich an dir so liebe. Du bist irgendwie immer noch in deinem Herzen ein Kind. Unschuldig, sauber und naiv. Man muss nicht immer alles hinterfragen. Der Adler wird nicht umsonst Adler der Weisheit genannt. Er weiß schon, was er tut. Er hat uns das Leben gerettet und dafür bringen wir nun eine Gegenleistung. Was hätten wir im Osten gewollt? Was wir dort tun wollten, können wir auch im Westen erledigen. Es ist doch egal, an welchem Ort wir Gutes tun. Gehe einfach einmal davon aus, dass uns jemand braucht."

„Ja, meine Liebe", entgegnete Antares, in dem er die liebevolle Umarmung Luziferines erwiderte. Er gab ihr einen leidenschaftlichen Kuss, danach einen Klaps auf ihren Po, lief dann schnell lachend von ihr davon und rief ihr gut gelaunt und voller Übermut zu: „Na, nun mach schon und bewege dich nicht wie eine alte Frau."

Sein Lachen war im ganzen Tal zu hören. Wenn sie beide geahnt hätten, warum sie diesen Weg gehen sollten und was sie erwartete, hätten sie nicht so sorglos ihre Fröhlichkeit ausleben können. Aus Angst um das Leben ihres Sohnes Wasgo wären sie um ihren Schlaf gekommen.

*****

Bossus stand am Tisch, auf dem seine Seherkugel ihren Platz gefunden hatte. Beschwörend redete er auf sie ein. Er wollte seine ärgsten Feinde zu sehen bekommen. Immer wieder murmelte er andere Sprüche und hob gestikulierend die Hände hoch und schnell stieß er sie zur Kugel vor und zog sie wieder zurück. Dann stieß er seine Hände erneut zur Kugel hin und ließ sie dort zitternd in der Luft stehen. Tatsächlich schaffte er es, dass er Bilder von Wasgo und Jodaryon sehen konnte. Sie hatten die Höhle verlassen und waren auf den Weg zum Totenreich.

‚Soweit sind sie schon?', dachte er erschrocken. Er musste etwas tun, um seine beiden schlimmsten Widersacher aufzuhalten. Er spürte, dass ihre Macht immer größer wurde. Er hatte Angst, dass er doch noch von den ungleichen Wanderern besiegt werden könnte.

Seine Hände zog Bossus wieder zu sich heran. Weitere Formeln sprudelten böse aus seinem Mund. Plötzlich stieß er seine rechte Hand mit ausgestrecktem Zeigefinger der Kugel entgegen, die auf seinem Tisch stand. Beinahe hätte er dabei dieses Instrument seiner Macht mit dem Finger berührt. Der böse Herrscher über die Welt sah etwas in der Kugel, das ihn heiter stimmte. Er lachte hämisch und rieb sich dabei die Hände.

*****

Wasgo und Jodaryon folgten einem schmalen Pfad. Dieser Weg, der stetig an Höhe gewann, führte die beiden Männer einen großen Berg herauf. Der Weg war so schmal, dass sie hintereinander gehen mussten. Plötzlich wurde die ewige Nacht durch mehrere Blitze für einen kurzen Augenblick beinahe zum Tag erhellt. Tosender Donner ertönte, der nicht abreißen wollte. Nur allmählich wurde das Donnergrollen wieder leiser. Der Wind lebte auf und entwickelte sich zu einem starken Sturm.

Regen prasselte auf die beiden Gefährten und die Berge nieder. Es war ein wahrer Platzregen, der den Wanderern entgegen peitschte. Der Sturm trieb ihnen das Wasser des Himmels direkt und schmerzhaft ins Gesicht. Sie konnten sich nicht einmal vor den Wassermassen schützen, die so plötzlich auf sie einstürzten. Es gab einfach keine Möglichkeit, sich an einem Felsvorsprung oder ähnlichem unterzustellen.

Sie liefen über eine ehemalige Almwiese, die nun aber auf Grund der seit über fünfhundert Jahre andauernden Nacht längst keine Almwiese mehr war. Das grüne Gras und die Blumen, die eine Wiese schmücken, gab es hier schon lange nicht mehr. Es gab keinen Klee, keinen Enzian, keine Hochgebirgsblumen. Nichts gab es, was an eine Almwiese erinnern könnte.

Der starke Regen war gefährlich. Vom Berg könnte eine Mure abgehen. Wenn das passierte, lösten sich auf Grund der Bodenfeuchtigkeit große Massen an Sand und Gesteinsbrocken und stürzten in die Tiefe. Dabei konnte es schon einmal passieren, dass ein Berghang total verschüttet wurde. Jodaryon machte Wasgo darauf aufmerksam. Beide hielten sie ihre Augen offen und versuchten den Berg und ihre Umgebung zu beobachten.

Der Weg, der Jodaryon und Wasgo den Berg hinaufführte, wurde immer steiler. Das Regenwasser floss an ihnen vorbei und den Hang hinab. Zuerst bildeten sich nur kleine Rinnsale, die dann aber zu kleinen Bächlein wurden. Aus den Bächlein wurden reißende Wildwasser und die flossen irgendwo zusammen zu einem Fluss. Der Berg wurde durch das viele Regenwasser aufgeweicht. Da sie sich in einem relativ sandigen Abschnitt dieses Gebirgsmassivs befanden, befürchtete Jodaryon zu Recht einen Murenabgang. Das konnte sehr gefährlich für Wasgo und Jodaryon werden, denn die herabstürzenden Sand- und Gesteinsmassen könnten die beiden Freunde unter sich begraben oder mit sich in die Tiefe reißen. Sollte das geschehen, konnte das den sicheren Tod für Jodaryon und Wasgo bedeuten.

Die beiden Freunde schauten sich nach einer Unterstellmöglichkeit um. Wasgo entdeckte einen kleinen Fels in etwas mehr als einhundert Metern Entfernung. Er machte Jodaryon darauf aufmerksam. Mit einem Nicken gab Jodaryon sein Einverständnis, dort Schutz zu suchen. Sie waren auf halbem Wege, als sie etwas holpern hörten. Die Erde wurde leicht erschüttert. Der Sand unter Wasgo und Jodaryon gab nach. Sie versuchten zum Felsen zu kommen, aber der Erdboden, auf dem sie standen, geriet ins Rutschen.

Es geschah das, womit Jodaryon schon in seinem tiefsten Innern gerechnet hatte. Viele tausend Tonnen Schlamm und Geröll gaben nach und rutschten den Berg herunter. Diese Massen rissen die Zauberer mit sich fort. Jodaryon war es dieses Mal, der eine Lösung für dieses Problem bereits schon vor seinem Eintreten in seinem Kopf gespeichert hatte, denn er hatte mit einem Murenabgang gerechnet. Er nahm Wasgo einfach an die Hand und sprach einen Zauberspruch aus.

Schon erhoben sie sich sanft vom Erdboden und schwebten dem Fels entgegen, der vor dem Abrutschen der Erde ihr Ziel war. Während sie dahin schwebten, konnten sie sehen, wie die Erdmassen nachgaben und herunterstürzten. Alles, was im Weg war, begruben sie unter sich. Das waren immerhin etwas größere Gesteinsbrocken oder auch einige Pflanzen, nämlich Nachtschattengewächse, die der Ewigen Nacht bis zu diesem Zeitpunkt hatten trotzen können.

Am Bestimmungsort angekommen, landeten Wasgo und Jodaryon sanft auf den Boden. Hier fanden sie Schutz vor weiteren Murenabgängen und konnten sich erst einmal trocknen. Wieder einmal hatten sie Glück gehabt und der Natur trotzen können, überlegte Jodaryon. ‚Oder steckt Bossus dahinter?', dachte er. Wie dem auch sei, noch ging es unseren Helden gut.

*****

Einen Tag bevor Jodaryon und Wasgo sich vor der Mure retten konnten, kamen Luziferine und Antares in ein kleines friedliches

Dorf, das am Fuße eines Berghanges lag. In der Nähe war ein Rinnsal, welches das Dorf mit Wasser versorgte. Dort konnten sie ihre Vorräte erneuern und ihren Weg fortsetzen. Doch bevor sie wieder aufbrachen, ruhten sie sich von den erlebten Strapazen etwas aus.

Sie blieben in der Kate bei einer alten Frau, die Antares und Luziferine zum Verweilen eingeladen hatte. Zum Abendbrot bot die Alte ihren Gästen etwas Hirsebrei, Brot und Wasser an: „Mehr habe ich leider nicht. Ich bin eine arme Frau, aber ich gebe es gerne und von Herzen. Was brauch' ich alte Frau auch mehr! Wenn ich doch nur einmal in meinem Leben die Sonne noch sehen könnte. Ich bin schon 94 Jahre alt, aber durfte bisher die Sonne nicht ein einziges Mal sehen. Aus alten Überlieferungen weiß ich, wie die Welt früher ausgesehen haben muss, aber zu gerne möchte ich sie so mit eigenen Augen einmal sehen. Aber das wird mir wohl nicht vergönnt sein. Ach, ich bin aber auch eine schreckliche Person", lachte sie plötzlich, „ich schwatze und schwatze und lass euch gar nicht zu Wort kommen. Dabei könntet ihr mir bestimmt etwas Neues erzählen."

„Ach, Mütterchen, was sollen wir dir schon erzählen können! Das Land ist in Aufruhr. Überall wird es unruhig. Die Menschen wollen das Tageslicht sehen, und doch können sie es nicht. Die Leute vom Herrscher der Welt unterdrücken die Menschen gewaltsam. Es gibt viel Leid", antwortete Antares.

Die alte Frau setzte sich zu ihnen und sagte versonnen: „Ach, ja, so ist das." Dann wurde sie wieder etwas lebhafter und erzählte: „Der Adler des Lebens und der Weisheit ist in der letzten Zeit viel in unserer Gegend gesehen worden. Man sagt, dass die Tage der Herrschaft des Bossus' gezählt seien, wenn der Adler so oft zu sehen sei. Jeden Tag habe ich ihn in der letzten Woche gesehen. Ob da etwas Wahres dran ist? Dann kann ich vielleicht doch noch einmal in meinem Leben die Sonne sehen? Ach, wäre das schön."

Luziferine nahm eine Hand der alten Frau in ihre und sagte: „Ich weiß, wie es dir geht. Ich glaube es auch, dass die Tage Bossus' gezählt sind. Es wird nicht mehr lange dauern, bis wir die Sonne zu Gesicht bekommen. Du wirst es erleben."

„Ich habe gehört, dass zwei Zauberer unterwegs zum Herrscher sind, ein alter und ein junger. Die sollen gemeinsam mit ihren sich ergänzenden Kräften den Herrscher besiegen können, so sagt man. Sie wollen Bossus zum Kampf herausfordern. Der eine mit seiner Kraft der Weisheit und Erfahrung und der andere mit der Kraft seiner Jugend und Unschuld. Hoffentlich kommen sie ungeschoren davon, sie haben so viel Mut. Vor allem der Junge, er soll erst achtzehn Jahre alt sein und man sagt, dass ihm noch sehr schwere Prüfungen bevorstehen sollen. Der arme Junge, wenn der wüsste, auf was er sich eingelassen hat", meinte die alte Frau mitfühlend.

Antares sah die Alte traurig an. Luziferine spürte die Liebe und Güte der alten Frau in ihrem Herzen. Tränen kullerten ihr die Wangen herunter. Mit einem Schluchzen sagte sie: „Er weiß es, gute Frau, er wurde sein ganzes Leben auf diesen einen Kampf vorbereitet."

Die alte Frau stand spontan auf und nahm Luziferine in ihre Arme. „Ihr seid seine Eltern", erkannte sie, „macht euch keine Sorgen um euren Sohn. Am Ende wird alles wieder gut werden."

Luziferine und Antares blieben in dieser Nacht bei der alten Frau. So richtig schlafen konnten sie aber nicht. Immer wieder gingen ihnen die Worte der Alten im Kopf herum. Sie waren sehr beunruhigt und hatten Angst um ihren Sohn. Doch wussten sie auch, dass sie ihm nicht helfen konnten. Antares tröstete Luziferine mit den Worten, dass Jodaryon bei Wasgo sei und er schon auf ihren Sohn gut aufpassen werde.

Am nächsten Morgen musste das Ehepaar noch einmal mit der alten Frau gemeinsam essen, erst dann durften sich Wasgos Eltern von der gutmütigen alten Dame verabschieden. Sie gingen ihrem Sohn entgegen. Als sie ihn wieder sehen sollten, sollte er mit dem Tode ringen.

*****

Bossus war einmal mehr außer sich vor Wut. „Was ist denn nun schon wieder schief gegangen", brüllte er in seinem Raum umher, obwohl er alleine war. Er hatte so einen schönen Zauber gegen seine beiden schlimmsten Feinde geschickt. Die Mure hätte sie doch überraschen und unter sich begraben müssen. Da wären die nie wieder herausgekommen. Aber noch war ja nichts Schlimmes geschehen. Noch hatte er Zeit. Noch konnte er den beiden Widerlingen etwas entgegensetzen. Noch war er persönlich der Herrscher der Welt. Das wäre ja wohl gelacht, wenn er, Bossus, der mächtigste und größte Zauberer aller Zeiten, diese beiden albernen Möchtegerns nicht bezwingen sollte. 'Wer zuletzt lacht, lacht am besten, so heißt es in einem Sprichwort', dachte sich Bossus.

Er stellte sich an seine Seherkugel und beschwor sie, dabei gestikulierte er wieder einmal wild mit seinen Armen. Sie zitterten, hoben und senkten sich, mal stieß er die Fäuste in die Luft, manchmal auch nur den ausgestreckten Zeigefinger seiner Hände. Er murmelte, dann wiederum schrie er, um später wieder ruhiger zu sprechen, mal gestikulierte er wild umher, mal hielt er die Arme still: „Torres kugulus mor mireles schientata unbrava zabere. Banderia brava faseria umum banderia umum banderia binnte lebere lebere torres torres."

Fasziniert blieb er vor seiner Seherkugel stehen und beobachtete, was nun geschah. Als er es endlich erblickte, kam ein lautes, böses und hässliches Lachen über seine Lippen.

*****

Antares und Luziferine gingen eiligen Schrittes ihren Weg. Sie wussten nicht, wohin er sie führen sollte. Sie hielten sich an die Worte des Adlers des Lebens und der Weisheit, der in seinem Wissen über die Dinge der Welt und seiner weisen Voraussicht ihnen diese Richtung gewiesen hatte. Nach dem Gespräch mit der alten Frau machten sie sich Sorgen um Wasgo. Sollte er am Ende unterliegen? Nein, das konnte nicht sein. Die alte Frau sagte ja auch, dass am Ende alles gut werden sollte. Trotzdem waren Antares und Luziferine um Wasgos Leben sehr besorgt. Irgendetwas sollte geschehen, dass das Leben ihres Sohnes Bedrohte. Nur sie beide, Wasgos Eltern, konnten das Schlimmste abwenden. Das war ihnen bewusst, nur wussten sie nicht, was es war, das sie abwenden mussten, damit sich die Prophezeiung erfüllen konnte.

Luziferine ahnte jetzt, warum der Adler der Weisheit und des Lebens ihnen diesen Weg gewiesen hatte. Sie verspürte eine innere Unruhe, die nicht mehr vergehen wollte. Im Gegenteil entwickelte sich jetzt diese Unruhe zu einer ausgewachsenen Angst. Sie befürchtete, dass sie zu spät kommen könnten, wenn sie Wasgo das Leben retten mussten. Diese Angst übertrug sich auch auf Antares. Sie beeilten sich, um den ihnen bevorstehenden Weg schnell bewältigen zu können. Sie wollten schon bald bei ihrem Sohn sein.

*****

Der Platz unter ihren Füßen war trocken. Der Felsblock hatte einen Teil des vor ihm befindlichen Erdbodens geschützt, so dass Jodaryon und Wasgo hier etwas Schutz vor dem Sturm und dem Regen fanden. Allmählich beruhigte sich das Wetter und schließlich hörte es zu regnen auf. Der Sturm ebbte vollständig ab und nicht einmal ein Windhauch war noch zu vernehmen.

„Wir sollten unsere nassen Sachen ausziehen und am Fels hier zum Trocknen aufhängen“, meinte Wasgo.

Zustimmend nickte Jodaryon mit dem Kopf und brummte dazu ein „Hm“.

Zuerst stellten sie ihre Rucksäcke vor sich ab und entledigten sich ihrer Kleider. Diese legten sie zum Trocknen hinter sich auf den Fels. Danach bückten sie sich zu ihren Rucksäcken nieder, um nach trockenen Hosen und Jacken zu schauen. Nur mit einem Hemd bekleidet konnten sie nicht mehr weitergehen. Dafür hatte sich durch die immerwährende Nacht die Luft viel zu sehr abgekühlt. Über null Grad stiegen die Temperaturen kaum noch an.

Unbemerkt lösten sich aus den nass gewordenen Sachen unserer Helden kleine Fäden. Diese Fäden wurden länger und dicker. Jeder Faden wurde zu einer kleinen Schlange. Schnell wuchsen diese Schlangen zu Riesenschlangen heran. Im nächsten Augenblick lauerten je fünf solcher Schlangen hinter Wasgo und Jodaryon. Lautlos standen sie zum Angriff bereit. Angriffslustig schnellten ihre Zungen vor und zurück.

„Da haben wir aber noch einmal Glück gehabt. Gut, dass du einen Zauber bereit hattest, sonst wären wir jetzt wahrscheinlich tot unter der Mure begraben", sprach Wasgo zu Jodaryon.

„Ich habe es geahnt, dass so etwas passieren könnte. Als es so stark zu regnen begann und dann auch dieser plötzliche Sturm dazu kam, dachte ich mir, dass dieses Unwetter nicht von der Natur kommen konnte", erwiderte der ältere der Zauberer wütend und grimmig.

„Du meinst, da steckt Magie dahinter?", fragte Wasgo.

„Ich glaube, dass Bossus dahinter steckt", meinte Jodaryon und richtete sich auf. Er hatte gefunden, wonach er suchte.

In diesem Augenblick schossen die Schlangen hinter ihm hervor. Wasgo sah, was seinem Freund widerfuhr, und wollte helfen. Er sprang auf und wurde im selben Moment von den übrigen noch wartenden Schlangen angesprungen. Rasend schnell legten sich die Schlangen um seinen Körper herum und engten ihn ein. Sofort konnte er nicht mehr atmen und sich auch nicht mehr bewegen. Seine Arme und Beine waren hilflos zusammengepresst. Er hatte das Gefühl, als wenn ihm eine tonnenschwere Last auf den Brustkorb drückte. Schnell verlor er das Bewusstsein.

Jodaryon erging es ähnlich wie seinem Kameraden. Auch er wurde ein Opfer der Schlangen, die ihn anfielen. Das alles ging so schnell, dass er nicht fähig dazu war, selbst einen Abwehrzauber auszusprechen. Jodaryon war nicht einmal mehr in der Lage, ohne Sprache und Gestik einen Zauber zu beschwören. Mit seinem letzten Atemzug vertraute er sich dem Tod an und bedauerte es, dass sich nun die Prophezeiung nicht erfüllen sollte.

*****

Böse lachte Bossus. Er hatte genug gesehen. Zufrieden wandte er sich von seiner Seherkugel ab. Diese beiden dummen Wesen konnten ihm nicht mehr gefährlich werden. Dessen war er sich sicher.

Der Kampf geht weiter

Wie Wasgo und Jodaryon wurden auch Antares und Luziferine von dem Unwetter überrascht. In der Ferne sahen sie eine Mure abgehen, das Getöse davon war bis zu ihnen zu hören.

„Oh weh", sagte Luziferine, „wenn da jetzt jemand drunter begraben wurde! Komm schnell, Antares, wir müssen dahin, vielleicht kann dort jemand unsere Hilfe gebrauchen."Ihre schlimmsten Befürchtungen wollte sie nicht aussprechen.

„Du hast Recht, wir sollten keine Zeit verschwenden und uns schnell dahin machen. Hoffentlich kommen wir nicht zu spät!", erwiderte der Angesprochene.

Damit sie nicht viel Zeit verloren, nahm Antares seine Frau an die Hand und sie liefen, so schnell sie konnten, im Ausdauerlauf zu der Stelle des Murenabgangs. Doch das war gar nicht so einfach bei diesem aufgeweichten Boden. Immer wieder sackten sie bis zu den Knöcheln in den Schlamm ein. Nur mühsam kamen sie voran. Einen guten Bewegungszauber kannte Antares nicht, so dass sie die Strecke wirklich laufen mussten. Als sie endlich ihr Ziel erreichten, konnten sie nichts Auffälliges sehen. Luziferine blickte hoch zum Felsvorsprung. In der Dunkelheit war nur schlecht zu erkennen, was sich dort oben befand. Deutlich konnte sie den Fels ausmachen, aber sie erkannte auch, dass irgendetwas auf dem Fels lag, nur konnte sie nicht sehen, was es war.

Es war ein Gefühl, das sie hatte. Irgendetwas stimmte da oben nicht. Es gab ihr einen Stich in die Brust. Ihr Mutterinstinkt meldete sich. Voller Angst um Wasgo rief sie: „Schnell, Antares, Wasgo, er stirbt!"

Wie vom Donner gerührt blieb Antares stehen. Ehe er begriff, was seine Frau soeben gesagt hatte, schubste sie ihn vorwärts. Plötzlich war er wieder voller Unruhe und wollte zu seinen Sohn eilen, doch schnell laufen konnte er nicht. Der Schlamm behinderte ihn auch jetzt am Vorwärtskommen. Immer wieder blieb er mit den Beinen knietief im Schlamm stecken. Seine Schuhe hatte er schon längst verloren. Die Zeit schien ihm viel zu schnell zu vergehen und es kam ihm vor, dass er nur im Schneckentempo vorwärts kam.

Luziferine versuchte, so schnell sie konnte, hinter ihrem Mann herzulaufen. Zwei oder drei Mal half sie ihm aus dem Schlamm heraus. Doch wertvolle Zeit verstrich dabei. Was sollten sie nur tun, um rascher bei ihrem Sohn sein zu können? Immer wieder rappelten sie sich hoch und versuchten weiterzulaufen. Doch laufen konnte man das wahrlich nicht nennen. Quälend langsam kamen sie im Schlamm voran. Die Zeit verstrich im Eiltempo. Für die Majestät der Berge hatten sie zu diesem Zeitpunkt keinen Blick, sie fühlten unermessliche Angst um Wasgo und Jodaryon.

Alle ihre Kräfte mussten sie aufbieten, um zu ihrem geliebten Sohn und dessen Gefährten zu kommen. Sie waren vollkommen erschöpft. Der Schweiß rann ihnen aus allen Poren. Endlich war der Unglücksort erreicht. Sie sahen nur zwei große Haufen von schwarzen Riesenschlangen, die sich umeinander und um etwas herum geschlungen hatten. Eine Schlange aus dem linken Haufen richtete sich auf und wollte Antares angreifen.

Jedoch war Wasgos Vater schneller als die todbringende Schlange. Er hatte in Gedanken einen Bannzauber gesprochen und den mit ausgestreckten Armen, die er auf die Schlangenhaufen gerichtet hatte, gelenkt.

Doch der Zauber wirkte nicht. Die Schlange schoss auf Antares zu. Jetzt erst wurde ihm klar, warum sein Bannzauber nicht wirken konnte. Es waren magische Schlangen. Für richtige Schlangen war es viel zu kalt. Die gab es hier in der Gegend nicht mehr. Hier half nur ein starker Vernichtungszauber. Das aber würde bedeuten …

Antares konnte im letzten Moment ausweichen. Im Rückwärtsfallen zog er sein Schwert und durchschnitt damit die Luft. Als er sich wieder aufrappelte, sah er, dass die Schlange, die ihn angegriffen hatte, am Boden lag. Zufällig hatte er ihr den Kopf abgetrennt. Er war erstaunt, dass magische Schlangen starben, wenn sie keinen Kopf mehr hatten. Darüber nachzudenken, fehlte ihm jedoch die Zeit. Schnell, sehr schnell musste er handeln. Es ging um Sekunden. Er rief einfach, was ihm einfiel: „Luzifer, erscheine sofort!"

Luziferine hätte nicht gedacht, dass sie ihren Vater noch einmal sehen sollte, wenn ihr Mann ihn rief. Dass überhaupt Antares ihn rief, war für sie unvorstellbar gewesen. Doch nun hatten sie keine andere Chance, sie mussten ihn anrufen. Von Jodaryons Zeitzauber konnten sie nichts wissen, weil sie dem Zauber selbst unterlegen waren. Aber der Höllenfürst war Wasgos Großvater. Luzifer würde doch seinen Enkel nicht sterben lassen. Das trauten Wasgos Eltern ihm nun doch nicht zu.

In einem Film oder einem Märchenbuch erschien der Teufel stets mit viel Feuer und lautem Donnergrollen. Doch das hier war das wahre Leben.

Ohne besonderes Getöse erschien der Höllenfürst und sah, was geschah. Zwei Schlangen griffen Antares an, eine dritte konzentrierte sich auf Luziferine. Luzifer schleuderte zuerst den Antares angreifenden Schlangen Feuerblitze entgegen. Augenblicklich lösten die Bestien sich in Rauch auf. Nur ein ganz kleiner Aschehaufen blieb zurück. Die Asche sah aus, als wenn sie vorher ein Faden eines Kleidungsstückes gewesen wäre. Weitere Blitze schleuderte Luzifer auf die noch lebenden Schlangen. Auch sie lösten sich in Rauch auf. Die schon tote Schlange bedachte er am Ende des Kampfes ebenso mit einem Blitz.

Kaum waren die Schlangen besiegt, liefen Antares und Luziferine zu Wasgo und Jodaryon. Sie lagen reglos auf dem Boden. Luzifer dagegen sah sich erst einmal um.

Antares stellte fest: „Wasgo lebt; so ein Glück aber auch! Hoffentlich können wir ihn nun erwecken."

„Jodaryon lebt auch, dem Himmel sei Dank", sagte Luziferine.

„Du solltest lieber mir danken", beschwerte sich Luzifer.

„Du hast Recht, Vater, das ist das zweite Mal in deiner Existenz, in der du etwas Gutes getan hast", lachte Luziferine, „Aber du kannst gleich damit weiter machen, die Menschen werden dir das eines Tages danken, wenn du nun auch noch dafür sorgst, dass die beiden aufwachen und ihre Mission fortsetzen können."

„Und wann war das erste Mal, dass ich etwas Gutes tat?", fragte der Höllenfürst.

„Das war, als du mich verbannt hast", entgegnete Luziferine ernst, „sonst wäre Wasgo nie geboren worden."

„Hm", machte Luzifer unwillig, „mir scheint es, dass ich genau das Gegenteil machen sollte. Ich sollte euch alle einfach mit mir in die Unterwelt nehmen. Aber da kommen die beiden gerade her. Ich habe sie ja gehen lassen müssen, weil ihr mir erklärt habt, dass es nicht anders geht. Jetzt ist es genau dasselbe."

Antares und Luziferine sahen sich ratlos an. Sie verstanden nicht, was der Herr der Hölle soeben ausgesprochen hatte. Wie sollten sie das auch können! Als Jodaryon den Zeitzauber angewandt hatte, waren sie ihm genauso unterworfen gewesen wie alle anderen Geschöpfe auf der Erde auch. Sie wurden in die Vergangenheit zurückversetzt und das Gespräch mit Luzifer, in dem sie ihn zu ihren Verbündeten gemacht hatten, hatte für sie nicht stattgefunden. Die Menschen hatten durch Jodaryons Zeitzauber alles das vergessen, was sich von dem Zeitpunkt an ereignet hatte, als Wasgo in Bossus' Gefangenschaft geriet, bis zu dem Zeitpunkt als Jodaryon die Zeit dahin zurückversetzte, um Wasgos Gefangennahme verhindern zu können.

Aber Luzifer war der Höllenfürst. Die Zeit auf der Erde wurde zurückgedreht, nicht aber in der Hölle. Deshalb konnte er sich noch genau an das Gespräch mit seiner Tochter und ihrem Mann erinnern und handelte jetzt als ihr Verbündeter, der er notgedrungen für sie sein musste. Er wollte als Höllenfürst schließlich weiter existieren.

Luzifer ging zu Wasgo und Antares. Er sah seinem Schwiegersohn ins Gesicht und knurrte: „Ich muss sie retten, weil ich sonst verloren bin. Das ist schlimm, sehr schlimm. Aber ich schwöre dir, wenn die Welt wieder normal ist, dann werde ich euch nicht mehr gehen lassen, wenn ich euch in meine Finger kriege."

Antares erwiderte mutig: „Nur keine Sorge, das wird nicht noch einmal geschehen, wir werden in Zukunft noch besser aufpassen. Dich werden wir nicht mehr um deine Hilfe bitten."

Luzifer wurde böse und stieß Antares brutal weg. Seine Tochter schimpfte mit ihm, doch er drohte ihr mit dem Zeigefinger und sagte: „Treibt es nicht zu weit. Ich habe immer eine Möglichkeit, um euch in die Hölle zu holen, wenn ich das will."

„Deshalb hast du mich verbannt, Vater!", rief Luziferine, „Und ich bin froh darüber!"

Als Antwort darauf stieß Luzifer voller Wut seinen linken Zeigefinger gegen Wasgos Brust, dorthin, wo das Herz war, das gleiche tat er mit Jodaryon. Dann verschwand er schnell, indem er unsichtbar wurde.

Wasgo und Jodaryon stöhnten und hielten sich die Hände an die Brust. Mit schmerzverzerrtem Gesicht grummelte der ältere Mann: „Mir ist so, als wenn ich eine Tonnen schwere Last auf meiner Brust gehabt hätte."

„Und ich habe keine Luft mehr bekommen, was ist passiert?", fragte Wasgo, dem unbewusst Tränen über das Gesicht liefen. Erst jetzt sah er seine Eltern. Sofort sprang er auf seine Beine, verzog vor Schmerzen das Gesicht, lief aber sofort weiter zu Luziferine und Antares und umarmte sie gleichzeitig und rief voller Freude und Überraschung: „Vater, Mutter, was macht ihr denn hier? Wie kommt ihr hier her?"

„Langsam, mein Junge", mahnte Antares gutmütig.

„Nicht so stürmisch, mein Sohn", lachte Luziferine. Für den Moment war ihre Angst um Wasgos Leben, die sie kurz zuvor noch verspürt hatte, vergessen.

Jodaryon stand ebenfalls auf und drehte sich diskret von der kleinen Familie weg. Er wollte nicht stören. Doch als er ein paar Schritte weiter gehen wollte, hörte er Wasgo sagen: „Jodaryon, komm bitte her zu uns, sieh nur, wer hier ist, meine lieben Eltern haben uns gefunden."

Der ältere Mann drehte sich also zu den dreien um und ging auf sie zu. Mit einem Handschlag begrüßten sich Jodaryon und Antares, vor Luziferine verneigte sich Jodaryon. „Was ist geschehen?", fragte er Wasgos Eltern nach der Begrüßung.

Antares erzählte, wie sie aus der Ferne gesehen hatten, dass eine Mure abgegangen war, und was sie danach erlebt hatten.

Jodaryon schüttelte seinen Kopf und sagte: „Das hätte ich nicht gedacht, dass einmal der Höllenfürst persönlich sich dazu verpflichtet fühlt, mir das Leben zu retten ." Dann schlug er vor, diesen Ort des Schreckens, an dem sie sich immer noch befanden, zu verlassen. Sie wollten weitergehen, bis sie eine Felsspalte oder eine Höhle fanden, die ihnen etwas Schutz vor schlechtem Wetter bieten konnte. Jodaryon drehte sich zu seinen Sachen um, die er zum Trocknen auf den Felsvorsprung gelegt hatte. Als er sie berührte, zerfielen sie zu Staub. Wasgo erging es mit seinen Kleidungsstücken nicht anders.

Sie zuckten mit den Schultern und gingen weiter nach Westen. „Das hat uns Bossus angetan. Aber vielleicht erwächst uns daraus ein kleiner Vorteil. In jedem Fall müssen wir aber noch vorsichtiger sein", meine Jodaryon. Er fluchte auf den Herrscher der Welt in einer ausgereiften Kunst, die wir hier nicht wiedergeben sollten.

Tadelnd sah Wasgo seinen Gefährten an und sagte: „Was soll meine Mutter von dir denken, Jodaryon? Warum bist du nur immer so schlecht gelaunt?"

Jodaryon verstummte und sah zu Wasgos Mutter, die so tat, als wenn sie nichts gehört hätte.

Aus der Ferne vernahmen sie den Schrei eines Adlers. Luziferine sah Antares an. Er verstand, was seine Frau dachte, und nickte ihr zu.

*****

Die Wanderung ging weiter. Es wurde ein anstrengender Fußmarsch über Geröllhalden und durch unwegsames Gelände. Ihr Weg führte sie ständig bergauf und bergab. Dann mussten sie ein um das andere Mal schmale Schluchten queren. Es kam auch ab und zu vor, dass ihr Weg von Felsblöcken versperrt wurde und sie diese überklettern mussten. Als sie das erste Mal einen solchen Felsen zu erklettern hatten, fragte Wasgo Jodaryon, warum er nicht seinen Zauber anwendete, mit dem sie schweben konnten. Jodaryon antwortete darauf, dass er das schon tun könnte, aber es nicht gut wäre, weil er damit Bossus sofort auf sie aufmerksam machte. Die Zauber, die sie anwendeten, könne Bossus registrieren, weil magische Energie sich anders verhalte als normale Energie. Sie sei viel zu lange in der Atmosphäre zu spüren. Auch er, Jodaryon, bemerke es, wenn irgendwo in ihrer Umgebung ein Zauber ausgelöst werde.

„Und warum hast du die magischen Schlangen nicht bemerkt?“, fragte der junge Mann weiter.

„Doch, ich habe sie bemerkt, aber da war es schon zu spät. Das war ein ganz gemeiner Zauber. Bossus wollte uns töten. Er hat seine Seherkugel eingesetzt. Durch sie hat er uns die magischen Schlangen auf den Hals gehetzt. Dadurch geht viel magische Energie verloren. Ich spürte, dass gezaubert wurde, nahm aber an, dass es viel weiter weg sei.

Es kam nicht viel Energie zu mir, so dass ich sie nicht lokalisieren konnte. Und als die erste Schlange mich angriff, wusste sie genau, wie sie ihren Angriff ausführen musste, um mich auszuschalten. Ich wollte Bossus nie töten, aber ich glaube jetzt, dass wir es müssen. Sonst werden wir nie unsere Ruhe finden. Auf jeden Fall werde ich in Zukunft viel vorsichtiger sein und auch alles, was sich hinter uns befindet, genau beobachten."

Der junge Mann überlegte, dann fragte er: „Warum kann ich es nicht merken, wenn irgendwo jemand zaubert?"

„Du könntest es auch, wenn dir jemand erklärte, wie du es bemerken kannst", erwiderte Jodaryon.

„Vater, kannst du es bemerken, wenn jemand zaubert?", wandte sich Wasgo an Antares.

„Nein, mein Junge, leider nicht. Ich habe dir alles beigebracht, was ich konnte. Ich kann bis jetzt noch nicht viel mehr", antwortete Antares.

„Kannst du mir das bitte beibringen, Jodaryon?", fragte der junge Mann.

„Das kann ich, aber erst, wenn wir Bossus besiegt haben. Wir haben dafür jetzt keine Zeit mehr", entschied Jodaryon mürrisch.

Nach zwei Stunden erreichten sie einen Felsvorsprung, der beinahe wie eine Höhle war. Es war fast so, als wenn jemand mit einem Hammer und einem Meißel Gestein aus einer Felswand herausgeschlagen hätte. Drei Meter vertiefte sich der Fels an dieser Stelle, so dass er die vier Wanderer vor der Witterung schützen konnte. Sie suchten etwas Holz und Strauchwerk zusammen, womit sie ein Feuer machen konnten.

*****

Bossus war allerbester Laune. Dass seine Widersacher endlich tot waren, dessen war er sich gewiss. Die Schlangen hatten sie unter sich begraben. Doch nun wollte er seinen Erfolg noch einmal auskosten. Er wollte die Schlangen zurückholen und sich seine toten Feinde noch einmal ansehen, bevor sie von Tieren gefressen wurden oder einfach nur verfaulten. So stellte er sich vor die Seherkugel und beschwor sie. Sie begann in verschiedenen Farben zu leuchten. Die Farben verblassten allmählich und wurden dunkler. Die Seherkugel des Bossus wurde so dunkel wie die Nacht. Angestrengt schaute der Herrscher der Welt in sie hinein. Nichts konnte er erkennen, außer einem Felsvorsprung, vor dem Schlamm und Geröll einer Mure lagen. Kein Wasgo und auch kein Jodaryon waren dort zu sehen. Unruhe breitete sich in Bossus aus.

‚Das kann doch nicht sein, irgendwo müssen sie doch sein!', dachte Bossus. Er suchte die Umgebung der Mure ab und konnte nichts finden. Nach magischer Energie suchte er und fand sie genau vor dem Felsvorsprung. ‚Wer mag dort nur sein Unwesen getrieben haben? ', fragte sich Bossus noch einmal. Er musste nur die magische Energie untersuchen, dann wusste er, wer da gezaubert hatte. Ein Fernrohr brauchte er. Das Gerät, welches er sich nun aus einer kleinen Anrichte holte, war aber kein gewöhnliches Fernrohr. Mit ihm konnte der böse Mann sehen, wer die magische Energie hinterlassen hatte.

Er stellte sich an die Seherkugel und nahm das Fernrohr vor sein rechtes Auge. Nun beschwor er die Kugel, die magische Energie auf sein Fernrohr zu lenken. Und tatsächlich funktionierte dieser Trick. Einen Mann konnte er im Fernrohr erkennen. Es war ein Mann in einem schwarzen Umhang. Er hatte weiße Handschuhe an und ein rotes Gesicht. Lange graue Haare und ein grauer Vollbart verzierten das Gesicht.

Völlig verständnislos glotzte Bossus. Er konnte es nicht fassen. Selbstverständlich erkannte er den Mann sofort, wie hätte er ihn nicht erkennen sollen! Sie waren doch Verbündete gewesen! Bis sich der Kerl dann ohne eine Erklärung gegen ihn gewandt hatte. Bis heute konnte der Herrscher der Welt nicht verstehen, warum sich Luzifer von ihm abgewandt hatte. Hatte sich etwa der Herr der Unterwelt die Kadaver der beiden Zauberer geholt? Aber das konnte nicht sein. Was sollten Jodaryon und Wasgo in der Unterwelt, was sollten sie in der Hölle? Nur schwarze Seelen mussten in der Hölle schmoren. Aber Jodaryon und Wasgo hatten so eine schwarze Seele nicht. Also was hatte Luzifer mit ihnen zu schaffen?

Unablässig zerbrach Bossus sich den Kopf. Vergeblich, alle seine Überlegungen blieben erfolglos. Immer und immer wieder zermarterte er sich das Gehirn, um herauszufinden , was um alles in der Welt bloß Luzifer mit Jodaryon und Wasgo verband.

*****

Über dem Feuer bereitete Luziferine eine kleine Mahlzeit für ihre Familie und Jodaryon zu. Sie war glücklich, wenigstens für ein paar Stunden ihren Sohn wieder bei sich haben zu können. Und wie Mütter so sind, Luziferine machte da keine Ausnahme, verwöhnte sie gerne ihren Jungen. Mit Stolz sah sie, dass er nun zu einem richtigen Mann gereift war. Er hatte viel von Jodaryon gelernt, war aufmerksam und verantwortungsbewusst und konnte seine Kenntnisse, die er erlangt hatte, anwenden. Außerdem kam er ihr noch schöner vor als damals, als er noch bei seinen Eltern gelebt hatte. Sie beobachtete ihn, wie er mit seinem Vater umging. Er trat Antares gegenüber selbstsicher auf, und doch erwies er ihm dabei seine Achtung und seinen Respekt, den Antares als Wasgos Vater von seinem Sohn verdient hatte.

Locker und ungezwungen tauschten sie ihre Erlebnisse miteinander aus, auch Jodaryon beteiligte sich lebhaft an den Gesprächen Wasgos mit Antares. Ein hartes Herz hatte der alte Zauberer, aber es war ein gutes Herz. Jodaryon hatte in seinem Leben viel Schlimmes erleben müssen. Er hatte mit ansehen müssen, wie sein bester Freund starb. Es wurden schon kurz nach der großen Schlacht, die Jodaryon damals gegen Bossus verloren hatte, heimlich viele Lieder über Jodaryon den Fröhlichen und Gutmütigen gesungen oder Geschichten hinter vorgehaltener Hand darüber erzählt, wie Jodaryon zu Jodaryon dem Harten und Unbarmherzigen geworden war.

Nachdem Luziferine alles für eine gute Mahlzeit vorbereitet hatte, war diese von den vier Wandersleuten schnell verspeist worden. Danach legten sie sich schlafen. Mit der Nachtruhe wechselten sie sich ab, zuerst schliefen Luziferine und Wasgo, danach Antares und Jodaryon. Während zwei Wanderer schlafen durften, hatten die anderen über ihren Schlaf zu wachen und aufzupassen, dass nichts Böses passierte.

Am nächsten Morgen brachen sie gemeinsam auf. Nach etwa zwei gemeinsamen Wegstunden erreichten sie eine Wegkreuzung. Jodaryon blieb stehen und fragte, was das Ehepaar vorhatte. Bestimmt sagte Antares, dass es an der Zeit sei, sich wieder zu trennen. Er wollte mit Luziferine in den nächsten Ort gehen und das Totenreich umwandern. So konnten sie von Osten an den Schrein des Bösen vordringen. Auf diese Art wollten Wasgos Eltern Bossus von Jodaryon und Wasgo ablenken. Sie hofften, dass ihnen das gelang.

Jodaryon erklärte, dass er mit Wasgo auf direktem Wege zum Schrein kommen wollte. Aber dafür mussten die beiden das Totenreich durchqueren. Es konnte sein, dass sie in einen Kampf verwickelt wurden. Das schien Jodaryon sogar sehr wahrscheinlich. Aber das mussten sie eben in Kauf nehmen.

Sie verabschiedeten sich voneinander. Niemand konnte es ahnen, dass Wasgo schon sehr bald noch einmal mit dem Tode kämpfen musste. Und noch weniger ahnten sie, wie sein Todeskampf ausgehen sollte. Doch nun gingen die vier Kämpfer für die Freiheit der Welt wieder getrennte Wege.

*****

Bossus war wie besessen von dem Gedanken, dass es zwischen Luzifer, dem Höllenfürsten, und den beiden Zauberern Wasgo und

Jodaryon eine Verbindung geben musste. Es musste doch eine Möglichkeit geben, das herauszufinden! Er befahl einen seiner Ratgeber zu sich. Der Kerl sollte sich darum kümmern und ihn über das Ergebnis möglichst schnell informieren.

Der Befehl wurde an einen Soldaten weitergegeben. Dieser Soldat musste eine zivile Jacke und Hose anziehen und in das Dorf gehen, das sich unweit vom Schrein des Bösen befand. Dort sprach er mit den Bauern und einfachen Leuten. Er erfuhr, dass Luziferine die verbannte Tochter des Luzifer war und sie und Antares Wasgos Eltern waren. Das war die Verbindung, die Bossus fehlte. Außerdem erfuhr er, dass Wasgo und Jodaryon zum Totenreich unterwegs waren und Luziferine und Antares dieses mieden. Sie gingen durch die Dörfer und durch das Tal um das Totenreich herum und wollten auf diesem Wege zum Schrein vordringen. Der Soldat ging frohen Mutes zu seinem Vorgesetzten zurück und erzählte dem, was er herausgefunden hatte. Der wiederum informierte seinen Herrn.

Nun konnte Bossus die Zusammenhänge erkennen und beschloss, sich auf Jodaryon und Wasgo zu konzentrieren. Sie waren ungleich gefährlicher als Antares und Luziferine. Es war sehr wahrscheinlich, dass es zu einem Kampf zwischen Bossus auf der einen Seite und Wasgo und Jodaryon auf der anderen Seite kommen musste. Das war Bossus nun endlich bewusst. Luziferine besaß keine oder eben nur unbedeutende magische Kräfte und Antares war nicht stark genug, um in diesen Kampf einzugreifen.

Deshalb nämlich wagten sie den Weg durch das Reich der Toten nicht. Ihr Weg durch das Tal würde sie viel zu lange aufhalten, so dass Bossus sich ab sofort um Jodaryon und Wasgo kümmern konnte. Dass alles so war und nicht anders sein konnte, dessen war sich Bossus hundertprozentig sicher. Ob er damit vielleicht einen Fehler beging? Nein, er war sich sicher, dass er jetzt Jodaryon und Wasgo besiegen werde. Um Antares und Luziferine wollte er sich danach kümmern. Auch sie sollten sterben.

Er beschwor seine Seherkugel, um die beiden Zauberer zu suchen. Tatsächlich fand er sie. Und sie machten ihm einen sehr konzentrierten Eindruck. ‚Willkommen in den Bergen', dachte Bossus hämisch. Er beschwor seine Seherkugel erneut und schickte seinen beiden Widersachern einen weiteren bösen Zauber entgegen.

*****

Der linke Arm des Jodaryon legte sich auf die Schulter seines jüngeren Reisegefährten. „Ich fühle etwas", sagte Jodaryon, „lass uns stehen bleiben und die Gegend beobachten."

„Hat jemand einen Zauber ausgelöst?", fragte Wasgo.

„Ich fühle es. Und es war nicht irgendjemand, sondern Bossus", meinte der Ältere.

„Was hat er vor?", fragte Wasgo weiter.

Die Berge beobachtend und sich langsam umdrehend antwortete Jodaryon grimmig: „Wenn ich das nur wüsste! Dann wären wir einen Schritt weiter. Lass uns weiter gehen, aber langsam, und lass uns noch mehr als bisher die Augen offen halten! Uns darf nichts entgehen, unser Leben könnte davon abhängen."

Wasgo hatte verstanden und hochkonzentriert ging er weiter. Mit seinen Augen durchdrang er die Dunkelheit. Wasgo war jung und gesund, seine Augen hatten sich an die ewige Dunkelheit gewöhnt. Er kannte nichts anderes und so war er in der Lage, besonders gut sehen zu können. „Da, die Steine, ein Steinschlag kommt auf uns nieder!", schrie er plötzlich total aufgeregt. Er glaubte schon, seine letzte Stunde sei gekommen.

So gut wie sein junger Begleiter konnte Jodaryon nicht mehr sehen. Aber er konnte sich auf ihn verlassen. Als der seinen ersten angsterfüllten Schrei in Worte formulierte, hatte Jodaryon schon einen Gegenzauber den auf ihn und Wasgo herabstürzenden Gesteinsmassen entgegengeschleudert.

„Torres snieseterix steene verstoberen torres torres“, rief er mit seiner lauten und tiefen Stimme dem Steinschlag entgegen.

Danach mussten beide husten, den Steinschlag konnte Jodaryon nicht aufhalten, aber er schaffte es, dass die vielen Steine wie ein Wunder als Staub zur Erde hinab fielen. Dieser Staub bedeckte nicht nur ihre Körper, sondern drang ihnen tief in die Lungen ein und verursachte so einen quälenden Hustenreiz.

Sie schüttelten den Staub von ihren Kleidern und Körpern und mussten immer wieder husten, weil sich der Staub der aufgelösten Steine abermals in der Luft ausbreitete.

Aus dem durch den Hustenreiz geschüttelten Körper des alten Mannes konnte Wasgo die Worte verstehen: „Los, lass uns weitergehen, bloß schnell fort von hier, aber pass auf! Es droht uns noch mehr Unheil.“

Der junge Mann nahm seinen Lehrer und Meister an den Arm und stützte ihn. Gemeinsam gingen sie weiter. Der Staub legte sich langsam und die beiden Männer bekamen allmählich wieder klare, saubere Luft in ihre Lungen. Dankbar atmeten sie tief durch. Jodaryon erholte sich schnell von seinem Husten und sagte: „Danke, mein junger Freund. Ich war wie festgenagelt und konnte nicht mehr gehen. Gut, dass du mir geholfen hast, dort wegzukommen.“

„Bitte danke mir nicht, mein lieber Jodaryon, du hast uns mit deinem Zauber das Leben gerettet, sonst hätte ich dich nicht von diesem bösen Ort wegführen können“, antwortete der junge Mann verlegen mit sanfter Stimme.

*****

Wieder raste und tobte Bossus vor seiner Seherkugel. Er musste mit ansehen, dass Jodaryon es schaffte, auch seinen letzten Zauber wirkungslos zu machen. Seine Feinde kamen näher und näher. Ein Zweikampf zwischen ihm und den Zauberern schien nun immer unausweichlicher zu werden. Der Zeitpunkt dafür rückte immer näher. Bossus bemerkte das erste Mal so etwas wie Angst in sich aufsteigen. Alle seine Zauber, die er gegen Wasgo und Jodaryon eingesetzt hatte, wurden unwirksam gemacht, meist von Jodaryon oder Wasgo selbst und einmal durch Luzifer zu einem Augenblick, als Bossus sich schon wie der sichere Sieger gefühlt hatte. Aber er wollte nicht aufgeben, das kam überhaupt nicht in Betracht. Noch einmal beschwor er seine Seherkugel. Dieses Mal wollte er es auf jeden Fall schaffen, wenigstens einen seiner beiden ärgsten Feinde zu töten! Wen von beiden sich Gevatter Tod holen wollte, sollte ihm egal sein. Ob es Wasgo oder Jodaryon war, der sterben musste, konnte Bossus einerlei sein, denn Wasgos magische Kräfte wuchsen von Tag zu Tag, von Stunde zu Stunde weiter an. Der junge Mann war schon bald so mächtig wie sein älterer Weggefährte.

*****

Während Luziferine und Antares unbehelligt durch das Tal wandern konnten und so dem Schrein des Bösen immer näher kamen, konzentrierte sich Bossus' Boshaftigkeit auf Jodaryon und Wasgo. Die zogen auf ihrem Weg weiter. Sie waren sich einig, dass sie ab sofort noch besser aufpassen mussten. Was der eine mit seinen Augen erreichen konnte, schaffte der andere durch sein Gefühl. Ständig beobachteten sie ihre Umgebung, die Berge. Viele Gefahren konnten hier auf sie warten. Sie befanden sich in einem für sie sehr gefährlichen Abschnitt der Bergwelt. Murenabgänge und Steinlawinen waren ständig möglich.

Steinböcke gab es hier in der Gegend ebenso. Ein Steinbock musste nicht unbedingt scheu sein. So ein Tier konnte schon einmal ein Gewicht von einhundertdreißig Kilogramm erreichen. Wenn so ein Steinbock auf einen Menschen zueilte und ihn angriff, konnten seine Hörner für den Menschen sehr gefährlich werden. Deshalb war es besser, wenn man einem lauernden Steinbock aus dem Weg ging.

Unsere Helden waren den ganzen Tag über unterwegs und brauchten eine etwas längere Rast. Sie mussten etwas essen und trinken, aber auch Schlaf hatten sie nötig. So schlugen sie ihr Lager auf. Wasgo machte ein Feuer. Einen Schlafplatz richteten sie sich so dicht am Feuer wie nur irgendwie möglich ein. Dabei achteten sie darauf, dass nichts in ihrer Nähe war, was Bossus als Waffe gegen sie einsetzen konnte. Alles Gepäck, das sie mit sich führten, stellten sie weit entfernt von sich an eine Felswand. Der Platz ihres Lagers war so von beiden Männern ausgewählt, dass kein Steinschlag oder keine Mure sie überraschen konnte. Sollte sie ein Tier angreifen wollen, so hatte es nur über das Feuer die Möglichkeit dazu, das zu tun. Außerdem sollte immer nur einer von ihnen schlafen dürfen. Wenn Jodaryon schlief, sollte Wasgo wachen und umgekehrt. Einer achtete auf den anderen, so dass ihm nichts passieren konnte oder sollte.

Hierzu benötigten sie grenzenloses Vertrauen zueinander. Aber für Wasgo war es überhaupt keinen Gedanken wert, Zweifel an Jodaryon in sich aufkommen zu lassen. Jodaryon hatte ihn aus den Fängen des Bossus befreit, hatte seine Ausbildung erweitert und abgeschlossen. Er hatte ihm nicht nur einmal das Leben gerettet. Für Wasgo war der alte Zaubermeister wie ein Vater geworden, mehr sogar noch. Er wurde für den jungen Mann Vater, Lehrer und Freund in einer Person. Wenn Jodaryon auch etwas mürrisch und mit Wasgo oft sehr streng war, würde Wasgo ihm immer sein Leben anvertrauen, denn lieber würde Jodaryon sterben, als Wasgos Leben zu gefährden. Daran glaubte der junge Mann ganz fest!

Dem alten Mann erging es ebenso. Auch Wasgo hatte ihm schon das Leben gerettet und ihn aus der fünfhundert Jahre lang andauernden Gefangenschaft befreit. Dadurch hatte Jodaryon seine magischen Fähigkeiten zurückbekommen, also auch das hatte er dem jungen Mann zu verdanken. Zu der Zeit, als Jodaryon und Wasgo lebten, war es für einen Zauberer üblich, erst Kinder in die Welt zu setzen, wenn sie älter als einhundert Jahre waren.

Jodaryon war, als er dieses Alter erreichte, schon in Gefangenschaft geraten, nachdem er mit seinen Heeren die Schlacht gegen Bossus verloren hatte. Es war ihm nicht vergönnt, ein Kind zu haben. Sein Weggefährte und Mitstreiter war ihm so lieb geworden, dass er für ihn tatsächlich nicht nur freundschaftliche, sondern auch väterliche Gefühle entwickelt hatte. Er hatte dem jungen Mann so viele Zaubertricks beigebracht, hatte ihm so viel vom Leben erklärt, hatte ihn auch schon so manches Mal nachts zugedeckt, als er sich im Schlaf seine Decke vom Körper gezogen hatte. So oft sah der Junge ihn für seine Freundschaftdienste dankbar an. Gerne hätte der alte Mann den jungen Burschen einmal in seine Arme genommen, aber das traute er sich dann doch nicht. Zu jeder Zeit würde er sein Leben diesem Jungen anvertrauen. Wasgo würde Jodaryon nicht enttäuschen. Das wusste der alte Zauberer mit absoluter Sicherheit.

Nachdem sie schweigsam gegessen hatten, befahl Jodaryon: „Verstaue alles wieder in deinem Gepäck, und zwar so, dass wir morgen früh sofort weitermarschieren können! Danach legst du dich schlafen. Ich wecke dich später, damit auch ich etwas schlafen kann, und dann wachst du über uns."

Schnell hatte Wasgo alles erledigt. Jodaryon sah ins Feuer und entspannte sich, als er plötzlich eine Hand auf seinem Arm spürte. „Willst du dich nicht zuerst etwas ausruhen und schlafen?", fragte der junge Mann.

„Nein, mein Junge, du brauchst mehr Schlaf als ich. Lege dich nur hin und schlafe. Ich pass gerne auf dich auf, dass dir nichts Böses geschieht", antwortete Jodaryon fast liebevoll und sah Wasgo dabei direkt ins Gesicht.

Aus seinen freundlichen Augen erwiderte der junge den Blick des alten Mannes und sagte leise: „Danke, mein Freund."

Jodaryon stand auf und zog den Jugendlichen, der Wasgo mit seinem Alter von achtzehn Jahren noch war, zu sich. Der ließ es geschehen. Umständlich nahm Jodaryon seinen jungen Freund nun doch in seine Arme und drückte ihn sanft an sich. „Es ist alles gut, mein Junge, ich bin stolz darauf, dass wir so gute Freunde sein können und uns gegenseitig unser Leben anvertrauen. Ich werde immer auf dich aufpassen, denn du bist mir wie ein Sohn in der Zeit unserer Abenteuer geworden. Was wir alles schon zusammen erlebt haben, das erleben viele Väter nicht mit ihren Söhnen", sagte der Alte und streichelte dem jungen Mann über die Haare und sein Gesicht.

Und dann sagte er in einem befehlenden Ton, der keine Widerrede duldete: „Und nun lege dich schlafen! Aber sofort!"

Wasgo kam gerne der Aufforderung seines väterlichen Freundes nach. Kaum lag er nah am Feuer und spürte dessen Wärme an seinem Körper, übermannte ihn eine tiefe Müdigkeit. Noch dachte Wasgo über die Zärtlichkeit des älteren Mannes nach, die er soeben das erste Mal von Jodaryon empfangen hatte. Der Jüngling spürte es immer deutlicher, dass Jodaryons Herz aus Eis langsam ein warmes und mitfühlendes Herz wurde. Die Nachtgespenster kamen und trieben ihren sanften Schabernack mit Wasgo und schickten ihn in das Land der Träume.

Jodaryon wachte über den jungen Mann. Mehrmals sah er sich den schlafenden Jüngling an, der ruhig und zufrieden wirkte, dessen jugendliche Schönheit ihn eher dazu verleiten ließ, Wasgo zu behüten und zu beschützen, aber nicht, mit ihm in einen Kampf auf Leben und Tod zu ziehen.

Weder der alte Zauberer noch die Nachtgespenster ahnten, dass der junge Mann schon am nächsten Tag nach dem Willen des Herrschers der Welt sterben sollte.

*****

Bossus tobte. Schon wieder waren seine Feinde entkommen. Schon wieder hatten sie seinem Zauber widerstehen können. Was für einen Schutzengel mussten sie nur haben, dass alle seine Bemühungen, die ungleichen Gefährten zu töten, misslungen waren? Voller Wut packte er die Seherkugel und schleuderte sie in irrer Raserei gegen die Wand. Wäre zu diesem Zeitpunkt einer seiner Diener bei ihm gewesen, hätte er ihn in Stücke gehauen. So war es die Seherkugel, die den Hass des Bossus ausbaden musste. Sie prallte gegen die Wand und zersprang mit einem lauten Knall in Tausende von kleinen Einzelteilen. Dicker, schwarzer Rauch quoll aus der zerstörten Seherkugel hervor. An der Stelle der Wand, an der die Kugel auftraf, züngelte für wenige Sekunden ein munteres Feuer in roten und blauen Farben.

Bossus verspürte einen plötzlichen Schmerz in seiner Brust, als die Seherkugel durch den Aufprall an der Wand zersprang. Sein Herz schmerzte ihm und automatisch griff er sich an die Brust. Seine Macht war erschüttert. Er hatte sich selbst eines seiner Machtinstrumente beraubt. Aber noch war nichts verloren. Wenigstens dachte das der böse Mann.

Mit seiner rechten Hand ergriff er das magische Fernrohr und lief auf das Dach seiner Machtzentrale, dem Schrein des Bösen. Von dort sah er mit Hilfe des Fernrohres zu den Bergen hinüber, in denen sich seine Feinde Jodaryon und Wasgo aufhielten. Mit der linken Hand hielt er das Fernrohr, die rechte Hand stieß er dem Hochgebirge entgegen. Ein grauer Strahl schoss aus Bossus' Zeigefinger hervor. Dieser Strahl nahm seinen Weg zum Gipfel eines Berges. Auf dem Gipfel stand ein einzelner, einsamer Steinbock. Dieses Tier war ein besonders beindruckendes und furchteinflößendes Exemplar seiner Gattung.

Auf zwei sehr kräftigen Hinterläufen und stabilen Vorderbeinen befand sich ein starker, mächtiger Oberkörper. Lange Hörner, die nach hinten etwas geschwungen waren, kamen ihm oberhalb der Augen aus dem Kopf heraus. Dieses Tier sah gefährlich aus. Der graue Strahl traf den Steinbock, der in dem Moment, als er den Strahl in sich aufnehmen musste, einen lauten, furchtbaren Schrei ausstieß und sofort vom Gipfel bergab stürmte.

Bossus lachte böse und blieb auf dem Dach seines schlimmen Schreins stehen. Er entspannte sich und wollte genießerisch verfolgen, was nun geschah.

*****

Nachdem Jodaryon seinen jungen Freund vier Stunden hatte schlafen lassen, weckte er ihn. Es dauerte einen kleinen Moment, bis Wasgo die Augen aufschlug. Als er Jodaryon sah, war er sofort hellwach und räumte das Schlaflager, damit sich der alte Mann zur Ruhe ausstrecken konnte. „In zwei Stunden weckst du mich“, befahl Jodaryon ihm. Der junge Mann wollte protestieren, doch Jodaryon lächelte ihn kurz an und sagte: „Es ist gut, mein junger Freund. Ich brauche nicht so viel Schlaf, wir müssen rechtzeitig weitergehen.“

Wasgo blieb nichts anderes übrig, als den Wunsch Jodaryons zu befolgen. Er staunte darüber, dass der alte Mann ihm ein Lächeln schenkte. Es war zwar nur ein kurzes, aber überhaupt sein erstes Lächeln, welches er von Jodaryon bekam. Schnell schlief der Ältere ein und erholte sich in den zwei Stunden, die er sich zum Ausruhen und Schlafen gönnte.

Danach gingen sie weiter. Es war zur frühen Morgenstunde. In der Ferne konnte Wasgo einen Steinbock erkennen. Das erzählte er dem älteren Mann.

„Wohin bewegt sich das Tier?“, fragte Jodaryon.

„Ich weiß es nicht genau, ich glaube…“, Wasgo sah in die Richtung; in der er den Steinbock entdeckt hatte. Er beobachtete das Tier genau und sagte: „Ich glaube, der Bock hat ein Problem. Er macht mir einen sehr aggressiven Eindruck. Ich glaube, der kommt genau auf uns zu gerannt.“

„Dann sollten wir uns darauf vorbereiten, dass wir uns schnell aus den Staub machen müssen. Bleibe dicht bei mir, mein junger Freund“, mahnte der alte Mann ernst.

Nach weiteren fünf Minuten kam ihnen der Steinbock tatsächlich entgegengestürmt. Mehrmals blieb das Tier stehen und blickte wild um sich. Es schnaubte kräftig. Dann hielt es direkt vor Wasgo und Jodaryon an. Es war nicht gewillt, ihnen den Weg freizugeben. Im Gegenteil nahm es eine Angriffshaltung ein. Jodaryon versuchte mit leiser Stimme das Tier zu beruhigen. Doch seine Versuche waren vergebens. Er bedeutete Wasgo, der dieser Aufforderung sofort folgte, sich ganz dicht an ihn zu stellen. Angst hatte er nicht, aber er wollte Jodaryon die Situation nicht erschweren.

Der Steinbock schnaufte und sein Atem stieg ihm in Nebelschwaden sichtbar aus den Nasenlöchern. Den Kopf hatte er gesenkt und scharrte mit den Hufen am Boden. Angriffslustig bewegte er den Kopf abwechselnd auf und ab. Jeden Moment konnte das Tier zum Angriff übergehen. Unsere Helden waren darauf vorbereitet. An diesem Steinbock kamen sie nicht vorbei, der gab den Weg niemals frei. Klüger war es, ihm aus dem Weg zu gehen.

Jodaryon sagte leise: „Wasgo, mein Junge, nun geht es unseren größten Gefahren entgegen. Gib mir deine Hand und vertraue mir. Und vertraue dir vor allem selbst. Du kannst ab jetzt nichts mehr falsch machen. Egal, was du tust, mein Freund, es wird uns helfen. Wir werden nun dem Steinbock hier den Weg freimachen. Erschrecke nicht, es wird dir etwas seltsam vorkommen, was jetzt passiert."

Die Armee der Skelette

Sie wollten also dem Steinbock den Weg frei machen. Kaum hatte Jodaryon das ausgesprochen, als sie sich in einem Wirbel befanden. Alles um sie herum wurde schwarz und ein starker Luftzug erfasste sie. Wie von einer unsichtbaren Hand wurden sie vom Erdboden erhoben. Sanft flogen Jodaryon und Wasgo über die Erde dahin. Der Jüngling konnte sich denken, dass es nur ein Zauber des Jodaryon sein konnte, der sie so schnell von einem Ort zum anderen trug. Aber wohin brachte der Zauber sie? Vielleicht an den Rand des Totenreiches? Was für Prüfungen erwartete sie dort? Welche Abenteuer hatte Wasgo wohl bald zu bestehen? Plötzlich war der Luftzug verschwunden und unsanft prallte er gegen Jodaryon.

Sie standen am Rand einer steinernen und sandigen Ebene, die früher einmal eine Almwiese gewesen sein mochte. Vor ihnen erstreckte sich ein Wald. Als sie in diesen eintreten wollten, erlebten sie eine unangenehme Überraschung. Hinter den Bäumen tauchten Skelette auf. Wasgo hörte Jodaryon sagen: „Hier fängt das Reich der Toten an. Wir wurden die ganze Zeit von Bossus beobachtet. Er hatte uns die Mure und den Steinschlag, auch den Steinbock geschickt und die Schlangen sowieso. Das waren magische Schlangen und die konnte nur er uns schicken. Und diese netten Geschöpfe sind auch sein Werk. Wir müssen durch diesen Wald hindurch. Ich weiß nicht, was uns erwartet. Mach dich aber auf das Allerschlimmste gefasst.“

Die Skelette waren alle bewaffnet. Große Schwerter hielten sie in ihren Händen. Drohend schwangen sie diese über ihren Köpfen. Einige dieser Skelette hatten noch ein Gesicht, Jodaryon dachte einen Augenblick, dass er eines erkannt hatte. Es war das Gesicht seines besten Freundes. Der starb an dem Tag, als die Sonne verschwand und die Welt in ewige Nacht tauchte. Fürchterlich hatte er leiden müssen. Und Jodaryon hatte zusehen müssen, wie sein Freund starb, ohne ihm helfen zu können.

Das machte ihm sein Herz schwer, es war zu Eis geworden. Sein früher so fröhliches Gemüt war hart und zu Stein geworden. Aus Jodaryon dem Fröhlichen und Gutmütigen war Jodaryon der Harte und Unbarmherzige geworden. Und später, nach der verlorenen Schlacht gegen Bossus, war aus ihm ein Gefangener geworden, der seiner Zauberkräfte beraubt war. Einst war er der größte Zauberer aller Zeiten gewesen, aber damals, zu dem Zeitpunkt seiner Gefangennahme, war ihm nur noch das Singen geblieben. Bis zu dem Augenblick, als Wasgo ihn aufgespürt und befreit hatte.

Jetzt hatte Jodaryon seine Zauberkräfte wieder erlangt. Er war froh, seinen Freund aus den alten Zeiten wieder erkannt zu haben, denn er wollte nicht gegen ihn kämpfen müssen. Jodaryon überlegte, welchen Zauber er anwenden konnte, um seinen Freund aus dem bevorstehenden Kampf heraushalten zu können. Es konnte nämlich sehr gut möglich sein, dass, wenn sie Bossus besiegen konnten, auch dessen Zauber unwirksam wurden. In diesem Fall bestand die Möglichkeit, dass die Männer, die jetzt in der Armee der Skelette kämpfen mussten, zurück in das Leben geholt werden konnten. Wer aber jetzt von den Skeletten im bevorstehenden Kampf vernichtet wurde, konnte nie mehr in das Leben zurückkehren.

Er rief Wasgo zu sich und befahl ihm direkt an seiner Seite zu bleiben. Und er erklärte ihm: „Was du hier für Gestalten siehst, sind alles Tote aus den Tagen, als uns die Sonne gestohlen wurde. Sie wurden im Totenreich zu unseren Gegnern erzogen. Sobald wir den Wald vor uns betreten, werden sie uns angreifen. Also sei auf der Hut und kämpfe überlegt und sicher.

Ob unsere Zauberkräfte hier wirken werden, weiß ich nicht. Könnte sein, dass wir auf unsere Muskelkraft angewiesen sind und auf unsere Waffen. Trotzdem überlege dir einen Zauber, mit dem du möglichst viele Gegner in einen Ruhezustand versetzen kannst. Wenn wir die ewige Nacht besiegt haben und die Sonne wieder am Himmel scheinen kann, gibt es vielleicht eine Möglichkeit, unsere Freunde zurück ins Leben zu holen."

„Können wir das nicht schon jetzt?", wollte Wasgo wissen.

„Nein, wir brauchen dazu das Licht und die Wärme der Sonne", antwortete Jodaryon.

Sie sahen sich an. Jodaryon fragte den Jüngling, der die Schönheit der Jugend besaß, ob er zum Kampf bereit sei. Gerne hätte Jodaryon dem jungen Mann das Kommende erspart. Es sollte ein Kampf auf Leben und Tod werden. Es sollte ein Kampf werden, der beiden Kämpfern für das Gute alles abverlangen sollte.

Wasgo sagte mit fester Stimme, seinem Freund dabei in die Augen sehend: „Ja, ich bin bereit!"

Der Ältere wünschte dem Jüngeren viel Glück und ermahnte ihn, vorsichtig zu sein. Und er sagte ihm, dass sie auf dem kürzesten Wege durch das Totenreich hindurch mussten.

Sie betraten den Wald. Sofort formierten sich die Skelette gegen die beiden Zauberer. Immer drohender schwangen sie ihre Schwerter. Sie kamen näher. Nun zogen Jodaryon und Wasgo ihre Schwerter ebenfalls. Sie stellten sich mutig gegen diese Übermacht von Hunderten ausgebildeter und auch nicht ausgebildeter Krieger. Jodaryon murmelte einen Zauber und schickte ihn zu seinem Freund. Auch Wasgo murmelte etwas und plötzlich schlugen die anderen zu. Doch zwei Skelette blieben reglos stehen. Jodaryons Freund und ein Skelett, welches von Wasgos Zauber getroffen wurde.

Die Skelette hatten den Auftrag, niemanden durch das Totenreich zu lassen. Also kämpften sie unverdrossen und unaufhörlich gegen jeden Eindringling. Unsere beiden Gefährten beeilten sich mit ihren Zaubersprüchen und immer mehr Angreifer kamen zum Stillstand. Doch trotzdem drängten ihnen ständig wieder andere Skelette mit ihren Waffen entgegen, bereit zum Kampf auf Leben und Tod.

Was Jodaryon nicht wissen konnte, war, dass der Gevatter Tod auf Befehl des Höllenfürsten Luzifer die Reihen von Bossus schlimmsten Schergen gelichtet hatte, als Wasgo von diesem entführt worden war. Am Fluss hatte der Herrscher der Welt den jungen Mann in das Wasser gezogen und so gefangengenommen. Im Verlies des Schreins des Bösen hatte sich Wasgo Folter und Qual ausgesetzt gesehen. Deshalb hatten Antares und Luziferine den Herrn der Unterwelt um Hilfe gebeten. Gevatter Tod hatte sein Werk begonnen und Wasgo hatte, ohne viele Qualen im Verlies erlitten zu haben, durch Jodaryon gerettet werden können. Aber Gevatter Tod war nicht nur im Verlies aktiv gewesen, sondern hatte von überall her die brutalsten und gehässigsten der Bösen in das Reich der Toten geholt. So kam es, dass Gevatter Tod unfreiwillig die Armee der Skelette noch einmal bedeutend vergrößert hatte.

Dadurch wurde der Kampf auf Leben und Tod für Wasgo und Jodaryon aussichtslos. Nur ein Zauber, der die ganze Armee der Skelette zum Stillstand zwingen konnte, hätte dem gerechten Kampf der beiden Zauberer zum Erfolg führen können. Doch Jodaryon kannte so einen Zauber nicht.

Wasgo wehrte gerade einen Schwerthieb eines Angreifers ab. Er bemerkte einen zweiten nicht, der sich gefährlich nahe an ihn heranschlich. Erst im letzten Augenblick sah er den Hieb kommen. Er musste sich zur rechten Seite fallen lassen, sonst hätte der Schwerthieb des Angreifers ihm seinen Kopf von den Schultern getrennt. Aber am linken Oberarm wurde er trotzdem getroffen. Dort befand sich jetzt eine klaffende Wunde. Wasgo spürte den Schmerz nicht. Der kam erst später. Aber der Arm blutete stark. Der vordringende Gegner stürmte Wasgo hinterher. Er hatte unseren jungen Zauberer schon verletzt, nun wollte er ihm endgültig den Todesstoß versetzen. Wild stürzte er sich Wasgo entgegen, doch der riss sein Schwert plötzlich und für den Gegner unerwartet in die Höhe. An der Stelle, an der sich bei einem lebenden Menschen das Herz befand, wurde das Skelett von Wasgos Schwertklinge durchbohrt. Sofort zerfiel es zu Staub.

Wasgo hatte sich gerade noch einmal aus der Gefahr befreien können. Beinahe hätte er sterben müssen. Aber er war trotzdem verletzt und durch die letzte Aktion des nun zu Staub zerfallenen Angreifers war er von Jodaryon getrennt worden. Jetzt mussten beide für sich alleine zurechtkommen. Wasgo sah den alten Mann kämpfen. Er sah, wie Jodaryon immer mehr von seinen Gegnern bedrängt wurde. Er sah, das Jodaryon kaum eine Chance hatte, den Kampf zu überleben. Er wollte ihm zu Hilfe eilen. Aber wie sollte er es schaffen, sich zu Jodaryon durchzukämpfen, um an seiner Seite mit ihm gemeinsam den Kampf fortsetzen zu können? Er wurde doch selbst von zahllosen Gegnern angegriffen! Plötzlich begriff er, dass auch er dem Tod sehr nahe war. Jodaryon und er konnten diesen Kampf nicht mehr gewinnen! Er musste den Tatsachen ins Auge sehen, an diesem unheimlichen Ort sollten sie nun sterben.

Dem Schwertschlag eines weiteren Gegners konnte Wasgo nicht mehr ausweichen. Die Skelette kämpften zu hart und ohne Rücksicht auf Verluste drängten sie ihn immer weiter von Jodaryon ab. Der Kreis, den die Gegner um ihn herum bildeten, wurde immer enger. So geschah, was geschehen musste. Wasgo wurde erneut von einem Schwert getroffen. Er spürte die Klinge des Gegners in seinen Unterleib eindringen. Er konnte die Klinge in seinen eigenen Körper verschwinden sehen.

Da fielen ihm Jodaryons Worte wieder ein, die dieser gesagt hatte, bevor sie gemeinsam zum Kampf gegen das Böse aufgebrochen waren. „Habe keine Furcht, du wirst zu jeder Zeit richtig handeln. Ich vertraue dir."

Spontan rief er etwas. Es war kein Schmerzensschrei. Was er rief, wusste er selbst nicht. Es war ein Zauber. Es war der Zauber eines sterbenden Menschen, der die Angreifer der Skelettarmee zur Aufgabe und zum Stillstand zwang. Es war der Zauber des Todes, der selbst Wesen der Unterwelt und des Todes zwang, Ehrfurcht vor den Tod zu haben.

Die Skelette vor ihm wichen zurück und blieben stehen. Mit letzter Kraft schleppte er sich zu Jodaryon. Der sah, was mit seinem jungen Freund geschehen war. Auch seine Gegner setzten den Kampf nicht fort. So konnte er dem jungen Mann entgegeneilen. Er fing ihn auf, als Wasgo zu Boden stürzte. Vorsichtig legte Jodaryon den jungen Kämpfer für das Gute auf den harten Waldboden. Er nahm das Schwert, das immer noch in dem Körper des schönen Jünglings steckte, in die Hand. Er sah ihm in sein schmerzverzerrtes Gesicht. Mit seiner rechten Hand umfasste Jodaryon den Griff des Schwertes, mit der linken strich er dem jungen Freund über die Haare. „Bleibe ruhig und habe keine Angst, mein Junge! Es ist gleich alles vorbei", sagte er aufmunternd zu Wasgo.

Der junge Mann war davon überzeugt, dass er nun starb. Bald sollte alles vorbei sein, hatte Jodaryon gesagt. Er wollte aber noch nicht sterben! Leben wollte er! Die Sonne und grüne Wälder und blühende Almwiesen wollte er sehen. Er dachte voller Dankbarkeit an seine Eltern. Einmal noch wollte er sie in seine Arme nehmen dürfen. „Bitte sage meinen Eltern, dass ich sie liebe und an sie denke. Ich danke ihnen und auch dir für alles, was ihr für mich getan habt. Du warst mir ein zweiter Vater", sagte er leise mit tränenerstickter Stimme zu Jodaryon. Er starrte seinen älteren väterlichen Freund aus weit geöffneten Augen an. Sein Blick war angstvoll, aber mutig. Sein Atem ging stoßweise. Der Schweiß rann ihm aus jeder einzelnen Pore.

Wasgo sah Jodaryons Mund, der sich bewegte. Jodaryon murmelte einen langen Zauberspruch. Vorsichtig zog er die Klinge aus dem jungen Körper heraus. Wasgo stöhnte auf. Jodaryon drückte irgendetwas auf die Wunde. Der verletzte junge Mann krümmte seinen schmerzenden Körper zu einem Halbkreis zusammen.

Jodaryon nahm ihn in seine Arme und hob ihn vom Waldboden hoch. Er trug ihn und ging mit Wasgo tiefer in den Wald hinein, tiefer hinein in das Reich der Toten.

Schaurige Musik drang an ihre Ohren. Es war die Musik des Grauens und des Todes. Diese Musik ertönte hart und brutal, so als wenn jeder einzelne Ton den Tod eines Menschen auf grausame Weise erzählte.

„Höre nicht hin!", rief der alte Mann dem Jungen zu. Er beeilte sich, an den Waldrand zu kommen. Die Musik wurde immer grässlicher und immer lauter. Wasgo lag in Jodaryons Armen und wand sich vor Schmerz und war dem Wahnsinn nahe. Jodaryon musste sich beeilen, sonst konnte er den Burschen nicht mehr retten. Er war verzweifelt. Diesen lieben Jungen wollte er nicht auch noch verlieren müssen. Wasgo sollte leben. Anklagend rief Jodaryon dem Himmel entgegen: „Ihr seid grausam, einen so jungen Mann, der nur Gutes tut, in den Tod zu reißen. Er setzte sein Leben ein, damit die Welt wieder in Frieden existieren kann. Dafür darf er nicht sterben. Lasst mich an seiner Statt in den Tod gehen, aber Wasgo muss leben!"

In diesem Augenblick bemerkte er in sich eine ihm lange nicht mehr vertraute Regung. Jodaryons Herz hatte sich verändert, schon damals, als er Wasgo das erste Mal gesehen hatte. Die Gefühlskälte in ihm war durch die gemeinsamen Abenteuer, die er mit dem jungen Mann erlebt hatte, einem gewissen Gefühl der Zuneigung gewichen.

Doch jetzt kehrte in ihm ein bestimmtes Gefühl zurück. Seine Liebe und Güte, die ihn ausgezeichnet hatten, bevor die Welt von Bossus in das Joch gezwungen worden war, nahm von Jodaryon wieder Besitz. Das Eis in seinem Herzen war geschmolzen. Der Stein in seinem Gemüt verlor sich. Aus Jodaryon dem Harten und Unbarmherzigen wurde wieder Jodaryon der Fröhliche und Gutmütige.

Jodaryon spürte die Liebe in seinem Herzen zurückkehren. Er sah den jungen Mann in seinen Armen leiden, und als er aus dem Wald hinaustrat und somit das Totenreich verließ, fiel eine Träne aus seinem linken Auge auf Wasgo herunter. Es war eine Träne der Liebe eines alten Mannes, die er für seinen Sohn empfand. Wenn auch Wasgo nicht Jodaryons Sohn war, so fühlte der alte Zauberer in diesem Moment so, als wenn der junge Mann sein Sohn gewesen wäre.

Augenblicklich wurde der Jüngling ruhiger und schlief erschöpft ein. Jodaryon legte ihn vorsichtig auf den Boden einer Ebene, die früher einmal eine Wiese gewesen sein musste. Er öffnete dem schlafenden Wasgo sein Gewand und legte ihm die linke Hand auf die Wunde. Erst jetzt konnte der alte Mann tun, was er im Reich der Toten nicht erledigen konnte. Der Zauber hätte im Reich der Toten nicht gewirkt. Dort konnte nur gestorben, aber nicht gelebt werden. Er murmelte einen Zauber und Wasgos Wunde schloss sich schnell. Bald darauf schlug der Jüngling die Augen auf und sah seinen Retter an. Sie lächelten sich zu, freundlich der eine, dankbar der andere.

Der letzte Kampf

Sie setzten ihre Wanderung fort und kamen an einen alten Baum. Dort machten sie eine kleine Rast. Danach führte sie ihr Weg wieder durch unwegsameres Gelände einen Berg hoch. Mühsam kämpften sie sich vorwärts, immer auf der Hut, von Bossus entdeckt zu werden. Aber sie hatten Glück und blieben unbehelligt. Vielleicht hatte der Herrscher der Welt, der Bossus nun schon seit fünfhundert Jahren war, nicht damit gerechnet, dass Wasgo und Jodaryon auch diese Hürde im Totenreich nehmen würden. Beinahe hätte er Recht damit behalten.

Der Schrein des Bösen wurde sichtbar. Er sah beinahe aus wie eine kleine Festung. Wasgo hätte am liebsten den Herrscher der Welt daraus vertrieben und seine Schergen dazu. Er wollte sogar schon zu diesem Schrein gehen, doch wurde er von seinem älteren Gefährten zurückgehalten.

Jodaryon sprach: „Du darfst diesen Schrein nicht betreten. Er ist der Schrein des Bösen. Ihn müssen wir vernichten. Wenn uns dieses gelingt, werden wir die Sonne wiedersehen und unsere Gefährten aus dem Totenreich vielleicht in unsere Zeit zurückholen können."

Wasgo sah seinen Lebensretter fragend an. Der alte Zauberer erwiderte den Blick des Jünglings und sagte: „Wir schaffen es schon. Habe Mut, mein Junge! Es gibt da einen Zauber, den wir einsetzen können. Wir müssen uns nur beide vereinen. Gib mir deine linke Hand. Und sprich mir den Zauber nach. Richte die rechte Hand auf den Schrein und nur auf den Schrein!"

Wasgo gab dem Meister aller Zauberer seine linke Hand. Der ergriff diese ebenso mit seiner Linken. Die rechten Hände der beiden

Männer erhoben sich in die Höhe. Sie zielten genau in die Richtung des Schreins. Jodaryon formulierte den Zauber, der von Wasgo nachgesprochen wurde: „Everit sonse da fer immerite no boserige empore wegeriti."

Die Zauberer standen mit gespreizten Beinen fest auf dem Boden, es sah beinahe so aus, als seien sie mit dem Erdboden verwurzelt. Sie waren etwa dreihundert Meter vor dem Schrein des Bösen entfernt. Ihre rechten Arme und Hände hatten sie erhoben und auf den Schrein gerichtet. Sie waren miteinander vereint, indem sie sich gegenseitig die linke Hand hielten. Goldgelbe Strahlen schossen aus ihren rechten Händen dem Schrein entgegen. Die Zauberer hatten Mühe, sich auf den Beinen zu halten und die rechten Hände auf den Schrein zu richten. Der Schrein veränderte zuerst seine Farbe. Nachdem ihn die ersten Strahlen getroffen hatten, sandte er schwarze Strahlen zu den Zauberern zurück.

*****

Ein Donnergrollen entstand. Antares und Luziferine hörten diesen Donner. Sie beeilten sich, zum Schrein zu kommen. Die Kämpfe im Reich der Toten hatten Jodaryon und Wasgo aufgehalten, so dass das Ehepaar fast zeitgleich mit den beiden den Schrein des Bösen erreichte. Sie konnten sehen, was geschah, und liefen noch schneller dem Schrein entgegen, bis zu einem Punkt, von dem aus sie ihren Sohn und seinen väterlichen Freund erkennen konnten. Goldene Strahlen schossen diese auf den Schrein ab.

*****

Bossus war geschockt. Er hatte tatsächlich nicht damit gerechnet, dass Jodaryon und Wasgo heil und gesund aus dem Reich der Toten herauskamen. Doch jetzt war keine Zeit, sich darüber zu ärgern. Er musste handeln, und zwar sehr schnell. Er lief an das Tor des Schreins und sah das Zaubererpaar gemeinsam etwa dreihundert Meter von sich entfernt stehen. Nach guter alter Zaubersitte hatten sie sich vereint und schossen die Strahlen der Liebe und des Lebens auf den Schrein des Bösen ab. Wenn Bossus diesen Angriff überleben wollte, musste er ihnen seine Strahlen des Todes entgegenschicken. Das tat er mit all seinem Hass, zu dem er fähig war. Auf die beiden Männer, die das Gute wollten, eilte erneut der Tod in Form von Bossus' Todesstrahlen zu.

*****

Wasgo und Jodaryon hatten augenblicklich noch mehr Mühe, ihre Kraft auf den Schrein zu konzentrieren. Besonders Wasgo, der als Zauberer noch etwas unerfahren war, musste von Jodaryon immer wieder zum Durchhalten ermahnt werden. Die schwarzen Strahlen kamen ihnen bedrohlich nahe.

Luziferine und Antares sahen, dass Wasgo und Jodaryon in großer Gefahr waren. Die Strahlen des Todes hatten sie fast erreicht. Gefährlich begann es vor dem ungleichen Freundespaar zu rauchen und zu qualmen. Antares wollte helfen. Er stellte sich ähnlich hin, wie es Jodaryon und Wasgo getan hatten. Seinen rechten Arm richtete er auf den Schrein des Bösen. Dann schrie er Bossus ganz laut entgegen: „Du nimmst mir nicht meinen Sohn."

Danach befahl Antares dem Wind: „Wind, bringe mir Jodaryons Formel, die er ständig spricht."

Tatsächlich kam ein Wind auf und brachte Antares die Worte des Jodaryon an sein Ohr. Sofort sprach Antares sie aus: „Everit sonse da fer immerite no boserige empore wegeriti."

Goldene Strahlen sandte nun auch Antares dem Schrein des Bösen entgegen. Das tat er zu einem denkbar günstigen Zeitpunkt. Zu einem Zeitpunkt, als die Strahlen des Todes seinem Sohn und Jodaryon gefährlich nahe kamen. Es fehlten nur noch wenige Zentimeter, bis die schwarzen Strahlen des Todes Jodaryon und Wasgo trafen. Das wäre der sichere Tod der beiden weißen Magier gewesen.

Jodaryon strengte sich noch einmal mit all seiner Energie an. Mit allerletzter Kraft konzentrierte er all seine Gedanken auf den Schrein und wiederholte den Zauber. Auch Wasgo sprach immer wieder die Worte des älteren Mannes nach. Sie bemerkten, dass sie von Antares Unterstützung bekamen. Goldgelbe Strahlen der Liebe und des Lebens drangen von zwei Seiten in den Schrein des Bösen ein. Bossus hatte dem nichts mehr entgegenzusetzen. Er war am Ende seiner Kräfte.

Antares und Luziferine konnten nun mit Jodaryon und Wasgo gemeinsam erleben, dass die schwarzen Strahlen sich zurückzogen und den Zauberern nichts mehr anhaben konnten. Schließlich verschwanden sie im Schrein. Die goldgelben Strahlen durchdrangen ihn und umfassten den gesamten Schrein. Ein gleißendes Licht erhellte den Berg, auf dem der Schrein des Bösen immer noch stand. Dieses Licht ergoss sich sogar bis in das Tal herunter, in dem Wasgo, Jodaryon, Luziferine und Antares standen. Die Kämpfer für die Freiheit der Welt waren kurzzeitig geblendet. Durch die ewige Nacht waren ihre Augen nicht an das helle Licht gewöhnt. Plötzlich gab es einen lauten Knall. Der Schrein des Bösen explodierte und fiel in sich zusammen. Staub und Gesteinsbrocken flogen durch die Luft. Der Berg und das Tal erstrahlten in noch hellerem Licht, so, als wenn am Tag die Sonne in das Tal scheine.. Der Schrein verschwand daraufhin sehr schnell als löste er sich in Luft auf. Es gab nichts mehr, was an den Schrein des Bösen erinnern konnte. Selbst das helle Licht verschwand wieder und die Dunkelheit breitete sich erneut im Tal und auf dem Berg aus.

Aber Dank Antares' Hilfe konnten Wasgo und Jodaryon Bossus besiegen und den Schrein des Bösen vernichten. Auf der Welt konnten nun wieder Frieden und Glück und das Leben Einzug halten. Jetzt mussten nur noch die Wolken verschwinden, die über fünfhundert Jahre lang das Licht der Sonne von der Erde fern gehalten hatten.

Das Leben

Ganz allmählich lösten sich die dicken Wolken am Himmel auf, die die Finsternis auf der Erde gefangen hielten. Langsam wurde es heller und heller. Schließlich waren die Wolken vollständig vom Himmel verschwunden. Wasgo sah das erste Mal in seinem Leben einen strahlend blauen Himmel und die Sonne dazu. Die Sonne blendete ihn und er musste niesen. Er wendete sich Jodaryon zu und nahm ihn glücklich in die Arme:

„Wie schön doch die Sonne und der blaue Himmel sind! Wir haben es geschafft!" Er jubelte glücklich und lief zu seinen Eltern. Stürmisch umarmte der junge Mann seine Mutter, die er beinahe vor lauter Übermut umriss: „Mutter, schau doch mal, die Sonne und der blaue Himmel, ist das nicht schön?" Er lachte und begann mit seiner Mutter zu tanzen.

Antares stand daneben und lachte über seinen Sohn, der in diesem Moment so überglücklich war. Endlich kam der Junge auch zu ihm, seinem Vater. Antares nahm ihn in seine Arme und drückte ihn herzlich an sich: „Ach, mein Junge, was freue ich mich doch! Ihr habt es geschafft, ich bin so stolz auf dich." Zärtlich streichelte der Vater Wasgo über die Haare, dann ließ er ihn los. Er sah eine Freudenträne im Augenwinkel seines Sohnes und wischte sie weg.

„Aber nur, weil du uns helfen konntest, Vater. Ohne dich hätten wir den Unhold nicht besiegen können. Gemeinsam haben wir es aber geschafft. Gut, dass du da warst", meinte Wasgo bescheiden. Danach drehte er sich zu Jodaryon um. Der alte Zauberer war an seinem Platz geblieben, er wollte das Familienglück nicht stören.

„Bitte lasst uns zu Jodaryon gehen. Er hat mir im Reich der Toten das Leben gerettet." In wenigen Worten erzählte er von den Ereignissen, seitdem sich die Vier getrennt hatten. Gemeinsam gingen sie zu Jodaryon und Luziferine umarmte den alten Mann. „Danke", flüsterte sie ihm ins Ohr, „Danke für das Leben meines Jungen. Das werde ich dir nie vergessen."

Auch Antares dankte Jodaryon, der bescheiden abwinkte und sagte: „Es ist alles gut. Er ist ein sehr mutiger junger Mann."

Jodaryon sah einen glücklichen Wasgo. Er lächelte ihn an und sagte: „Aber wir müssen zurück in das Totenreich. Wir müssen unsere Freunde retten." Sie brachen auf. Doch alle vier waren sie glücklich. Sie sahen immer wieder zum Himmel empor und freuten sich über das strahlende Blau und die gelbe, wärmende Sonne.

Als sie ein Stückchen den Weg gemeinsam gegangen waren, sagte Jodaryon: „Ihr werdet es sehen, es wird jetzt warm werden. Wir haben Sommer. Die Sonne ist zu dieser Jahreszeit am kraftvollsten. Wir werden spätestens morgen über zwanzig Grad Lufttemperatur bekommen. Ihr werdet schon merken, wie sich das anfühlt. Und ich bin mir sicher, dass die Wiesen und Wälder wieder grün werden."

Tatsächlich wurde es schnell warm. Wasgo, Antares und Luziferine kannten den Sommer nicht. Sie wurden geboren, als Bossus schon längst die Welt erobert und unterdrückt hatte. Sie kannten nur die Dunkelheit. Wasgo blieb plötzlich stehen. Voller Staunen rief er aus: „Seht einmal, seht einmal da vorne, da ist etwas, was ist das, Jodaryon?"

Der junge Mann war begeistert und freute sich über alles Neue, das er nun in der Natur zu sehen bekam. Endlich konnte er das sein, was er lange Zeit nicht sein konnte, weil ihn der Kampf gegen Bossus schon seit vielen Jahren beschäftigte und das verhindert hatte. Wasgo durfte endlich ein unbeschwerter Jugendlicher sein, der nun die Welt entdeckte. Er benahm sich manchmal albern und kindisch. Jodaryon wunderte sich über das seltsame Verhalten des Jünglings, aber am Ende lächelte er immer wieder und er gönnte seinem jungen Weggefährten seinen kindlichen Spaß. Sollte der

Junge nur etwas übermütig und glücklich sein, sollte er das Leben genießen, er hatte das verdient. Wasgo hatte genug Entbehrungen hinnehmen müssen. Es waren so viele Entbehrungen, die manch ein erwachsener Mann nicht hätte ertragen können.

Der alte Mann sah in die von dem Jüngling angegebene Richtung und konnte erkennen, was dieser meinte. Er lächelte Wasgo gutmütig an und sagte: „Das, mein junger Freund, ist ein Grashalm. Das Gras bekommt jetzt genügend Wärme und Licht und kann wieder gedeihen. Morgen ist hier eine Wiese, eine schöne Almwiese mit vielem saftigen grünen Gras und vielen bunten Blumen."

„Dann ist das also die Farbe Grün?", fragte Antares.

Fröhlich lachte Jodaryon seinen drei Freunden ins Gesicht und meinte: „Mir scheint es, dass ich euch noch viel erklären muss. Ich werde gerne euer Lehrer sein und euch die Welt erklären, wie sie ohne Bossus ist."

Die ersten Blumen brachen durch den Erdboden. Die Erde wurde immer grüner und bunter. Überall entwickelten sich nun die Pflanzen auf den Almwiesen und auch im Wald. Vögel begannen zu zwitschern. Wasgo hatte noch nie einen Vogel gesehen, außer den Adler der Weisheit und des Lebens. Jetzt konnte er die ersten Amseln fliegen sehen, die ihr lustiges Lied selbst im Flug zwitscherten. Dem jungen Mann wurde es warm, er begann zu schwitzen. Jodaryon sah seine schwitzenden Gefährten an und lachte: „Na los, worauf wartet ihr, zieht euch eure Jacken aus, es wird noch wärmer."

Mit gutem Beispiel ging er voran. Er behielt nur sein Hemd und seine Hose und Schuhe an, alles andere hatte er abgelegt und in seinen Rucksack verstaut. Danach ging es weiter zum Reich der Toten.

Die Erde erwärmte sich schnell und die vier Gefährten gelangten schon bald an den Rand des Totenreichs.

Dieses konnten sie nun ungestört durchqueren. Das Böse war besiegt. Als sie zu ihrer Kampfstätte zurückkehrten, sahen sie ihre Gegner, die sie durch einen Zauber zum Stillstand gezwungen hatten. Die Kämpfer standen noch immer so da, wie Jodaryon und Wasgo sie beim letzten Mal gesehen hatten. Aber eine entscheidende Änderung hatten die Skelette erfahren müssen. Weil Wasgo und Jodaryon mit Antares' und Luziferines Hilfe den bösen Schrein vernichten konnten, waren sie wieder zu Menschen geworden. Das Böse hatte keine Macht mehr über sie.

Jodaryon entdeckte seinen alten Freund. Auch dieser sah wieder wie ein Mensch aus. Doch wirkten nun die Zauber von Jodaryon und Wasgo in ihm und seinen Gefährten. Wasgo sah Jodaryon fragend an. Der kratzte sich an seinem Kopf und sah ratlos aus.

Wasgo fragte: „Was ist los, großer Jodaryon? Was machen wir nun? Du hast doch gesagt, dass wir sie zum Leben erwecken können, wenn wir die Sonne zurückgeholt haben."

„Das ist richtig, mein junger Freund, aber das war noch vor dem Kampf. Jetzt haben wir sie aber mit einem Zauber belegt", antwortete Jodaryon.

Wasgo sah ihn ungläubig an und fragte: „Heißt das jetzt, dass wir sie nicht ins Leben zurückholen können?"

Jodaryon druckste herum: „Nun ja .... ähhhh, ja doch, aber..." Der alte Zauberer brach ab.

„Nun, sag es schon", forderte Wasgo.

Jodaryon sagte: „Es ist mir peinlich."

„Sie zurückzuholen in das Leben ist dir peinlich?", fragte Wasgo überrascht.

„Nein, nicht sie zu retten, ist mir peinlich, sondern dass ich keinen passenden Zauber dafür habe, ist mir peinlich", erwiderte Jodaryon mit trauriger und bedrückter Mine.

Wasgo wurde wütend: „Was soll denn das jetzt?! Nun sage es endlich! Es muss doch einen Zauber geben, um unseren aufheben zu können!"

Luziferine stand bei ihrem Sohn und legte ihm beruhigend die Hand auf den Arm. „Beruhige dich, mein Sohn", mahnte sie, „so darfst du mit Jodaryon nicht reden. Er ist dein Freund und denke bitte daran, was er dir alles Gutes tat. Er hat dir nicht nur einmal das Leben gerettet. Du solltest etwas mehr Achtung vor deinem Lehrer haben."

„Es tut mir Leid, bitte verzeihe mir, mein Lehrer und Freund", sagte Wasgo verlegen, den Blick auf den Boden gesenkt.

„Ist schon gut", meinte der alte Mann gutmütig und sprach weiter zu Luziferine: „Ich kann ihn ja verstehen. Er meinte das ja nicht böse." Mit der rechten Hand wuschelte Jodaryon seinem jungen Freund durch die Haare. Verschmitzt lächelte er ihn an.

„Also gut", sagte der alte Zauberer, „Wir holen sie jetzt alle aus dem Wald und legen sie auf die Wiese, direkt in die Sonne. Die Sonne wird sie erwärmen. Den Rest klären wir später."

Wasgo fragte nicht, was der Rest war. Er war zufrieden und so holten sie die außer Gefecht gesetzten Gegner aus dem Totenreich aus dem Wald heraus und legten sie in die Sonne mitten auf die Wiese. Damit hatten sie einige Zeit zu tun. Es waren fast eintausend Männer, die sie aus dem Wald schleppen mussten. Antares und Luziferine halfen ihnen dabei, so gut sie konnten.

Als alle Männer in der Sonne lagen, wollte Wasgo wissen, wie diese nun zum Leben erweckt werden sollten.

Jodaryon sagte leise und verschämt ohne seinen jungen Freund anzusehen: „Ich kann das nicht. Es gibt nur eine einzige Möglichkeit, sie ins Leben zurückzuholen. Wir müssen den Adler des Lebens und der Weisheit rufen. Aber das kann ich tun." Er stellte sich in die Richtung, in der er den Adler des Lebens und der Weisheit vermutete. Dann breitete er seine Arme aus und hielt sie leicht in die Höhe. Er rief den Adler an: „Bitte, Adler, der edelste Adler aller Adler, der du bist, du weiser und gerechter und Leben spendender Vogel, der stets hilfsbereit ist, der stets den Menschen zu Diensten ist, bitte erscheine uns und hilf uns bei einer guten Tat."

In der Ferne hörten sie einen Schrei. Es war der Schrei eines Adlers. Ein riesiges Tier kam geflogen und verdunkelte die Sonne. Es flog einige Kreise über der Wiese mit den vielen Menschen, die auf ihr lagen und die von unseren vier Helden dort hingebracht worden waren. Der Vogel stieß einen weiteren Schrei aus und schickte sich an, neben Jodaryon, Wasgo und dessen Eltern zu landen.

Als der Adler endlich gelandet war, verbeugte sich der alte Zauberer vor dem Vogel, der weise war und Leben schenken konnte. „Ich begrüße dich, mein weiser und gerechter Adler, ich bitte dich, uns zu helfen. Hier hinter mir auf der Wiese liegen gute Männer, die von Bossus durch einen Zauber zu seinen Werkzeugen gemacht wurden. Mein bester Freund ist auch unter ihnen. Er starb an meiner Seite in der großen Schlacht, die wir gegen den bösen Mann leider verloren hatten. Wir haben sie daran gehindert, weiterhin für Bossus Böses zu tun. Sie haben es verdient, wieder zum Leben erweckt zu werden. Du bist der einzige, der das kann und darf. Bitte, mein Freund, Adler des Lebens und der Weisheit, bitte, hilf uns."

„Ich habe alles beobachtet und ich habe gesehen, dass sich diese Männer, für die du dich einsetzt, keine Schuld auf sich geladen haben. Du bittest zu Recht um ihr Leben. Ich will dir und auch ihnen gerne diesen Wunsch erfüllen", antwortete der Adler.

Kaum hatte er zu Ende gesprochen, als er sich den auf der jetzt grün gewordenen Wiese liegenden Männern zuwandte und seinen Schnabel öffnete. Er atmete kräftig aus. Aus seinem Schnabel entwich ihm sein Atem wie ein Nebel. Dieser Nebel senkte sich über die Wiese und hüllte die Männer ein. Danach sprach der Adler: „Ich habe getan, was ich tun konnte. Der Rest liegt nicht mehr in meiner Macht."

Der edle Vogel verneigte sich vor Wasgo, seinen Eltern und Jodaryon, erhob sich in die Lüfte und flog davon. Der Nebel auf der Wiese aber senkte sich auf die dort liegenden Männer herab. Sie begannen zu atmen und sogen den Atem des Adlers des Lebens und der Weisheit ein. Sie atmeten mit ihm das erneute Leben ein. Nach und nach standen sie auf. Jodaryon konnte seinen Freund Deneb in seine Arme schließen. Glücklich sahen sie sich an.

Deneb fragte: „Was ist nur geschehen? Ich kann mich gar nicht mehr an alles erinnern." Dann sah er Jodaryon an und sagte: „He, mein Freund, bist du aber alt geworden."

Der angesprochene Jodaryon lachte und klopfte seinem Freund auf die Schulter und antwortete: „Das, mein Freund, ist eine lange Geschichte. Ich werde sie dir erzählen, doch vorher muss ich dir diesen jungen Mann vorstellen." Jodaryon ging mit seinem langjährigen Freund Deneb, der ebenso ein Zauberer war wie er selbst, zu Wasgo und stellte ihn vor.

Jodaryon sagte: „Dieser bemerkenswerte junge Mann ist Wasgo, der Sohn dieser Eheleute, Antares und Luziferine. Ohne Wasgo wäre die Welt nie gerettet worden."

*****

Vor seiner Höhle stand Sinclair. Plötzlich blitzte und donnerte es. Die Wolken verzogen sich. Die Sonne schien auf die Erde hinab. Sinclair stellte sich in den Schatten, so dass keine direkten Sonnenstrahlen auf seinen Körper fallen konnten. Das hätte seinen sicheren Tod zur Folge gehabt. Er freute sich trotzdem. Dass die Sonne zu scheinen begann und die Wolken verschwanden, konnte nur bedeuten, dass Jodaryon und Wasgo Bossus besiegt hatten. Er lief zurück in die Höhle. Dort berichtete er seinen Vampiren, dass sich der gemeinsame Kampf um die Welt gelohnt hatte. Die Welt war gerettet. Nun konnten auch wieder die Vampire das tun, weshalb sie auf der Welt waren.

*****

Die alte Frau, die Luziferine und Antares auf ihre alten Tage noch bewirtet und ihnen ein Dach für eine Nacht über den Kopf gegeben hatte, saß auf einen Schemel vor ihrer Kate. Auch sie sah die Blitze und hörte den Donner. Auch sie sah, dass sich die Wolken auflösten. Auch sie sah die Sonne. Sie fiel auf die Knie und schaute der Sonne entgegen. Tränen rannen ihr über ihr Gesicht. Sie war nun so alt geworden, schon über neunzig Jahre, und endlich wurde ihr doch noch ihr sehnlichster Herzenswunsch erfüllt. Einmal nur in ihrem Leben wollte sie die Sonne sehen. Sie sah noch mehr als nur einmal die Sonne. Sie konnte sich auch eine grüne, blühende Almwiese ansehen und einen grünen, blühenden Wald. Und sie erlebte noch mehrmals die vier Jahreszeiten in ihren geliebten Bergen.

ENDE

Danksagung

Ein Autor kann ein Buch vielleicht alleine schreiben. Aber besser ist es, wenn er mit guten Freunden über sein Manuskript reden kann und die Freunde ihm beim Schreiben helfen oder ihn auf Fehler aufmerksam machen.

Große Unterstützung bekam ich wieder, wie schon bei meinem ersten Roman „Ein falsches Leben", von meinem Freund Thomas Striebig, der selbst Autor ist. Er hatte mich, als mir die Ideen für diese Geschichte auszugehen drohten, mit Rat und Tat geholfen, neue Ideen zum Handlungsablauf zu finden. Außerdem lektorierte er wieder mehrmals mein Manuskript und das auch noch für mich kostenlos. Ohne Thomas hätte ich dieses Buch nicht schreiben können. Für seine großartige und unermessliche Hilfe und Freundschaft möchte ich ihm herzlich danken.

Ein weiterer Dank gebührt der Enkeltochter meiner Schwester, Milena Müller. Sie las in meinem Manuskript und hat mir mit ihrem Feedback geholfen, einige sprachliche Mängel zu beseitigen. Als sie das tat, war sie zwölf Jahre alt.

Des weiteren möchte ich dem Sohn meiner Nachbarn, dem 15-jährigen André Knobloch, danken, der mein Manuskript gelesen und für gut befunden hat. Er gab mir einige Hinweise, die mich in die Lage versetzten, „Die ewige Nacht" etwas zu verbessern.

Außerdem möchte ich mich nicht zuletzt bei meinem Sohn Normen bedanken, der immer an mich geglaubt hat und mich stets unterstützt, wenn ich ein Problem habe. Gerade an meinem Computer werkelt er herum, wenn ich ratlos mit dieser neumodischen Technik bin. Aber der PC ist nun einmal mein Schreibinstrument. Ohne ihn wären meine Romane nicht denkbar, also auch ohne meinen Sohn nicht.

Ein weiterer Dank gilt den Mitarbeitern des AAVAA Verlages. Dieser Verlag war es schließlich, der es wagte, mein Manuskript anzunehmen und zu veröffentlichen. Für die gute Zusammenarbeit mit den betreffenden Mitarbeitern, die an diesem Buch mit mir eng und gut zusammengearbeitet haben, danke ich herzlich.
Schließlich möchte ich mich bei allen anderen freiwilligen und unfreiwilligen Helfern bedanken, die mich mit ihren Verhaltensweisen auf Ideen bringen, die ich in meinen Manuskripten immer wieder mit einfließen lassen kann. Nur durch viele Erlebnisse aus dem realen Leben kam ich auf ausgefallene Ideen, die mich in die Lage versetzten, dieses Buch zu schreiben.
Dieses vorliegende Buch habe ich für meine beiden fantastischen Enkelkinder geschrieben, die ich sehr liebe. Sie sind so, wie Kinder sein sollen, frech und lieb zur gleichen Zeit, fröhlich und unternehmungslustig. Sie waren für mich der Antrieb diese Geschichte zu einem guten Ende zu bringen.
Ich danke allen meinen Freunden und meine Familie dafür, dass sie immer für mich da sind und mich bei meinem Hobby zu schreiben unterstützen.
Weiterhin danke ich meinen Schöpfern, nämlich meinen Eltern. Sie haben mir so viele Dummheiten in mein Gehirn eingepflanzt, ob gewollt oder ungewollt, so dass ich meine Fantasien in eine so kleine Fantasiegeschichte wie diese hinein bringen konnte.
Ich arbeite bereits an einer Fortsetzung dieser vorliegenden Geschichte und hoffe zunächst, dass ich sie vollenden kann. Danach biete ich sie auf jeden Fall dem AAVAA Verlag an, um sie zu prüfen und gegebenen Falls zu veröffentlichen.
Und nicht zuletzt danke ich all meinen Lesern, die es geschafft haben, „Die ewige Nacht" bis zum Ende zu lesen, besonders denen, die diese Geschichte im Buchhandel oder im Internet gekauft haben.

Hamburg, 2013

Michael Rusch

Alle im AAVAA Verlag erschienenen Bücher sind
in den Formaten Taschenbuch und
Taschenbuch mit extra großer Schrift
sowie als eBook erhältlich.

Bestellen Sie bequem und deutschlandweit
versandkostenfrei über unsere Website:

www.aavaa.de

Wir freuen uns auf Ihren Besuch und informieren Sie gern
über unser ständig wachsendes Sortiment.

Einige unserer Bücher wurden vertont.
Die Hörbücher finden Sie unter
www.talkingbooks.de

AAVAA

VERLAG

www.aavaa-verlag.com